La vida en rosa

La vida en rosa

Traducción
de Agnès Iranzu

VICTORIA CONNELLY

amazon crossing

Título original: *The Rose Girls*

Publicado originalmente por Lake Union, Estados Unidos, 2015

Edición en español publicada por:
AmazonCrossing, Amazon Media EU Sàrl
5 rue Plaetis, L-2338, Luxembourg
Julio, 2017

Imagen de cubierta © FabrikaSimf © Fortyforks/Shutterstock
Diseño de cubierta por PEPE *nymi*, Milano

Impreso por: Véase la última página
Primera edición digital: 2017

ISBN: 9781542045414

www.apub.com

Sobre La Autora

La escritora Victoria Connelly ha cultivado diversos géneros. Es autora de la popular colección Austen Addicts, sobre fans de Jean Austen, cuyo primer título, *A Weekend with Mr. Darcy*, ha vendido más de cien mil ejemplares. De sus diez novelas románticas publicadas destaca *The Runaway Actress*, nominada para el premio RNA de Comedia Romántica. También ha escrito relatos cortos y de aventuras para niños. Estudió literatura inglesa en la Universidad de Worcester y vive actualmente en el Suffolk rural, con su marido artista y otra gran familia de animales rescatados. Sus experiencias sobre la vida rural han sido volcadas en tres volúmenes autobiográficos: *Escape to Mulberry Cottage, A Year at Mulberry Cottage* y *Summer at Mulberry Cottage*. Con ventas superiores al medio millón de ejemplares, sus libros han sido traducidos a numerosos idiomas. Su primera novela, *Flights of Angels*, fue llevada a la gran pantalla en 2008. Se puede seguir a Victoria Connelly en su página web (www.victoriaconnelly.com), así como en Twitter @VictoriaDarcy y en Facebook.com/victoriaconnelly.

Para Roy, con amor

Algunos se quejan siempre de que las rosas tengan espinas;
yo estoy agradecido porque las espinas tienen rosas.

Alphonse Karr

1

Para algunos, el inicio del verano está marcado por el canto del primer cuco, o la llegada de la primera golondrina, pero para Celeste Hamilton, el verano empezaba cuando se abría la primera rosa. No era ninguna sorpresa. Se había criado en una familia de cultivadores de rosas, y lo había hecho durante toda su vida. Su primera palabra había sido «rosa», y en su casa la broma habitual era suponer que todos llevaban rosas en la sangre. Solo cuando Celeste marchó para casarse con Liam O'Grady, cambió las rosas por el negocio de reciclaje que llevaba su marido y se lanzó en aquel nuevo proyecto como quien recibe un indulto. «Las rosas son agua pasada», se decía. Pero el pasado tenía su propia manera de volver a atraparla.

«Y ahora vuelvo a casa», pensaba mientras la vieja furgoneta Morris Minor seguía las curvas de los caminos arbolados del valle Stour. Nunca había creído que volvería. Pero tras la muerte de su madre y el fracaso matrimonial, no le quedaba otro remedio. Suspiró considerando las semanas que le esperaban, y solo tuvo la esperanza de que no se transformaran en meses, porque no tenía ninguna intención de quedarse ahí más tiempo; eso no formaba parte de su plan.

«Entrar y salir», se repetía a sí misma, pensando en su infancia en aquella casa... La cabeza llena de recuerdos que preferiría olvidar. «Entrar y salir». No había que alterarse. Era un asunto práctico, puro y duro.

Bajó la ventanilla y el canto de un mirlo invadió el vehículo. Los setos estaban llenos de collejas y de malvas de pétalos rayados, y Celeste distinguió un ramillete de dedaleras en la sombra de un bosque.

Entrando al pueblo de Eleigh Tye, observó los jardines de las casas, tan familiares a su vista, llenos de caracolillos, madreselvas y altramuces. Celeste era consciente de que aquellos aromas y colores no hacían más que anunciar la venida de la brillante sinfonía del verano. En seguida localizó lo que estaba buscando.

Redujo la velocidad en la curva para sonreír en cuanto vio aparecer el jardín de la señora Keating. El amarillo reluciente de la rosa Maigold trepaba por la fachada de la mansión con su cubierta de paja como un centenar de solecitos, ocultando casi por completo una de las diminutas ventanas de la planta baja. Para Celeste, la Maigold de la señora Keating anunciaba el inicio de la temporada de rosas, y cada año la esperaba con ilusión.

Su madre, Penélope Hamilton, había contado a sus tres hijas que la rosa era «la reina del verano». Así se llamaba, efectivamente, una de las especies más famosas. También era aquello que había proporcionado a la familia una buena vida durante muchos años, si bien en aquel momento el negocio no gozaba de buena forma. La precaria salud de la madre durante sus últimos meses de vida había acabado provocando una caída en las ventas, y la vieja mansión, el hogar familiar de tres generaciones, se degradaba con rapidez. Los ingresos también se habían resentido por la recesión, con la gente recortando los pequeños caprichos. Asimismo se había vuelto cada vez más difícil competir con el gran número de nuevos centros de jardinería que brotaban por todas partes y que vendían rosas mucho menos bonitas, menos ricas en perfume y color, pero mucho más asequibles que las de los Hamilton.

Celeste respiró profundamente, pensando en los retos que le

esperaban. «¿De verdad era buena idea volver?» Creía haber dejado atrás Little Eleigh para siempre, pero ¿qué clase de hermana mayor sería para Gertie y Evie, si no las ayudaba ahora?

—¿Qué vamos a hacer? —decía, dirigiéndose al retrovisor y al reflejo del pequeño fox terrier, sentado en el asiento trasero.

El animalito había estado despierto y alerta todo el viaje. Celeste había salido de su casa de alquiler en la costa norte de Norfolk poco después del mediodía, tras haber conseguido colocar las cajas de libros y las bolsas cargadas con ropa que formaban la totalidad de sus pertenencias, dentro de su diminuto coche, dejando justo el espacio suficiente para el perro en el asiento trasero. También tenía un gran sillón blando, que había comprado con Liam, pero ni queriendo habría podido encajarlo en el Morris, así que lo había dejado. Parecía una locura tener que embalar todas sus cosas y llevárselas a la casa de sus padres, cuando estaba pensando en volver a sacarlas de allí en unas pocas semanas, pero no se podía permitir pagar el alquiler de una casa que no iba a utilizar. Y, por otra parte, según Gertie, para resolver el lío en la mansión necesitarían cada céntimo que cada una de ellas pudiera reunir.

—Llegamos enseguida, Frinton —dijo Celeste mirándolo al verlo sacar el hocico por la ventanilla en la medida en que se lo permitía su cinturón canino.

Hacía dos años Liam le había regalado el perro por su cumpleaños y Celeste lo adoraba. Le había dado el nombre del balneario donde él había pedido su mano y de donde Celeste debería haber salido corriendo. Frinton era una bolita de energía y de alegría que, incluso en sus peores días, conseguía provocarle una sonrisa.

—Eres lo mejor que me ha dejado mi matrimonio, ¿sabes? —le decía al perrito, agradeciéndole su cálida compañía nocturna, al pie de la cama, tras el pasado fracaso de su unión matrimonial de hacía un año. Pero ahora no tocaba pensar en ese tema, se dijo a sí misma. Tenía cosas más urgentes que afrontar.

Seguían el largo muro inclinado de la iglesia cuando, de repente, la carretera se sumergió en el valle y los brillantes campos verdes de inicio del verano se extendieron ante sus ojos. Cruzó el camino hacia una granja y sonrió, recordándose con sus hermanas yendo allí en bicicleta durante las vacaciones estivales para mimar a los lechones y comer panecillos y bollos recién hechos en el horno de la señora Blythe. Comer dulces caseros siempre era una verdadera delicia. Su madre rara vez cocinaba nada que no estuviera preparado y, desde luego, nunca había hecho postres. Su cabeza estaba demasiado llena de rosas para pensar en comida. Ahora tocaba pasar delante de la cerca donde, con trece años, le habían dado su primer beso. Allí la carretera giraba hacia la derecha, con setos que crecían hacia el cielo a un ritmo vertiginoso, después de las últimas lluvias. Todo era tan vistoso... Levantó el pie para girar enseguida a la izquierda por un camino privado, bordeado de falsos castaños que daban sombra tanto en verano como en invierno y que en otoño dejaban el camino tapizado de castañas.

Un antiguo letrero de pizarra rezaba «Little Eleigh Manor» y, junto a él, un horrible rótulo de madera, hecho a mano por Evie hacía muchos años, añadía «Rosas Hamilton». La *Rosa Mundi* adjunta estaba marchita y las letras, borrosas y agrietadas. Celeste pensó que había que cambiarlo cuanto antes.

Alguien había dejado abiertas las verjas de hierro forjado para ella y pudo cruzar el foso y rodear la rosaleda que se extendía delante de la casa, una rosaleda que pronto estaría magnífica con sus Bourbons y Portlands en una docena de tonos de rosa. Su madre la había plantado con algunas de sus especies preferidas como la voluptuosa *Reine Victoria* y la graciosa *Comte de Chambord*. Celeste admiró algunos capullos ya a punto de abrirse y, a pesar de sus recelos respecto a su regreso, no pudo evitar sentir ganas de clavar su nariz entre los pétalos sedosos e inhalar profundamente. No había en el mundo olor comparable al de una vieja rosa.

Después de aparcar el Morris al lado de un viejo Volvo que compartían sus hermanas, más cubierto de orín que de pintura, se quedó sentada otro rato, contemplando aquella inmensa casa. Little Eleigh Manor se remontaba al siglo XIV, aunque se habían añadido, a lo largo de décadas, un ala Tudor aquí y otra jacobina allá. Aquel edificio de ladrillo rojo, envejecido y descolorido por el paso de los años, también tenía grandes tramos de construcción con entramado de madera que se inclinaba peligrosamente sobre el foso. Docenas de ventanas de todas las formas y tamaños parpadeaban bajo la luz del sol estival y la gran puerta de madera tachonada daba a la casa el aspecto de una fortaleza.

La faceta más impresionante de la mansión era la casa del guarda, cuyas dos torrecillas de cuatro plantas parecían alcanzar el cielo de Suffolk. Las visitas siempre se mostraban impresionadas por el patio que las saludaba al cruzar, maravilladas todas con la grandeza medieval. Bueno, grandeza medieval antes de que todo empezara a desmoronarse.

Los abuelos de Celeste, Arthur y Esme Hamilton, compraron la propiedad en los años sesenta en un estado espantoso. Habían hecho todo lo posible para restaurarla y hacerla apta para vivir con su familia, pero, a pesar del éxito del negocio de las rosas, nunca había tanto dinero como para gastarlo en la casa y algunos sectores enteros seguían peligrando.

La madre de Celeste, Penélope, simplemente había hecho la vista gorda.

«Ha estado ahí durante seiscientos años. Dudo que se vaya a desplomarse en lo que me queda de vida», esa era su filosofía y, en consecuencia, puertas habían sido tapiadas y alas enteras abandonadas. Podría haber un ejército entero de fantasmas, viviendo en una parte de la casa antigua, sin que la familia se enterara de su presencia jamás.

Antes de que Celeste se hundiera más por el estado de la mansión, vio a una chica joven, de pelo rubio, cruzando el camino de entrada. Frinton la detectó al instante y rompió a ladrar.

—¡Estás aquí! —exclamó la chica, abrazando a Celeste nada más bajarse del coche—. ¡Sí, estás aquí! ¡Y Frinton también!

—¡Evie! Te has vuelto rubia —dijo Celeste, tocando la aureola dorada de su hermana—. ¡Muy rubia!

—Estaba harta de ser morena —le contestó Evie—. Era tan aburrido. —Al instante advirtió su metedura de pata—. Quiero decir... Que no es aburrido en ti, claro. A ti te favorece ser morena.

Celeste esbozó una sonrisa irónica. Ella sería la primera en reconocer que jamás había arriesgado con su aspecto, ella tendía a la pulcritud y la sencillez. De hecho, pensándolo bien, desde que era adolescente, había llevado el pelo con el mismo estilo, liso hasta los hombros.

Evie abrió la puerta del pasajero para liberar a Frinton de su cinturón. El perro saltó del coche y dio media docena de vueltas alrededor de Evie, antes de empezar a saltar hasta la altura de sus rodillas, buscando su atención.

Justo cuando Evie claudicó y cogió el terrier alocado en sus brazos, Gertrude surgió desde la casa del guarda, con su oscuro pelo largo, tirante en una coleta, y una podadera colgando de su cinturón. Gertie era la hermana mediana y, si no estaba podando rosas, la podías encontrar en un rincón tranquilo, con la nariz metida en un libro, sentada al más puro estilo Jane Eyre en el alféizar de una ventana, deseando que su vida fuera más parecida a un poema de Tennyson o imaginándose viviendo en una casa de campo en las colinas soleadas de la Toscana, en vez de vivir en una húmeda mansión de Suffolk. Tenía la misma estatura y la misma constitución esbelta que Celeste, pero sus rasgos eran más suaves y finos y su expresión era más melancólica, posiblemente porque había guardado intacta su noción romántica del mundo, sin que esta le hubiera sido arrebatada, como en el caso de Celeste.

Celeste vio a Gertie acercándose, los hombros ligeramente encogidos, tensa e incómoda.

—Hola —dijo Gertie.

—Hola —le contestó Celeste—. ¿Todo bien?

Gertie asintió con la cabeza.

—¿Eso es raro, no?

—Sí —dijo.

—Me temo que todo está hecho un desastre —siguió Gertie—. No he tenido ni un momento para poner un poco de orden, porque la caldera se ha vuelto a averiar y hemos tenido que mover una parte de los libros de la librería, porque esa mancha húmeda ahora tiene el tamaño de Sudbury.

Celeste suspiró.

—Bueno, podrías darme un abrazo antes de entregarme la lista de tareas —dijo mientras abrazaba a Gertie y daba con una pluma de gallina en su pelo.

—Estoy tan contenta de que estés en casa —añadió Gertie—. Te hemos echado de menos. Y ha sido horrible acostumbrarse a la casa sin mamá.

Su cara era pálida y sombría, Celeste fue consciente de que sus dos hermanas todavía estaban de luto por su madre. En realidad, solo habían pasado unas semanas desde que murió.

—Yo también os he echado de menos —dijo Celeste, deseando poder sentir algo, cualquier cosa que pudiera acercarse a la normalidad, cuando se trataba de su madre.

—¿Te podemos ayudar con tus cosas? —preguntó Evie, y Celeste asintió.

—¿Las quieres en tu antigua habitación? —dijo Gertie.

—¿Dónde, si no? —preguntó Celeste.

—Bueno, pensábamos que te podría gustar la habitación de mamá. Tiene una vista mucho más bonita que la tuya y allí tendrás más espacio también —dijo Gertie—. Evie y yo lo hemos comentado, ¿no es cierto?

Evie asintió:

—Pensamos que dejarla vacía es demasiado triste.

—No *quiero* la habitación de mamá —saltó Celeste.

Gertie y Evie la miraron atónitas y Celeste se mordió el labio.

—Estaré más contenta en la mía —explicó con un tono más amable.

—¿Estás segura? —preguntó Gertie.

—Estoy segura.

—Entonces, de acuerdo —contestó Gertie.

Cada una cogió una caja de libros y fueron acompañándola por el camino, primero atravesaron la casa del guarda y continuaron después hasta el patio. Celeste tuvo que tragar saliva cuando lo vio, con el corazón acelerado, como si estuviera a punto de provocarle un ataque de pánico. Tenía la impresión de haber dejado todo atrás apenas hacía un minuto, pero ya habían pasado tres años desde que se despidiera para casarse con Liam. Las cosas parecían tan distintas. No sentía haberse hecho adulta, pero, eso sí, definitivamente se había distanciado de su antigua casa: no podía evitar la sensación de que su vuelta a casa era un paso atrás ni de que su vida corría peligro de dar un vuelco hacia peor.

Esta vez, no será igual, se dijo a sí misma, intentando controlar sus emociones. Su madre ya no estaba. Ya no podía criticarla ni denigrarla. Había muerto.

Celeste solo podía esperar que Penélope Hamilton no fuera de esas personas que volvían para perseguir a los vivos.

2

Frinton se echó a correr por las escaleras con tanta rapidez que adelantó a las tres mujeres y patinó sobre los tablones del descansillo antes de despegar a la velocidad de la luz por el pasillo. Nunca había visitado la mansión y Celeste sabía que iba a disfrutar mucho, explorando cada rincón y grieta lo suficientemente grandes como para meter su hocico frío y húmedo.

—Tendrás que mantenerlo alejado de mis gallinas —dijo Gertie al ver las payasadas del terrier.

—Lo sé —le contestó Celeste.

—Lo digo en serio. Los terriers son fatales cuando se topan con gallinas.

—Lo vigilaré. No te preocupes —le dijo Celeste, con la impresión de ser una desconocida en la casa que antes consideraba su hogar.

Atravesaron un largo pasillo, lleno de antiguos óleos y fotografías familiares color sepia, que las llevaba a una habitación al otro extremo. Gertie empujó la puerta con un pie y las tres entraron para dejar sus cajas de libros en el suelo.

—Abrí la ventana a primera hora de la mañana, pero me temo que todavía huele un poco a cerrado —dijo Gertie.

—Esta casa vieja siempre huele a cerrado —dijo Evie—. Un día, compré unas varitas de incienso y las encendí por toda la casa, pero mamá se puso furiosa.

—Oh, esas cosas eran *horribles*, Evie —dijo Gertie—. Hiciste que la casa oliera como una comuna jipi.

—Bueno, alguna tendrá que crear un aroma realmente maravilloso de rosa para las habitaciones —dijo Evie—. Ya sabes, como un ambientador.

—Un poco de olor a cerrado no está tan mal —dijo Celeste—. Es el olor de los siglos pasados, de carpintería, yeso y libros antiguos. Me gusta.

Gertie y Evie la miraron como si se hubiera vuelto loca.

—De hecho, creo que lo que hueles es únicamente la humedad —dijo Evie, arrugando su nariz.

Dos viajes más de ida y vuelta al coche y ya habían terminado. Celeste estaba sentada en el extremo de su antigua cama, sus manos acariciando la colcha de patchwork rosa y verde. Frinton se había tumbado encima de la alfombra situada en el centro de la habitación, lamiéndose las patas. «Esta es —pensó— la primera vez desde hace meses que estoy sentada tranquilamente», y dejó vagar su mente. Sus ojos estaban escaneando la habitación, como si la estuviera viendo por primera vez.

Era una habitación preciosa. Los paneles de madera que la cubrían por todos los lados eran exquisitos, pero lo hacían todo demasiado oscuro. Otras partes de la casa eran idénticas. Diminutas ventanas y paneles de madera tallada que podrían haber extasiado a los historiadores, pero todo aquello suponía una fortuna en facturas de electricidad, porque tenías que encender la luz para poder trabajar.

Celeste se emocionó al ver que Gertie había dejado un pequeño jarrón de flores en la mesilla de noche, junto a la última edición de la revista *Tu Rosa*. Sabía que lo había dejado Gertie, pues seguramente Evie habría terminado derramando agua del jarrón encima de la revista. Sonreía, pensando en lo diferentes que eran sus dos hermanas y en lo relativamente poco que habían cambiado desde que se marchara.

Desde que se había lanzado a su nueva vida, lejos de la mansión, Celeste no había visto mucho a sus hermanas. Se ponían al día en breves llamadas telefónicas y Gertie y Evie habían visitado su nueva casa, allí, en la costa de Norfolk, justo después de que ella y Liam se instalaran en ella, pero no las había visto más que en esa ocasión y en el entierro del mes de mayo. En ese momento cayó en la cuenta de cuánto las había echado de menos. Gertie todavía estaba corriendo arriba y abajo como loca, preocupándose por todo, y Evie estaba obsesionada con el color que tenía que tener su pelo.

¿Y Celeste? ¿Cuál era su posición ahora? La última vez que había visto esta habitación, se había despedido de ella en silencio, deseando no volver a verla nunca más. Nunca pensó que volvería y mucho menos hacerlo en su papel de hermana mayor para ocuparse de todo. No estaba segura de estar dispuesta a reanudar ese papel; no estaba segura siquiera de poder hacerlo. Cerraba sus ojos y, enseguida, deseaba no haberlo hecho cuando una voz del pasado invadió sus pensamientos.

«¿Y por qué no sabes hacer nada bien? ¿Pretendes que yo vaya recogiendo todo a tu paso o qué? Se supone que me ayudas. ¿Por qué eres tan inútil?»

Celeste abrió los ojos y se levantó, expulsando esa voz de su cabeza. Daba igual lo bonito que podía ser este lugar, pensaba, a ella le hacía mal y, cuanto antes solucionara las cosas y se fuera, mejor.

Se acercó a la pequeña ventana enrejada con vistas sobre el foso y el jardín vallado, el orgullo de Gertie. De las tres, Gertie era la que tenía mejor mano con las plantas. Parecía que todo lo que plantaba iba prendiendo y el jardín vallado estaba lleno de manzanos monumentales, perales, ciruelos, higueras, membrillos y alcachoferas de espaldera, así como verduras de hoja y hierbas aromáticas. Naturalmente, también contaba con unos rosales, aunque fuera solo para atraer los polinizadores, pero Gertie se había opuesto de manera firme a la sugerencia de Celeste de transformar el jardín en rosaleda. Con su ubicación protegida y soleada, habría sido perfecto.

—En un jardín caben más que solo rosas —había dicho Gertie—. Tenemos que comer también y, a largo plazo, ahorraremos dinero. Hasta podemos vender la cosecha. Quedan muchas hectáreas de terreno para las rosas, así que, por favor, no me quites mi jardín.

Celeste había cedido y, así, las rosas se cultivaron en todas partes menos allí.

Salió de su habitación y, por el pasillo, se detuvo delante de la habitación de su madre. La puerta estaba entreabierta y, aun sabiendo que no había nadie dentro, le costó abrirla.

Tragó saliva con dificultad. Demasiados recuerdos vivían detrás de esa puerta y no estaba segura de estar preparada para enfrentarlos.

El antiguo reloj de pie del vestíbulo tenía la cara astillada y la caja abollada, pero tocó sus campanadas, cada hora, a la hora exacta. Era a la vez el latido y la voz de la mansión, la vida giraba suavemente a su alrededor, con ojos mirándolo de reojo varias veces al día, pero, a lo mejor, sin ver su belleza majestuosa.

Acababan de tocar las siete de la tarde, la hora que Gertie había dispuesto para la cena.

—En el comedor —les había dicho a Evie y a una Celeste desconcertada por la novedad.

Se sentía rara por cenar en el comedor, pero Gertie había hecho el esfuerzo de poner la mesa y Celeste tuvo que reconocer que todo estaba muy bonito. Solían comer en la gran mesa de la vieja cocina del piso inferior. Allí, siempre había una temperatura agradable por el calor que emanaba la Aga. El contraste con el comedor, formal y frío, presidido por el gran retrato del abuelo Arthur encima de la chimenea, no podía ser mayor y a Celeste le daba la sensación de estar en el despacho del director del colegio a punto de ser reñida. El abuelo Arthur había sido uno de los tipos más alegres de la comarca, pero el retrato era austero y no transmitía nada de su cariño ni de su sentido del humor. Cualquier desconocido, al entrar en la habitación, podía pensar que era un tirano y, además, la presencia de ese cuadro siempre había añadido un toque melancólico a las comidas.

La mesa era de roble y su hermana había puesto un mantel de lino blanco. Podía acomodar hasta doce personas, pero esa noche, solo eran las tres hermanas, sentadas juntas en un extremo, cerca de la ventana. Celeste estaba sentada en la cabeza, flanqueada por Evie a su izquierda y Gertie a la derecha.

—¿Ya te has instalado? ¿Te sientes cómoda? —preguntó Gertie.

Celeste asintió.

—Lo más cómoda posible.

—¿Dónde vas a dejar todos tus libros? —preguntó.

Celeste pareció confusa un instante.

—No los sacaré de las cajas —dijo.

—¿Qué quieres decir? —preguntó Gertie.

—Bueno, no me voy a quedar…

—Ah, ¿no?

—Solo me quedaré el tiempo necesario para organizar todo —dijo—. Creí haberlo dejado claro.

—No —dijo Gertie—. No lo dejaste claro.

—Pensábamos que volvías para siempre —dijo Evie.

—Quiero decir… Tampoco tienes ahora otro sitio donde ir, ¿verdad? —dijo Gertie.

Celeste frunció el ceño.

—Pero eso no quiere decir que quiera volver aquí —dijo y, tratando de apreciar las reacciones de sus dos hermanas, concluyó que no eran nada positivas—. Mirad, de verdad que quiero ayudar, pero no me quedaré aquí más tiempo del necesario para acabar con la faena.

—¿Y a qué faena te refieres? —preguntó Gertie—. ¿Sacarnos del lío? ¿El lío que dejaste cuando te convino marcharte?

—¡Gertie! —dijo Evie, con tono de advertencia.

—Bueno, es cierto, ¿no? Lo dijiste tú misma —contestó Gertie.

—¿Qué dijiste? —preguntó Celeste, girándose hacia Evie.

—No dije *nada* —respondió Evie, la mirada clavada en Gertie.

—Sí que lo dijiste —espetó Gertie—. Dijiste que a Celeste siempre se le ha dado bien huir de las cosas.

Un silencio aterrador se instaló en la mesa mientras las tres hermanas se miraban entre ellas.

—En serio, ¿dijiste eso, Evie? —acabó preguntando Celeste.

—No quería —empezó Evie titubeando, pero se detuvo—. Quería decir que nos habría venido bien poder contar con tu ayuda cuando mamá estaba enferma.

—Para mí fue imposible venir aquí por aquel entonces —dijo Celeste—. Sabes que era imposible.

—No, *no* lo sé —contestó Evie, con una repentina explosión de emoción—. ¿Dime exactamente *por qué* no pudiste venir justo cuando más te necesitábamos, cuando *ella* más te necesitaba?

Las dos se sostuvieron la mirada, los ojos oscuros desafiantes.

Celeste tragó con dificultad.

—No me hagas esa pregunta —dijo, la voz apagada.

—¿Por qué? ¿*Por qué* no puedo preguntarle a mi hermana por qué no podía estar aquí cuando mamá se estaba muriendo? Deberías haber venido, Celeste. Deberías haber venido para verla. ¿*Qué* es lo que te pasa?

—¡Evie! —exclamó Gertie—. ¡No!

Evie tenía los ojos llenos de lágrimas y Gertie tenía el rostro pálido y tenso.

—Sabes muy bien cómo estaban las cosas entre nosotras —dijo Celeste lentamente—. No habría querido que yo estuviera aquí de todos modos.

Evie estuvo a punto de decir algo, pero Gertie le mandó una mirada de advertencia.

Celeste suspiró.

—Lo importante es que estoy aquí ahora, ¿no?

—Claro que sí —dijo Gertie.

—Pero no he vuelto para pelearme con vosotras dos —dijo—. Tenemos que poner orden en las cosas, eso lo sé, y también sé que debería haber venido antes, pero no vamos a solucionar nada si empezamos así.

Evie tenía la mirada clavada en su plato y Celeste se dio cuenta de lo joven que era todavía y pensó en todo a lo que había tenido que enfrentarse ya.

—¿Evie? —dijo suavemente—. Si piensas que no he cumplido con deber, lo siento. Lo siento de verdad. Nunca fue mi intención dejaros con toda la carga, pero ahora estoy aquí, ¿de acuerdo? —Extendió la mano por encima de la mesa y apretó la de su hermana—. ¿De acuerdo? —repitió.

Evie asintió y levantó la mirada, sus ojos todavía brillaban por las lágrimas.

—De acuerdo —dijo.

—Entonces, ¿podemos comer? —preguntó Gertie, y las tres hermanas sonrieron.

—Todavía no has oído los cotilleos del pueblo —dijo Evie, haciendo un esfuerzo evidente para llevar la conversación hacia un terreno más neutro, mientras le pasaba el salero de plata a Celeste.

A pesar de que se había quedado congelada después de la pelea, a Celeste le apetecía mucho la lasaña que había preparado Gertie. Ya no recordaba la última vez que había cocinado nada casero. La minúscula cocina de su casa de alquiler no invitaba a cocinar ningún plato casero y demasiadas veces Celeste había acabado calentando algún plato preparado en el microondas.

—Hace mucho que soy una persona felizmente ignorante de los cotilleos y estoy muy contenta de serlo —dijo Celeste. Se sintió aliviada de que Evie hubiera dejado el tema de su madre, porque sabía que le sería imposible defenderse sin que las cosas se pusieran muy feas y no estaba preparada para eso.

—No seas aguafiestas, porque te voy a poner al día, quieras o no —siguió Evie.

—Sí, lo sé —dijo Celeste con una pequeña sonrisa.

—Jodie y Ken se van a divorciar. Ella está harta de sus infidelidades. Por Navidad, en un intento de arreglar las cosas, se fueron de viaje, pero se rumorea que Jodie le pegó en la cabeza con su guitarra y le dijo que era un mentiroso hijo de…

—¿Cómo demonios sabes todo eso? —le interrumpió Celeste.

—Todo el pueblo lo comenta —dijo Evie, indiferente ante la incredulidad de su hermana.

—Sí, y seguro que cada persona que lo comenta añade un nuevo insulto u otro objeto con que le dio en la cabeza al pobre Ken —dijo Celeste, haciendo una mueca en dirección de Gertie.

—Bueno, si no te lo crees, *tendrás* que creerte esta, porque lo vi con mis propios ojos —le contestó Evie.

—Pues adelante —dijo Celeste.

—El domingo pasado, tomé un atajo por el jardín de la iglesia. Acababa de terminar la misa y todo el mundo estaba saliendo cuando oí ese grito *horrible*. De verdad, nunca en tu vida has oído semejante chillido. ¡Estaba segura de que habían matado a alguien! —contó Evie, dejando una pausa de suspense.

—Entonces, ¡cuéntanos lo que pasó! —exclamó Gertie.

—Sí, ¿quién era? —le interrogó Celeste.

Evie mostró su satisfacción con una sonrisa, antes de seguir.

—Era James Stanton y parecía absolutamente fuera de sí. Bueno, movida por la curiosidad, me escondí detrás de esa enorme lápida de ángel que hay allí para esperar hasta que saliera. Y, cuando salió, estaba gritando y jurando y… Bueno, no soy creyente ni nada, pero no parece lo correcto en una iglesia, ¿verdad?

—Entonces, ¿a quién estaba gritando? —preguntó Celeste.

—¡A su mujer, por supuesto! La estaba empujando en su silla de ruedas, pasando por el pórtico, y ella tenía la cara toda roja.

—Pobre Samantha. Me da mucha pena, atrapada en una silla así —dijo Celeste.

—Ella es la culpable de su estado por ir galopando con caballos medio salvajes a través de la comarca sin haberlos domado antes —contestó Gertie, recibiendo una mirada asesina de Celeste.

—Entonces, ¿qué pasó después? —preguntó Celeste.

—Le gritó aún más. ¡Decía algo así como que era la mujer más cruel que jamás había conocido y que le daría una gran alegría empujarla con su silla del muelle de Clacton Pier!

—¡Oh, Dios mío! —dijo Celeste—. ¡Pobre Samantha!

—Bueno, solo por estar en una silla de ruedas no es una santa —le replicó Gertie.

—Yo nunca he dicho que lo fuera —le contestó Celeste—, pero tienes que reconocer que es bastante duro.

—No puedes pretender saber lo que pasa en el matrimonio de los demás —Gertie continuó—. Cada historia tiene dos caras y no es justo y quiero que dejes de cotillear, Evie.

—Pero si no estoy cotilleando. Solo cuento lo que vi y escuché.

—¿Y lo de Jodie y Ken? —preguntó Gertie.

—Bueno, si el pueblo entero está hablando del tema… —dijo Evie enojada, negando con la cabeza.

—No es excusa para sumarte a ello —la riñó Gertie—. Eso no

lo viste.

—Pero ni siquiera os he contado la parte realmente jugosa —dijo Evie.

—No queremos saberla —Gertie contestó.

Celeste se mordió el labio.

—La verdad es que *yo* sí quiero saberla —dijo, y Gertie le clavó una mirada que decía que *no* debería animar a Evie. Celeste se encogió de hombros—. Necesito informarme de lo que ha pasado mientras estaba fuera.

Evie respiró hondo y sostuvo las miradas de sus hermanas un instante antes de empezar, disfrutando de la sensación de poder que podía dar un cotilleo inédito.

—Bueno —dijo—, se rumorea que James Stanton tiene una aventura.

Celeste abrió sus ojos oscuros de par en par y Gertie dejó caer su cuchillo con estruendo.

—¿Con quién está teniendo una aventura? —preguntó Celeste—. Esa es la cuestión.

—¡Nadie lo sabe! —exclamó Evie.

—Entonces, ¿cómo sabes que tiene una aventura? —Gertie preguntó.

—Porque *todo el mundo* habla de ello. —La voz de Evie estaba llena de desesperación ante tanta falta de sentido común por parte de Gertie.

—Eso es ridículo —dijo Gertie.

—No, no lo es —contestó Evie—. Muchas cosas empiezan como un rumor. Alguien ve algo o escucha algo y hace pasar el mensaje...

—Como el juego del teléfono loco, ¡hasta equivocarse totalmente! —le criticó Gertie.

—Bueno, parece un tipo que podría tener una aventura —dijo Evie.

—¿Y cómo llegas a esa conclusión? —preguntó Gertie.

Evie se encogió de hombros.

—Simplemente porque sí.

—Me encanta tu lógica —añadió Gertie, levantando los ojos al cielo.

—Entonces —dijo Celeste, pensando que debía volver a reconducir la conversación—, en vuestra opinión, ¿por dónde tenemos que empezar?

—No creí que quisieras hablar de negocios tan pronto... —dijo Gertie—. O por lo menos esta noche no.

—Me gustaría no tener que hacerlo —le contestó Celeste—, pero, después de haber visto el estudio, no creo que tengamos el lujo de disponer de tiempo.

—Ah —dijo Gertie—, entonces, ¿lo has visto?

Celeste asintió.

—Asomé la cabeza por la puerta, justo antes de venir a cenar. No me he detenido mucho y, para ser sincera, tampoco tengo ganas de hacerlo.

El rostro de Gertie parecía alargarse a medida que pasaban los segundos.

—Ese no es el único problema —dijo.

—¿Qué quieres decir? —preguntó Celeste—. ¿Hay algo más que debería saber?

—Creo que es mejor que te lo enseñemos —dijo Gertie y, preparándose para lo peor, Celeste se levantó de la mesa y salió del comedor, junto a sus hermanas.

3

Cruzaron el pasillo, sus pasos resonando contra las baldosas grises del suelo.

—De verdad que no te queríamos hacer esto en tu primera noche —comentó Gertie—, pero nos ha estado preocupando durante meses y creíamos que tenías que saberlo.

—¿Adónde vamos? —preguntó Celeste.

La enormidad de la casa justificaba esa pregunta.

—Al ala norte —dijo Evie—. Imprescindibles botas de montaña y máscaras de oxígeno.

Celeste suspiró. La temida ala norte no podía conllevar más que problemas. Era la parte de la casa que casi no recibía luz y la humedad era un problema constante. El tejado nunca había estado en buen estado y más de una vez se dispuso un ejército completo de cubos en las habitaciones, en un intento de recoger toda el agua de las lluvias.

Pasaban por un largo pasillo con paneles de madera tallada del siglo XVI. Un día, un arquitecto que estaba de visita les contó que la vieja mansión tenía unos de los paneles tallados más hermosos del país; excepcionales, sin duda, pero hacían que esa parte de la casa fuera tan oscura que uno sentía estar cruzando un túnel.

Gertie, que estaba indicando el camino, de repente se detuvo frente a la habitación que solían llamar la habitación de la maldición. Celeste ya había adivinado que ese era su destino.

—Agarraos —avisó Evie, utilizando una de las expresiones preferidas de su padre. «Agarraos, el muro oeste acaba de caerse al foso» o «Agarraos... la caldera se ha vuelto a estropear» solía proclamar.

Su antiguo hogar parecía una experiencia permanente de agarrarse.

Gertie abrió la gran puerta de madera que chirrió tal como se esperaba de ella. Las tres entraron y dejaron unos segundos a sus ojos para acostumbrarse a la oscuridad. La habitación no tenía muebles y allí reinaba un viejo olor de humedad, bastante parecido al olor de una iglesia vacía. Los tablones del suelo almacenaban polvo y las ventanas estaban cubiertas de telarañas. Era una habitación triste y olvidada que había caído en el abandono hasta morir lentamente.

—Bueno, aquí está —dijo Gertie, y Celeste, después de girar su mirada de la ventana hacia el tramo de pared que le señalaba Gertie, se quedó paralizada.

—¿Qué es *eso*? —preguntó Celeste—. Parece un enorme agujero negro. —Se quedó sin palabras, intentando asimilar lo que acababa de ver.

—Es algún tipo de moho —le contestó Evie—. Asqueroso, ¿verdad? Intento no pensar en él.

—Bueno, esa actitud no nos ayudará —dijo Celeste mientras contemplaba, horrorizada, la masa negra delante de sus ojos—. ¿No es exactamente lo que solía hacer mamá también? Limitarse a cerrar las puertas de las habitaciones no era muy buena idea. Eso no hace desaparecer el problema. —Dio algunos pasos tentativos, acercándose a la pared, como si tuviera miedo de que esta la pudiera tragar por completo en cualquier momento.

—Ya tenemos un presupuesto —explicó Gertie.

—¿Y a cuánto asciende? —tuvo el valor de preguntar Celeste.

—Seis números —dijo Gertie—. No me acuerdo exactamente. Está encima del escritorio.

Celeste respiró hondo y, de repente, se acordó del lugar donde se encontraba y confiaba en no haber ingerido ninguna espora de moho.

—Podríamos construir otra pared delante, colgar algún tapiz encima o algo similar —sugirió Evie.

—No podemos seguir dando la espalda a estos problemas —contestó Celeste—. Tenemos que sanear la casa para que esté firme, si no lo hacemos, se derrumbará.

—La casa entera necesita mucha atención... no solamente esta habitación —dijo Gertie—. Si te detienes a observar, encuentras decenas de horrores, pero no hemos tenido tiempo para hacerlo y, aunque tuviéramos tiempo para detectarlos, tampoco tenemos el dinero necesario para hacer frente a todos los problemas que van surgiendo.

—No entiendo por qué los abuelos compraron una casa tan enorme —soltó Celeste.

—Pero es una casa *preciosa* —dijo Gertie.

—Y tú, como ellos, eres una romántica sin remedio —le replicó Celeste.

—Pero eso no tiene nada de malo —dijo Gertie.

—Sí que lo tiene si al romanticismo no lo acompaña una cuenta bancaria acorde a tus caprichos —argumentó Celeste.

—Tenemos que salvarla —dijo Evie.

—No creo que baste con ir sorteando los problemas —razonó Celeste—. Ya hemos salvado cuanto podemos salvar y solo es una gota en el mar. El dinero tiene que venir de otro sitio. Por lo que me contasteis, el negocio de las rosas solo da para vivir. No queda nada a finales de mes y ya tenemos tres descubiertos y la hipoteca, ¿no es cierto?

Gertie asintió.

—Entonces, ¿qué sugieres?

—Bueno, para empezar, creo que deberíamos vender algo —

dijo Celeste.

Evie tragó saliva.

—Estás hablando del cuadro, ¿verdad?

Celeste confirmó.

—Seguro que apenas lo miras, ¿no?

—¿No hay nada más? ¿*Cualquier otra cosa*? —exclamó Evie.

—¿Para vender? —preguntó Celeste—. Bueno, a no ser que empecemos a arrancar chimeneas y a vender piezas del mobiliario.

Gertie suspiró.

—Creo que Celeste tiene razón. Tenemos que vender el cuadro. Mamá también lo dijo, justo antes de morir.

—¿Qué dijo *exactamente*? —preguntó Celeste.

—Dijo «Vended el Fantin-Latour».

—De acuerdo, eso parece suficientemente explícito —opinó Celeste.

Gertie se estaba acercando a la pared para palparla.

—Oh, ¡no la toques! —gritó Evie—. Atraparás algo horrible y morirás de una muerte lenta y dolorosa.

—Es exactamente lo que parece... fría y húmeda —explicó Gertie.

Evie había salido de la habitación, Gertie y Celeste la siguieron.

—Hay una tarjeta en algún sitio encima del escritorio de mamá —dijo Gertie—. Es de una casa de subastas en Londres especializada en bellas artes.

—En serio, no quiero vender el cuadro —dijo Celeste—, pero no veo otra alternativa. El abuelo se lo regaló a la abuela por su aniversario. ¿Os acordáis de la historia?

Sus hermanas negaron con la cabeza.

—Había una casa de campo en el norte de Norfolk que estaba organizando una venta. Tenían que venderlo todo. Era muy triste. La subasta se alargó durante tres días y la gente acudía de todas partes del mundo deseosa de comprar un trocito de historia inglesa

—les contó Celeste.

—¿Y allí es donde el abuelo compró el Fantin-Latour? —preguntó Evie.

Celeste asintió

—Se vendió por un precio ridículo.

—¿Los otros cuadros también vienen de allí? —preguntó Gertie.

—No, creo que los compraron más tarde. Mamá me contó que, cuando una nueva rosa Hamilton era un éxito de ventas, el abuelo solía comprar un cuadro. Un cuadro de rosas. Era su manera de conmemorar el momento. De captar una rosa hermosa para siempre —terminó Celeste.

—¿Quién es la romántica ahora? —dijo Evie sonriendo.

—No estoy siendo romántica. Solo estoy contando su modo de proceder —replicó Celeste—. Quizá deberíamos hacer valorar *todos* los cuadros. Los nuevos y los antiguos. Podríamos estar rodeadas de una pequeña fortuna.

Habían llegado al vestíbulo y se detuvieron junto al reloj de pie. Cerca de la enorme puerta principal, un barómetro colgaba de la pared. Celeste lo recordaba siempre allí y su preciosa esfera anticuada siempre ofrecía la misma lectura: *cambio*. No importaba el tiempo que hiciera, que fuera un día soleado o hubiera estallado una tormenta, la manecilla siempre apuntaba la palabra *cambio* y, tratándose del clima inglés, su pronóstico se acercaba bastante a la verdad.

—Sí, creo que deberíamos valorarlos todos — repitió Celeste, mirando a Evie—. ¿Qué ocurre?

—Es que no me puedo imaginar nuestra casa sin estos cuadros —explicó Evie—. Siempre han estado aquí. Casi desde siempre.

Gertie asintió.

—Siento lo mismo. Son una parte esencial de este lugar.

—Lo sé —dijo Celeste, con el ceño fruncido.

—¿Qué ocurre? —preguntó Gertie.

—No sé si falta un cuadro.

—¿Cuál? —Evie preguntó.

—Ese es el problema... No me acuerdo —dijo Celeste—. Pero juraría haber visto otro en alguna parte. —Chasqueó—. A lo mejor me lo estoy imaginando. Estoy un poco espesa en este momento.

—Bueno, podemos *reflexionar* un poco sobre esta decisión de venderlo todo, ¿no? — preguntó Gertie.

Celeste suspiró.

—Vale, pero no reflexiones demasiado, porque en breve todo se desplomará delante de nuestros ojos.

Celeste sabía que tenía que intentar disfrutar de su primera noche de regreso a casa, coger un libro cualquiera de la librería e instalarse cómodamente en un sillón o dar un paseo por los jardines con el agradable calor que hacía esa noche, pero su temperamento no le permitió sentarse y relajarse sabiendo como sabía que había tantas cosas que hacer, incluido convencer a sus hermanas de vender la mansión. Empezaba a ser consciente de los vínculos que sus dos hermanas tenían con aquella antigua casa y de lo difícil que iba a ser hacer que vieran las cosas de manera racional. Tenía la sensación de estar metida en una situación imposible: Gertie y Evie le habían pedido ayuda y consejo, pero ¿querían de verdad escucharlo?, ¿escucharían sus ideas o tendría que enfrentarse ella sola a todo?

«¿Y, si están de acuerdo en dar ese paso, acaso estás tú segura de poder vender la casa?», preguntó una vocecilla en su interior… y tuvo que reconocer que no sabía la respuesta. Adoraba aquella mansión, tanto como ellas —de eso estaba bastante convencida—, pero, para ella, esa adoración era una emoción que iba vinculada con tantos otros asuntos complicados que era capaz de ver las cosas de manera mucho más neutra que sus hermanas.

Agitó la cabeza para alejar esos pensamientos de su mente. Acababa de volver a casa y ya se estaba volviendo loca. Todavía no tenía respuestas para todo; tenía que afrontar las cosas día a día, un asunto tras otro. Con eso en mente, se dirigió hacia el estudio.

El estudio se encontraba en la parte frontal de la casa. Siempre lo habían llamado el estudio y nunca el despacho porque, para su madre, la palabra *despacho* sonaba demasiado rígida y convencional y quería que su lugar de trabajo fuera un espacio de inspiración y disfrute. No era una estancia muy grande. Dos ventanas con parteluz y cortinas de damasco que habían perdido su color y su brillo hace mucho tiempo ocupaban dos de las cuatro paredes, las otras dos estaban cubiertas con librerías que iban del suelo hasta el techo. La gran mayoría de aquellos viejos tomos cubiertos de polvo versaban sobre flores e historia de la horticultura. Celeste los miró detenidamente, advirtió la presencia de polvo y de alguna telaraña. Sus hermanas le habían comentado que no tuvieron otro remedio que despedir a la señora de limpieza, la señora Cartwright, hacía unos meses y su ausencia se manifestaba en cada habitación. Era una casa grande —demasiado grande para solo dos o tres personas— y mantenerla limpia era un trabajo de jornada completa.

Un doble escritorio victoriano de nogal ocupaba el centro de la estancia y las dos sillas de oficina que completaban el conjunto estaban posicionadas cara a cara, como un par de generales enfrentados en una guerra. Celeste todavía recordaba la época en que ella misma había ocupado la mitad del llamado *escritorio de socios*, en el que, de manera casi imperceptible, su madre había ido avanzando centímetro a centímetro por la superficie de cuero, sus papeles fueron invadiendo el espacio de Celeste con determinación, como si fueran un ejército. En Celeste habían confiado la mitad del trabajo —más de la mitad, en realidad—, pero al parecer su madre no creía que su hija pudiera necesitar el mismo espacio para llevarlo a cabo.

Celeste contemplaba el escritorio en ese momento. Sabía lo que iba a encontrar: torres de papeleo y facturas sin pagar. Sus hermanas eran dos de las personas más trabajadoras que Celeste había conocido, pero ambas eran un absoluto desastre como administradoras. Sí, dos talentos en cualquier asunto relacionado con el jardín y con el invernadero, pero cualquier cosa remotamente parecida a papeleo terminaba apilándose y olvidándose y, a una persona como Celeste, que valoraba mucho el orden y la organización, esa actitud podía frustrarla muchísimo.

No fue capaz de sentarse en el escritorio, sentarse habría sido demasiado formal y estuvo paseándose a su alrededor, escaneando los papeles y sobres, hasta dar con el primer papel que vio con la letra de su madre. Sus dedos temblaban y lo leyó. Se trataba de una de sus infames listas con cosas por hacer, el itinerario ordenado de tareas que hacer en la casa y el jardín, repartidas entre Gertie y Evie. Los ojos de Celeste escrudiñaron la página, deteniéndose bruscamente cuando vio el último punto de la lista.

«¿Llamar a Celeste?»

Celeste clavó los ojos en aquellas palabras. «¿Llamar a Celeste?» «Entonces, a su madre se le había ocurrido llamarla», se dijo, pero cayó en la cuenta de que el punto de interrogación era revelador y jamás la había llamado. ¿El cáncer había avanzado tan deprisa que no había tenido tiempo para llamarla? Celeste sabía que las últimas semanas de la enfermedad de su madre habían sido bastante duras; sus hermanas le habían contado que Penélope no salía siquiera de su habitación. Entonces, ¿cuándo había escrito aquella nota?

—¿Iba a llamar de verdad? — preguntó Celeste a la habitación vacía. No podía dejar de preguntarse lo que su madre le habría dicho si hubiera hecho la llamada, ni de sentir una inmensa tristeza por la imposibilidad de saber ya nada. Entonces vio la pequeña tarjeta que tenía que estar allí, como Gertrude había prometido.

Julian Faraday – Subastas

Había una dirección de Londres, con el nombre de una plaza que sonaba a grandeza, más un número de teléfono y un correo electrónico. ¿Y ese sería el hombre que podría salvarlas? ¿El hombre que sacaría un cuadro venerado de una casa familiar para venderlo al mejor postor, independientemente de si esa persona era digna de esa obra o no?

En silencio, Celeste maldijo al hombre sin rostro que era Julian Faraday y dejó la tarjeta en el escritorio, al lado del teléfono. En lo más profundo de su corazón, sabía cuál era su deber, pero todavía no estaba preparada para hacer esa llamada.

4

Gertie cruzó el foso y rodeó el jardín a zancadas para dirigirse a un sendero que atravesaba un prado. En esa época del año, aquel camino estaba bordeado de ranúnculos brillantes y borbonesas. Gertie adoraba las flores silvestres, pero aquella tarde no tenía tiempo para detenerse a admirarlas, no quería ser impuntual.

Seguía el río Stour, que trazaba sus curvas suaves en el paisaje, y justo al llegar al sauce caído, vio a la señora Forbes. Gertie suspiró porque, en ese tramo del sendero, no había manera de evitarla.

«Sigue caminando, sigue caminando», se decía a sí misma cuando ocurrió lo inevitable y casi chocaron.

La señora Forbes era una mujer alta, con la espalda recta, que daba clases de aeróbic en el polideportivo del pueblo para mujeres de más de cincuenta años. Ella ya rondaba los sesenta y, con aquella voz suya propia de un comandante del ejército, era capaz de bramar tan fuerte a sus alumnos, todos los miércoles por la mañana, que se podía oír hasta la otra punta del pueblo.

—Buenas tardes, Gertrude —tronó la señora Forbes—. ¿Dando un paseo? —preguntó cuando, en realidad, quería decir «¿Adónde vas?»

—Sí —le contestó Gertie, sin cometer el error fatal de detenerse para conversar—. Buenas tardes —dijo mientras seguía su camino.

La señora Forbes parecía confusa, pero no era una de esas

personas que se ofenden con facilidad y Gertie siguió caminando temerosa de que la siguiera. No imaginaba a la señora Forbes persiguiéndola, pero no dejó de mirarla por encima del hombro hasta que de su gran sombra no quedó más que un puntito lejano.

Se sorprendió al sentir su corazón acelerado después de aquel encuentro inesperado y se dijo a sí misma que no había de qué preocuparse. La señora Forbes no era una cotilla, ni siquiera debía de importarle saber adónde se dirigía Gertie. Aun así, todavía era incapaz de apaciguar su ansiedad y, al cabo de unos instantes, se dio cuenta de que su reacción era consecuencia de la situación en la que se había metido.

Después de dejar la orilla del río, trepó una valla, con cuidado para no engancharse el vestido. Había escogido un vestido sencillo de tela vaquera con pequeños botones de nácar en la parte delantera, un vestido bonito que no llamaba la atención innecesariamente. Si Evie o Celeste la hubieran visto salir de la mansión, tampoco habrían sospechado que se dirigía a ningún sitio en particular. Haberse soltado su larga melena, después de haberse lavado y secado el pelo, y haberse puesto bastante rímel y brillo de labios, no tenía nada de particular. ¿Qué había de malo en querer ponerse guapa para dar un paseo nocturno?

Al cruzar otro campo, apareció un elegante galgo negro y blanco, un animal precioso ya mayor que avanzaba con el paso propio de un anciano caballero. Gertie sabía que aquella raza no necesitaba hacer mucho ejercicio, se habría contentado con quedarse en casa el día entero, acurrucado en su sofá preferido, pero su dueño necesitaba una excusa para salir de casa y el perro le servía de coartada.

—Hola, *Clyde* —dijo Gertie cuando se encontró con el viejo perro antes de que el animal empujara su hocico húmedo en la palma de su mano—. ¿Dónde está tu dueño? —le preguntó, pero ya sabía la respuesta.

En medio de los árboles asomaba una vieja capilla en ruinas y, apoyado en una de las ásperas paredes de pedernal, un hombre alto con el pelo rubio oscuro. No había visto llegar a Gertie, por lo que ella tuvo la oportunidad de observarlo un instante. Llevaba unos vaqueros y una camisa de algodón con cuadros marrones y blancos. Su rostro parecía tenso y sus ojos azules cansados, como si no hubiera dormido en una semana. Quizá fuera así.

—¿James? —dijo mientras se acercaba.

—Gertie —le contestó, esbozando una ligera sonrisa—. Creí que no ibas a venir.

—Claro que iba a venir. Nunca he faltado a ninguna de nuestras citas, ¿o sí?

Se acercó a ella, le cogió la cara entre sus manos anchas y la besó suavemente en la boca.

—Llevas el perfume que te compré —le dijo, acariciando suavemente su cuello con los dedos.

Gertie asintió. Era Gardenia de Penhaligon, un aroma deliciosamente ligero y dulce.

—Tengo otra cosa para ti —le dijo, metiendo la mano dentro del bolsillo de los vaqueros para extraer una cajita.

—¡James, no puedes seguir comprándome cosas siempre!

—Pero es que me apetece —le contestó—. Ahora, deja de protestar y ábrelo.

Le tendió la cajita azul y, cuando Gertie la abrió, se quedó sin respiración. En su interior, un medallón de plata en forma de corazón.

—*Siempre* había querido un medallón —le dijo, sus ojos oscuros brillantes de alegría.

—Lo sé —le dijo—, pero no me he atrevido a ponerle una foto. Bueno, quiero decir, una fotografía mía.

Gertie levantó la mirada hacia él.

—¿Hay algo dentro?

—Pues habrá que mirar para saberlo.

Gertie abrió el medallón con mucho cuidado y sonrió cuando vio el contenido.

—¡Es *Clyde*! —exclamó entre risas.

—Reduje el tamaño de la foto en mi ordenador. ¿A que ha salido genial?

—Sí, perfecto —dijo Gertie, justo cuando Clyde se acercaba para darle un empujón con el hocico, como si supiera que lo estaban admirando—. Gracias.

James asintió y sonrió.

—Solo me gustaría poder hacer más por ti.

Gertie negó con la cabeza.

—No hagas nada más.

Él cogió sus manos y las apretó.

—¿Sabes cuánto deseo estar contigo?

—¡No lo digas, James!

—Solo quisiera que pudiéramos ser una pareja normal. Quiero poder llevarte a un restaurante elegante...

—¡No tienes dinero para ir a un restaurante elegante! —bromeó Gertie.

—Vale, entonces, a un bar chulo —dijo—, ponernos cómodos en un rincón y hacerte cosquillas por debajo de la mesa cuando nadie mire.

Gertie soltó unas risitas, porque ya le estaba haciendo cosquillas, pero, después, suspiró.

—Pero no me las puedes hacer en público, nos vean o no, porque eres un hombre casado.

James gruñó y lanzó su cabeza hacia el cielo.

—¡No hace falta que me lo repitas! ¡Tengo que vivir con ello todos los días!

—Bueno, yo también tengo que vivir con ello —le respondió Gertie—. No tienes ni idea de lo que representa para mí, ¿o sí? Celeste ha vuelto a casa y Evie no paraba de contar el incidente de la iglesia.

—Ah —James suspiró.

—Fue horrible tener que escucharla; ella no sabe lo que está pasando realmente. Es tan injusto... Samantha recibiendo toda la compasión y nadie se detiene a pensar en lo que tienes que soportar tú.

—Oye —dijo James suavemente—, no te disgustes. Ya sabes cómo están las cosas.

—Sí, lo sé —Gertie dijo—, y es cruel e injusto.

—Lo sé —acordó James.

Juntaron sus cabezas en un suave abrazo.

—¿Que pasó cuando llegaste a casa? —preguntó Gertie.

—¿Después de la misa?

—¿Estuvo furiosa?

—Claro—confirmó James—, pero también disfrutó de cada minuto. No hay nada que le guste más que hacerse la víctima y yo tuve que estar la noche entera diciendo cuánto lo sentía cuando no lo sentí para nada.

—¿De verdad le dijiste que la querías empujar del muelle de Clacton Pier?

James se rio.

—¿Yo dije eso?

—Lo dijo Evie.

—Bueno, entonces, supongo que sí. —Se pasaba la mano por el pelo y, una vez más, Gertie se dio cuenta de lo cansado que parecía.

—¿Estás bien?

Él asintió.

—Solo es por dormir mal.

—¿Ya habéis cambiado de habitación?

—Todavía no —dijo—. Samantha no me deja. Monta un escándalo cada vez que saco el tema. Dice que se despertará en plena noche y que tendrá un accidente, pero nunca se despierta por la noche. Una vez dormida, ya no hay quien la despierte. No me necesita allí.

—Tienes que hacer un cambio… y no solamente de habitaciones —insistió Gertie—. Tienes que salir de esa situación.

—¿Pero cómo voy a salir de todo eso si ella no puede cuidar de sí misma?

—Pero si tiene dinero... tendrá que pagar a un cuidador. No puedes seguir siendo su esclavo. No estando como están las cosas entre vosotros.

—¿Pero, si hago eso, qué pensará la gente de mí? —preguntó James.

—Que piensen lo que quieran —le dijo Gertie—. No tienen ni idea de lo que estás viviendo. Si tanto les preocupa, diles que se vayan a vivir *ellos* con ella, así verán cómo es.

James suspiró.

—¿Por qué no nos conocimos mucho antes?

—Porque yo todavía iba al cole —bromeó Gertie, y James no pudo evitar una sonrisa.

—No soy *mucho* mayor que tú, ¿sabes? —le recordó.

—Tienes treinta y ocho años. ¡Eres casi un anciano!

Al oír este comentario, puso cara de indignación.

—¡Bueno, si eso es lo que piensas de mí, volveré con mi esposa ahora mismo!

Gertie se reía y estuvieron callados durante un instante.

—Evie también contó otra cosa —le dijo finalmente.

—¿Qué? —preguntó James.

—Dijo que pensaba que estabas teniendo una aventura.

—Dios mío. ¿De verdad?

—No tiene pruebas, claro. Solo dijo que había oído rumores.

—¿De dónde? —preguntó James, preocupado.

—¡No lo sé!

—Pero si hemos tenido mucho cuidado —dijo—. Yo no digo a

nadie donde voy y nunca veo a nadie. ¿Tú?

—No —dijo Gertie, negando con la cabeza—. Vi a la señora Forbes esta tarde, pero no nos dijimos más que hola y, de todos modos, incluso si sospechara algo, no creo que ella sea nada cotilla.

—¿Estás segura? No me fío de nadie en este pueblo. Solo con sospechar, ya les basta para ir contándose rumores.

—Pero ¡qué dices! —exclamó Gertie, indignada—. Solo porque vienes de Londres donde nadie habla con nadie y a nadie le importa lo que les pasa a los demás.

—¡Eso no es justo! —se defendió James—. En los últimos cinco años que estuve viviendo en mi antiguo piso, hablé con mi vecino dos veces como mínimo.

Gertie hizo una mueca y su sonrisa se desvaneció poco a poco.

—¿Qué vamos a hacer?

James se acercó y le besó la frente.

—No lo sé —le dijo—, pero tenemos que buscar una solución. Me apetece tanto estar contigo.

—Entonces tenemos que empezar a hacer planes —le dijo en tono serio.

Él seguía besándola, abriéndose su camino hacia la zona sensible de su cuello.

—Planes —dijo.

—¡Sí! —dijo Gertie— ¿James?

— ¿Qué?

—¿Me estás escuchando?

—¿Tenemos que hablar de eso ahora?

—Bueno, si no lo hacemos ahora, entonces, ¿cuándo?

—Tenemos tan poco tiempo juntos —protestó—. No quiero desperdiciarlo hablando.

Gertie intentó no vacilar cuando escuchó la palabra *desperdiciar*, porque no quería estropear el momento, pero estaba cada vez más frustrada por no poder hacer planes juntos.

—Entonces, dime que estaremos juntos pronto —le dijo.

—Claro que sí —la tranquilizó—. Muy pronto. —Y, con otro beso, paró las otras preguntas que podría tener preparadas para él.

El estrépito en plena noche despertó a todo el mundo, incluso a Frinton, que no tardó ni un segundo en saltar sobre la cama de su dueña con un gruñido de susto. Hacía un minuto, Celeste estaba sumida profundamente en un sueño donde ella intentaba hacer compost a partir de una montaña de papeleo…

—*Alimentará las rosas. Alimentará las rosas* —estaba cantando para Gertie y Evie, que la estuvieron mirando desesperadamente.

Al minuto siguiente, ya estaba sentada en la cama, con el corazón acelerado como si fuera un animal salvaje.

—Tranquilo, Frinton —le dijo al perro mientras intentaba entender lo que estaba pasando.

Segundos más tarde, Gertie llegó a su habitación.

—¿Qué demonios ha sido eso?

—Creía haberlo soñado —le dijo Celeste, encendiendo la lámpara en la mesilla y poniéndose un jersey.

—No lo has soñado. El ruido ha venido de abajo. O de arriba. No estoy totalmente segura. —contestó Gertie.

—¿Gertie? — la voz de Evie vino desde el pasillo.

—Estoy en la habitación de Celeste —avisó Gertie.

—¿Habéis oído eso? —Evie se reunió con sus hermanas, su hermoso rostro parecía pálido en la luz de la lámpara.

—Imposible no oírlo —le dijo Gertie.

—¿Pero qué era? Sonaba como si se derrumbara una habitación entera —comentó Evie.

—No digas eso. *Por favor,* ¡no digas eso! —suplicó Celeste, mientras se ponía las zapatillas. Que se derrumbara una habitación no parecía tan imposible en un lugar como aquella mansión.

—¿Qué hacemos? —dijo Evie, girándose hacia sus hermanas,

como si esas supieran la respuesta.

—Tenemos que inspeccionar todas las estancias —opinó Celeste.

Enseguida, las tres salieron del dormitorio, con Frinton delante, y empezaron a abrir puertas y encender luces.

—¡Tened cuidado! —voceó Celeste—. No quiero que nadie caiga por un agujero en el suelo o algo por el estilo.

—No creo que viniera desde arriba en absoluto —dijo Evie.

—Sigamos mirando —contestó Celeste—. Tenemos que estar seguras.

Unos minutos más tarde, las tres hermanas se volvieron a encontrar en el descansillo.

—Nada —informó Gertie.

—No se ha movido ni una sola telaraña —siguió Evie.

—Entonces, tiene que haber venido de abajo —concluyó Celeste.

—Oh, ¿eso quiere decir que tenemos que bajar? —dijo Evie aterrada

, cerrando más el cuello de su bata—. Esta casa me da escalofríos por la noche.

—No te preocupes —la tranquilizó Gertie—. Somos tres para defendernos.

—Exacto... Y, si hubiera un loco, escondido en la sombra, estaríamos seguras porque somos tres mujeres histéricas en bata en vez de una sola —ironizó Evie.

—Iré yo la primera —se ofreció Celeste, guiando a sus dos hermanas por las escaleras. Frinton , encantado con esta aventura nocturna, las adelantó y, segundos más tarde, frenó de golpe en el vestíbulo, sus patas delanteras ocultas debajo de una alfombra desgastada.

—Por cierto, ¿qué hora es? —preguntó Evie.

El reloj de pie contestó, tocando las tres en ese preciso instante.

—¿Por dónde empezamos? —quiso saber Gertie.

—Yo no me quiero separar de vosotras —le dijo Evie—, así que ¡ni se os ocurra sugerirlo!

Celeste suspiró.

—Bueno, empecemos por el comedor —propuso a sus hermanas. Se armó de valor, abrió la puerta y encendió la luz. Aquella debía de ser la estancia con menos probabilidad de haber sufrido ningún derrumbe y la viga en la esquina todavía seguía de pie, pero, si la misma hubiera caído, el ruido que hubiera provocado habría sido distinto al estrépito que las había despertado.

Avanzaron por la casa, inspeccionando primero el estudio y luego pasando de una habitación a otra de las que menos utilizaban, hasta llegar al pasillo oscuro.

—Es la habitación de la maldición, ¿verdad? —dijo Evie.

—Seguramente… —le confirmó Celeste—. Se ha ido desplomando poco a poco estos últimos años.

—¿Podemos dejarlo para mañana? Un par de horitas más no supondrán ninguna diferencia, ¿no? —sugirió Evie.

Pero Celeste y Gertie ya estaban cruzando el pasillo y, como no quería quedarse sola, Evie no tuvo otro remedio que seguirlas. Por suerte, Gertie llevaba una linterna, porque, en esa parte de la casa, el cableado eléctrico no era muy fiable. Y así avanzaron, abriendo cada una de las puertas, hasta llegar a la temida habitación, iluminando cada rincón y grieta con la linterna, todas vacías e intactas.

—Bueno, ya solo queda una… —dijo Celeste y, con el corazón encogido, dirigieron sus pasos en dirección a la habitación de la maldición.

Nada más abrir la puerta, Frinton rompió a ladrar frenéticamente, sus ladridos resonaron en la habitación vacía.

—Frinton, ¡*tranquilo*! —gritó Celeste.

Miró ansioso a su dueña, como si le estuviera preguntando por qué quería ir a un lugar como este cuando podían estar bien arropados en una agradable cama caliente, soñando con conejos.

Gertie iluminaba la habitación con la linterna.

—¿Qué es *eso*? —dijo horrorizada, viendo la gran pila de escombros en medio de la habitación.

—Es el techo. ¡El techo está en el suelo! —señaló Evie.

—¡Dios mío! —gritó Celeste y, después de cerrar los ojos apenas un segundo, al abrirlos, comprobó que el horror seguía allí. Y, como Gertie apuntaba la linterna hacia arriba, vieron que Evie tenía razón. El techo estaba, efectivamente, en el suelo.

Se quedaron perplejas, en el silencio más absoluto. Hasta Frinton no emitió ni un solo ruido.

Finalmente, habló Gertie.

—Tienes que llamar a ese señor de la casa de subastas —le dijo a Celeste.

Esa última, con el rostro blanco y los labios apretados, asintió solemnemente.

—Llamaré por la mañana.

5

Celeste se estaba calentando las manos, envolviendo un tazón de té dulce con ellas, cuando Gertie entró en la cocina. Después del desplome del techo, ninguna de las hermanas había conseguido dormir bien aquella noche.

—¿Estás bien? —preguntó Gertie, mientras se servía un vaso de zumo de manzana, sentada en frente de su hermana en la enorme mesa de pino.

—Estoy bien —le mintió Celeste.

—Bueno, no te sientas molesta, pero tienes un aspecto horrible —contestó Gertie.

—Gracias. No me acordaba de lo sincera que podías ser por la mañana.

Gertie esbozó una pequeña sonrisa.

—No he dormido muy bien... ¿Tú sí?

Celeste negó con la cabeza.

—No podía dejar de pensar.

—¿En qué?

—En todo —dijo Celeste.

—Ah —dijo Gertie —, entonces no me extraña que no pudieras dormir.

Celeste tomó otro trago de su té y Gertie volvió a hablar.

—¿Has sabido algo de Liam últimamente?

Celeste dijo que no.

—Tampoco lo espero, la verdad.

—No puedo creer que ya haya pasado un año desde que rompisteis —le confesó Gertie.

—Yo tampoco... —dijo Celeste—. Y todavía me cuesta creer que sea cierto todo lo que pasó.

—¿Sabe que estás aquí?

—Imagino que lo habrá supuesto —dijo Celeste—. Sabe que solo estaba alquilando ese piso en la costa para una temporada y le informé de la muerte de mamá.

—Pensé que era un miserable por no venir al entierro —dijo Gertie.

—Se lo pedí yo —lo defendió Celeste—. Nunca se llevó bien con mamá y ella no lo soportaba.

Gertie observó a su hermana un momento, antes de volver a hablar.

—De verdad que lamento que las cosas hayan salido como salieron —soltó finalmente.

—La culpa fue totalmente mía —le dijo Celeste.

—No digas eso.

—Pero si es cierto... —siguió Celeste—. Si no hubiera tenido tanta prisa para salir de casa a construir una nueva vida, habría tenido el tiempo para conocer mejor a Liam y nunca habría cometido el error de casarme con él.

—¿Tan horrible fue al final? —preguntó Gertie con los ojos llenos de compasión.

—Fue horrible desde el principio. —Celeste esbozó una sonrisa casi imperceptible.

—No, de hecho, no es cierto. Tuvimos momentos buenos. Él era... —se detuvo—, sí, él era capaz de entretenerme, ¿entiendes?

Gertie sonrió a su turno.

—Cuéntamelo —dijo.

—Bueno —dijo, pensando en los primeros días de su breve matrimonio—, siempre me propuso cosas divertidas como llevarme a hacer *karting* o *windsurf* o a volar cometas en la playa. Siempre estuvimos *haciendo* cosas... cosas que no había hecho en mi vida.

—Parece divertido.

—Sí, aquello fue divertido —dijo Celeste—, pero no te puedes divertir siempre y, en cuanto las actividades se acabaron y empezó la vida real, nos dimos cuenta de que no teníamos absolutamente nada en común. —Negó con la cabeza mientras recordaba—. Al regresar a casa después de haber trabajado todo el día, mientras preparábamos la cena en la cocina, un silencio horrible. No era un silencio sereno que puede compartir una pareja... Aquel silencio era molesto, más propio de unos desconocidos. No había ni una sola cosa que quisiéramos contarnos. —Se encogió de hombros.

—Aun así, me apena no haber ido a tu boda —le comentó Gertie.

—Siento mucho no haber podido invitarte —se disculpó Celeste—. Todo pasó tan rápido...

—¿Por qué tenías tanta prisa? —le interrogó Gertie.

Celeste reflexionó durante un instante.

—Creo que tenía miedo de que mamá intentara impedirme...

—¿De verdad?

Celeste asintió.

—No dejaba de repetirme que no podía dejar este lugar y que era responsabilidad mía que todo pudiera seguir funcionando.

—No debería haberte metido tanta presión —dijo Gertie.

—Creo que por eso cometí un error tan grande con Liam. Él me ofreció una oportunidad para escaparme y eso era muy importante por aquel entonces.

Gertie la miró incrédula.

—Ojalá nos hubieras contado lo infeliz que eras aquí. No teníamos ni idea, de verdad. Deberías habernos dicho algo, podríamos haberte ayudado.

—No podríais haber hecho nada.

—Te podríamos haber *escuchado* —argumentó Gertie.

—No quería provocar problemas entre vosotras y mamá, vosotras dos teníais una buena relación y Evie la veneraba. No debía estropear todo eso con mis problemas. No quise estropear nada.

Gertie le extendió sus manos por encima de la mesa y Celeste las cogió, notando un pequeño apretón de consuelo.

—Entonces, ¿cambiaste una situación desesperada por otra?

—Sí, eso lo resume bastante bien —admitió Celeste, y las dos hermanas se miraron a los ojos.

—Estoy contenta de que hayas venido a casa —dijo Gertie—. Sí, ya sé que suena egoísta, también sé que piensas que solo queríamos que volvieras para ocuparte de todo el papeleo, pero te hemos echado de menos de verdad. Esta antigua casa no fue la misma después de que te marcharas.

—No hace falta hacerme la pelota —comentó Celeste con una sonrisa burlona.

—No te estoy haciendo la pelota —replicó Gertie—. Te estoy diciendo la verdad. Algo faltaba en tu ausencia. Hasta mamá lo notó.

—Ya, ¡claro!

—Sí, mamá lo *notó* —insistió Gertie—. No lo habría reconocido jamás a nadie, pero yo lo pude ver. Parecía... —Gertie se detuvo.

—¿Qué? —preguntó Celeste.

—Perdida —dijo finalmente Gertie, y Celeste se rio—. No, *en serio.*

—Gertie, estás diciendo tonterías. Mamá me odiaba.

—No digas eso —protestó Gertie, con gesto de angustia.

—Pero es verdad. No podía soportar que estuviera en la misma habitación que ella y luego siempre se quejaba cuando no estaba para ayudarla. No podía hacer nada que la complaciera. Nunca hice nada que la alegrara siquiera un poco.

Gertie volvió a apretar las manos de su hermana y Celeste vio que estaba dividida entre querer creerla y querer guardar un recuerdo más dulce de Penélope.

—Pero nos alegrabas —dijo— y te echamos de menos.

—¿De verdad? ¿De verdad me echasteis de menos?

—¡*Claro* que sí! *Todas*.

—Yo también os eché de menos —confesó Celeste—. Dios, no me puedo creer tener treinta años y estar divorciada.

Gertie no pudo evitar reírse

—Por lo menos lo intentaste, no como yo, que soy una vieja solterona.

—¡No eres vieja! —le contestó Celeste.

—Tengo veintiséis y todavía estoy en el mercado —dijo Gertie con un suspiro melodramático.

—¿Qué pasó con Tim? —interrogó Celeste, recordando al honesto vendedor que llegó un día para tratar de venderles doble acristalamiento en las ventanas.

—Oh, eso terminó hace siglos.

—¿Y no hay nadie más en el horizonte? —insistió Celeste.

Gertie observó a su hermana, pensando si contárselo o no, preguntándose si Celeste entendería su situación.

—Sí hay *alguien*, ¿verdad? —dijo Celeste, inclinándose un poco, como si se estuviera acercando a la confesión de su hermana.

—Bueno…

En ese preciso momento, Evie entró en la habitación como si no hubiera pasado nada, su pelo rubio platino bien recogido y desplegando su eterno encanto espontáneo.

—¡Buenos días! —voceó—. ¿Habéis dormido bien?

—No —contestaron Celeste y Gertie al unísono.

—¡Vaya! Yo me quedé roque después de haber visto el techo en el suelo.

—Yo no he pegado ojo en toda la noche —dijo Celeste, bostezando.

—Y yo estaba a punto de dormirme cuando sonó el despertador —siguió Gertie.

—¿Vamos a volver a llamar a ese hombre? —preguntó Evie cuando se disponía a abrir un armario en búsqueda de un tazón grande, con rosas rosas.

—¿Qué hombre? —preguntó Celeste.

—El hombre al que solemos llamar cuando algo se rompe o se cae… Al par de días, llega en una pequeña furgoneta y después nos manda un presupuesto exorbitante por correo y nunca lo volvemos a llamar.

—Creo que deberíamos llamarlo —dijo Gertie— y también creo que tendríamos que encargarle ese trabajo y pagarle por una vez... ¿No crees, Celly?

Celeste asintió.

—Sí, sin duda —dijo—. Si queremos ponerla a la venta, tenemos que arreglar todo lo que podamos en la mansión.

—¿Qué? —estalló Evie—. Rebobina un segundo, porque no estoy segura de haberte oído bien.

—¿De qué estás hablando, Celly? —preguntó Gertie.

—Ay, ¡venga! —dijo Celeste—. No me digáis que ninguna de las dos habéis pensado en vender. *Tenéis* que haber pensado en ello. No hay otra salida.

Celeste no era capaz de descifrar la mirada que invadió el rostro de Gertie.

—Bueno, yo sí, pero no lo he pensado en serio.

—¿Qué? —Evie volvió a gritar—. No puedo creer lo que escucho. No lo puedes estar diciendo en serio, Celeste.

—Lo digo *muy* en serio —dijo la hermana mayor—. De hecho, nunca he hablado más en serio de ningún asunto en toda mi vida.

Evie se hundió en el banco.

—Pero esto es de locos.

—¿Por qué es de locos? —preguntó Celeste—. Piénsalo bien un minuto. Piensa en lo que cuesta mantener este lugar y lo que costará en el futuro seguir manteniéndolo. Solo estamos las tres aquí y yo no pienso quedarme y, además, es un desperdicio mantener todo si no lo no utilizamos. Si vendemos la mansión, tendremos los fondos necesarios para comprar algo precioso, un hogar para todas. Piénsalo, Evie. ¡Vender Little Eleigh Manor nos liberaría a todas y podríamos hacer lo que quisiéramos!

—Pero yo no quiero hacer otra cosa que vivir y trabajar aquí —protestó Evie.

—¿En serio? —dijo Celeste.

—¡Sí, en serio! ¿Por qué te cuesta tanto creerlo?

—¡Escucha! —intervino Gertie, levantando las manos—. Creo que tendríamos que escuchar los argumentos de Celeste.

—No puedo creer que te estés poniendo de su lado —dijo Evie.

—No estoy del lado de nadie —contestó Gertie—, pero, sí, hay temas que tenemos que discutir.

—¿Qué temas? —preguntó Evie.

—¿Qué queremos en esta vida? —dijo Gertie—. Hasta ahora no habíamos tenido otra opción, ¿verdad? Siempre hemos estado vinculadas a este lugar, porque era el hogar y el negocio familiar, pero, ahora, todo ha cambiado, ¿no crees?

—¿De verdad? —preguntó Evie.

—Solo si queremos —replicó Celeste.

—No me puedo creer que las dos lo estéis pensando en serio —dijo Evie—. ¿Acaso este lugar no significa nada para vosotras?

—Claro que sí —contestó Celeste—, pero veo imposible seguir viviendo aquí. Imposible.

—¿No podemos pedirle ayuda a papá? ¿Tiene dinero ahorrado, no? —preguntó Evie.

—Sí, pero ¿te imaginas a Simone dejándole sacar parte de ese dinero para ayudarnos? —argumentó Celeste.

—¡Nos odia!

—Podríamos intentarlo con el tío Portland o con la tía Leda —sugirió Gertie—. Siempre han adorado este lugar.

—Pero tienen menos dinero que nosotras y siempre han tachado a mamá de loca por pretender mantener la mansión —dijo Celeste—. No nos ayudarían.

Evie negó con la cabeza, sus grandes ojos oscuros llenos de miedo.

—¿Y no podríamos esperar a ver qué pasa con los cuadros? —preguntó—. Quién sabe, ¡podrían valer una fortuna y solucionar todos nuestros problemas!

—Lo dudo —dijo Celeste.

—Pero podemos averiguarlo, antes de tomar decisiones drásticas, ¿no?

Celeste miró a Gertie por encima de la mesa y esta asintió. Después, se levantó de la mesa con un grave suspiro.

—¿Adónde vas? —preguntó Evie, con pánico en su voz.

—Voy a llamar a un hombre para hablarle de un cuadro.

Celeste debería haber ido directamente al estudio para llamar a Julian Faraday, pero cruzó el vestíbulo para entrar en salón donde estaba aquel cuadro. El salón era una de las estancias más preciosas de la casa, con dos enormes sofás donde estaban apilados unos cojines tapizados. También era uno de los pocos cuartos que se podían mantener calientes en invierno, porque, justo antes del divorcio, su padre insistió en instalar una estufa de leña.

—Me niego a pasar otro invierno frío en esta maldita casa —le dijo a su madre. La estufa parecía minúscula en la gran chimenea, pero caldeaba perfectamente la estancia y más de una noche habían pasado las tres chicas ahí, acurrucadas en los sofás, tomando chocolate caliente y viendo películas juntas. Su madre se sumaba a ellas en algunas ocasiones. Cuando no estaba fuera, socializando, cosa que solía hacer los fines de semana, porque el resto del tiempo, prácticamente vivía en el estudio, donde solo había un radiador eléctrico para evitar que se quedara completamente helada. Allí se quedaba, envuelta en su abrigo de invierno y su bufanda, hasta entrada la madrugada para ir resolviendo problemas, siempre se había negado a contratar a nadie porque no podía dejar nada fuera de su control.

—Este es un negocio familiar —le decía a cualquiera que la criticara por hacerse ella cargo de todo— y no voy a pagar a un desconocido porque sí para que meta sus narices en nuestros negocios.

Pero Celeste no estaba allí para recordar el pasado... sino porque deseaba contemplar el cuadro. Colgado en la pared, encima de una mesa de caoba con marcos plateados con fotografías, estaba el Henri Fantin-Latour. No era un cuadro muy grande, pero llamaba la atención de todos los que entraban en aquella estancia. Celeste lo estuvo estudiando y advirtió que hacía años que no se había detenido a mirarlo bien. De hecho, no recordaba la última vez que lo había mirado *realmente*. Aquel cuadro ya formaba parte de la casa, tanto que ya no llamaba la atención, lo que era una pena, porque era precioso, pero, tal vez en eso consistiera el verdadero valor de algo, en que no hiciera falta cantar sus méritos todos los días, pero, que si de repente se perdiera, su ausencia pudiera romper el corazón más duro.

Inmovilizada frente al cuadro, volvió a absorber toda su belleza. Se trataba de un bodegón compuesto por un sencillo cuenco de barro lleno de rosas; el fondo era oscuro y discreto, para que nada pudiera distraer el espectador de la belleza de las flores.

Celeste adoraba la manera en que las rosas habían sido reunidas todas juntas, en una abundancia voluptuosa, dejando poco espacio para el verdor y ninguno para flores de otra especie. Eran sobre todo rosas de color rosa pálido, pero también había algunas blancas, otras cuantas amarillo albaricoque claro y una sola rosa carmesí que parecía dominar a todo aquel abanico pálido. Cada rosa estaba en el momento álgido de su floración, los pétalos completamente desplegados, Celeste podía imaginar el perfume celestial de las flores cuando el artista las estaba pintando. Le habría gustado conocer los nombres de cada una de aquellas rosas, habría dicho que se trataba de Centifolias o Borbonianos, por sus pétalos generosos. Tal vez fueran rosas que ya no existían, perdidas para el mundo, y solo seguían viviendo en ese cuadro.

Su abuelo había especulado muy a menudo sobre ese asunto.

—¿Ves esta? —solía decir, señalando una de las rosas de color blanco cremoso en primer plano.

—¿Sí? —contestó Celeste.

—Rosa damascena, *Madame Hardy*. Apostaría mucho dinero por ello.

—¿Estás seguro? —le solía interrogar Celeste, desesperada por conocer la verdadera identidad de cada una de las rosas.

—No —le contestó—. Maldita sea, qué frustración. Y me gustaría saberlo con seguridad.

Y, así, durante todos estos años, la familia Hamilton no había tenido otro remedio que especular sobre la identidad de cada flor.

—Creo que esta es una *Souvenir de la Malmaison* —diría otro, justo antes de ser fulminado por los demás.

—Tienes que hacerte mirar la vista. ¡El color no corresponde a esa en absoluto!

—¿Y qué opináis de *Charles de Mills* para esta roja? —decía alguien.

—No florecen así —señalaba otro—. Son más planas. Pensaba que lo sabrías.

Celeste sonreía, recordando aquellas disputas amistosas, para después caer en una tristeza profunda al ser consciente de que jamás volverían a mantener esas conversaciones si terminaban vendiendo el cuadro. ¿Pero qué otro remedio tenían? Si un cuadro podía evitar que la casa se derrumbara ante sus ojos, no podían permitirse el lujo de no venderlo. Cuestión de sentido común. Sin embargo, al contemplar las rosas pintadas, no podía evitar pensar que preferiría una vida en una pequeña casa con terraza con aquel cuadro a vivir en la gran mansión ventosa sin él.

Después de salir del comedor, Celeste entró en el estudio y encontró la tarjeta de visita que había dejado en el escritorio. Una simple llamada, eso era todo lo que hacía falta. Todo lo que tenía que hacer era levantar el auricular y marcar el número en la tarjeta. No era tan difícil, ¿verdad?

Respiró hondo, forzándose a sí misma a dejar de pensar en la belleza del cuadro y a pensar en la utilidad del dinero contante y sonante. La mansión no necesitaba el cuadro, sino un nuevo tejado, otro cableado y una solución al problema de humedad. Sí, debían vender el cuadro, así que cogió el teléfono y marcó.

—Faraday —una voz clara contestó al instante—. ¿En qué puedo ayudarle?

—Quisiera hablar con Julian Faraday —dijo Celeste.

—Veré si está disponible —contestó la voz, poniendo a Celeste en espera en compañía de Beethoven. Estuvo esperando, tamborileando sus dedos contra el escritorio al ritmo de la música, pensando en colgar. No, el cuadro no les interesaba. El hecho de dejarla esperando era una señal, ¿no? Tendría que aprovechar la oportunidad de salir corriendo mientras pudiera hacerlo.

—Buenos días. Julian Faraday. ¿Con quién hablo?

Celeste titubeó.

—¿Señor Faraday?

—Soy yo. ¿En qué la puedo ayudar?

Tenía una voz agradable, cálida y paciente, pensó Celeste mientras carraspeaba.

—Tengo un cuadro —empezó—. Un Fantin-Latour.

—Perfecto —dijo él al instante—. ¿Y le gustaría hacerlo tasar?

—Sí. Sí, por favor —dijo Celeste—. Y otros cuantos cuadros también. Tal vez, todavía no estoy muy segura.

—¿Podrá traer los cuadros a la ciudad?

—¿Quiere decir a Londres? —dijo Celeste, horrorizada—. Dios mío.

—¿No puede venir hasta Londres?

—Bueno, si pudiera evitarlo… —admitió.

—¿Por dónde vive? —preguntó la voz paciente.

—Suffolk, en el valle del río Stour. ¿Lo conoce?

—¿Si lo conozco? Estaré por esa zona este fin de semana —le contestó el señor Faraday.

—¿De verdad? —dijo Celeste. Quizá solo tuviera curiosidad por ver aquellos cuadros y un pequeño paseo por el campo no lo iba a asustar.

—¿Podría pasar por su casa uno de estos días? ¿Cuándo le vendría bien?

Celeste tragó saliva. De repente, todo parecía demasiado real. Alguien quería pasarse por la mansión. Alguien que podría quitarles los cuadros para siempre.

—¿Hola? —sonó la voz del señor Faraday—. ¿Sigue usted ahí?

—Sí —le respondió Celeste, intentando controlarse—. Por la mañana me iría bien —dijo, pensando que lo mejor sería quitárselo de encima cuanto antes.

—Vale —dijo el señor Faraday—. ¿A las diez le parece bien?

—Perfecto —confirmó.

—¿Y la dirección?

—Estamos en Little Eleigh Manor. Justo al sur de…

—Sudbury. Sí, lo conozco —le dijo—. Una casa muy bonita.

—Necesitada de muchos arreglos —completó Celeste.

—Ya veo —dijo él—. Bueno, tal vez Faraday le pueda ayudar.

—Sí —dijo Celeste.

—Entonces, la veré este sábado.

—A las diez —le confirmó y, al colgar, sintió que las lágrimas le rodaban por las mejillas.

6

Evie Hamilton se miró en el espejo roto que había en el cobertizo e hizo una mueca. No estaba segura de gustarse a sí misma rubia. Debería volver a ser pelirroja a finales de mes.

Por lo menos, su pelo era algo que podía controlar, pensaba, no como todo lo demás que estaba ocurriendo a su alrededor. Detuvo su trabajo un momento, la mirada borrosa mientras pensaba en los últimos meses y en todo lo que había cambiado desde que su madre fue diagnosticada de cáncer. Todo había sido cruelmente rápido, solo unas semanas entre la primera sensación de que algo no iba bien y la última despedida.

Evie parpadeó para no llorar. Todavía lloraba en momentos inesperados, cuando las emociones la asaltaban sin avisar. Su preciosa madre, que la mimaba y le decía lo hermosa que era, día sí, otro también. La echaba tanto de menos. Nunca nadie podría quererla tanto como lo había hecho su madre, ¿no? Desde enseñarle a maquillarse hasta a caminar con tacones, Penélope Hamilton se había desvivido por su hija. A veces, la podía asfixiar un poco, eso debía reconocerlo, pero ¿acaso eso no era una muestra de su afecto?

—Me recuerdas tanto a mí misma cuando tenía tu edad —no paraba de decirle a Evie—. Solo que no eres *tan* de guapa como lo era yo, claro.

Evie nunca llegó a pensar que ese comentario no era propio de una madre, porque sabía que era la realidad. Por las numerosas fotografías que su madre le había enseñado de aquellos años, Evie sabía que había sido una belleza impresionante y el hecho de haber perdido esa belleza por su enfermedad fue tan duro para ella que terminó siendo una mujer cruel, capaz de decir cosas sin pensar e imposible de tratar. Evie no había visto esta faceta suya hasta entonces, pero sabía que todo se debía a su enfermedad. ¿O no? Sabía que Celeste no compartiría su opinión, pero, como su hermana no había estado allí hasta el final, no había tenido posibilidad de saberlo.

Evie frunció el ceño. Y, ahora, Celeste había regresado y creía que podía presionar a sus hermanas para tomar decisiones que no querían tomar. ¿Con qué derecho pensaba poder hacer nada? El mero hecho de ser la mayor no quería decir que estuviera al mando. Sí, necesitaban su ayuda, pero Evie tenía muy claro que no daría su brazo a torcer para hacer algo con lo que no estaba de acuerdo. No contemplaba siquiera la opción de vender la mansión. Aquel era su hogar... era el hogar de *todas* y era muchas cosas más. Aquel era el lugar del que sus abuelos se habían enamorado y, como sabía que Celeste guardaba malos recuerdos de él, también sabía que tendría que ocuparse de que su hermana volviera a enamorarse de la casa.

Evie se limpió las manos en los vaqueros y cogió las llaves de la furgoneta. Le habría encantado poder pasar más tiempo con sus queridas plantas, pero había quedado con Gloria Temple y no podía permitirse el lujo de llegar tarde. Si pudiera atar a esa clienta, haría engordar las arcas de las Hamilton y, además, así le podría demostrar a Celeste que vender la mansión no era la única opción que les quedaba.

Siguiendo el camino que rodeaba el jardín vallado, Evie se acercó a la casa. A la furgoneta blanca le vendría bien un lavado, pero en ese momento no tenía tiempo. Era un vehículo horrible, Gertrude siempre estaba diciendo que lo tenían que cambiar, pero nunca había sido una prioridad. Evie observó la pintura descolorida que decía «Rosas Hamilton», aunque, ahora, parecía decir «osa Hamil». Hacía años que las puertas traseras no cerraban bien y la carrocería estaba oxidada por todas partes. No era buena publicidad para el negocio, pero, afortunadamente, la reputación de sus rosas superaba asuntos tan fútiles como el vehículo empresarial. Menos mal.

Cogiendo el volante, Evie se aseguró de que su *Álbum de rosas* estaba en el asiento del pasajero y sonrió al verlo. Era el más maravilloso de los libros, reunía lo mejor de lo que ofrecía su negocio. A veces, Evie se acurrucaba en uno de los sofás del salón para perderse en las páginas de aquel libro que tanto adoraba. Cada fotografía le devolvía recuerdos de alguna ocasión especial en la que Rosas Hamilton había tenido un papel importante. Había bautizos, bodas, fiestas de cumpleaños, cenas de jubilación, cualquier tipo de celebración imaginable, y todas ellas habían brillado más gracias a presencia de las rosas.

—Y no hay rosas más preciosas que las nuestras —se dijo Evie a sí misma, arrancando la furgoneta y llevándola por el camino hacia la carretera que conducía a Lavenham.

Siempre se sentía un poco rara al abandonar la mansión. Evie estaba tan acostumbrada a pasar sus días allí que podía pasar semanas sin salir de la propiedad, pero siempre era maravilloso cruzar el foso y recorrer el valle del río Stour y sus alrededores y ese día estaba especialmente emocionada con su pequeña excursión.

Gloria Temple era una celebridad local. Ya rondaba los sesenta y estaba a punto de casarse por cuarta vez. En su juventud, había sido actriz en los teatros londinenses, donde su belleza y su talento habían dejado a su público atónito, pero el gran salto lo había dado en los ochenta, cuando interpretó el papel de una madre excéntrica en una serie de televisión sobre una familia disfuncional que vivía en una caravana. Evie era demasiado joven para saber algo acerca de los *Caravándalos*, pero había visto algún fragmento y el ilustre pasado de su clienta la deslumbraba un poco.

También estaba un poco deslumbrada por la casa de su clienta. A pesar de no ser tan amplia como su casa familiar, con su entramado blanco y negro de madera, Blacketts Hall era una mansión medieval impresionante. La gente se desplazaba especialmente a Suffolk para visitar aquella casa. Rodeada de sus terrenos, a las afueras de la bonita ciudad de Lavenham, tenía unas vistas interminables y, así,gracias a un enorme muro y verjas que solo se abrían para visitas anunciadas, su presencia pasaba casi desapercibida.

Al llegar a dichas verjas, Evie bajó la ventanilla y llamó al timbre.

—Soy Evie Hamilton y tengo una cita con la señorita Temple —se anunció, y las verjas se abrieron ante ella.

Subió por el camino, bordeado por un seto perfectamente cuidado, que acababa en un círculo de grava, delante de la casa.

Evie apagó el motor, cogió el *Álbum de Rosas* y se bajó del coche, suspiró al darse cuenta de que no se había cambiado de pantalones. Como todavía llevaban restos de compost, intentó limpiárselos con las manos. Por lo menos, llevaba una preciosa blusa rosa, aquella prenda siempre le recordaba una de sus rosas preferidas, *Madame Pierre Oger*, una deliciosa rosa Bourbon de color rosa delicado.

Estaba caminando hacia la puerta cuando esta se abrió y salieron corriendo dos minúsculos perritos blancos bichon frise. Ya estaban asaltando las piernas de Evie cuando apareció su dueña para detenerlos.

—¡*Olivia*! ¡*Viola*! —gritó Gloria—. Dejad a nuestra pobre visitante tranquila.

—Buenas tardes, señorita Temple —dijo Evie, sonriendo,

deseando que los perritos no desviaran la atención hacia aquellos vaqueros tan informales.

—¿Evelyn? —dijo la señorita Temple—. ¿Eres tú?

—Sí, señorita Temple.

—No te había reconocido. Pareces distinta.

—Es mi pelo.

—Sí —comentó—, no te va nada. —Siempre podías contar con Gloria Temple para que te diera su opinión sincera.

—Acompáñame.

Evie, consciente de su propio aspecto, se tocó el pelo y siguió a su clienta por el interior de la casa. No pudo evitar decirse que la melena de Gloria era de un rubio Doris Day y que le llegaba a los hombros con esa exuberancia sexual propia de las mujeres con menos de la mitad de sus años. Gloria Temple era una mujer alta e imponente, con esos hombros que debieron de inspirar la revolución de las hombreras de los ochenta. Lucía un vestido escarlata que cegaba los ojos y un par de tacones altos rojos que la obligaban a bajar la cabeza constantemente para evitar las vigas de la casa.

—Siento no haber podido decidir nada la última vez —dijo, dejando entrar a Evie en el salón. Blacketts Hall era medieval, pero su decoración era moderna. Donde uno podría haber esperado ver antigüedades y muebles de color ébano, había mesas y sillas de cromado y cristal, una gran mesa de madera clara, sofás de cuero y arte contemporáneo con colores vivos que te observaba desde las vigas de las paredes. Evie tuvo que admitir que, de algún modo extraño, el conjunto funcionaba, aunque el hecho de que alguien aficionado a cosas modernas fuera capaz de comprar una casa del siglo XV la superaba.

Después de instalarse en uno de los sofás, Evie estuvo esperando instrucciones. Entró una chica joven con una bandeja blanca con una tetera y dos tazas del mismo color, un jarrón lleno de leche y un azucarero.

—Me encantaba el blanco —dijo Gloria, indicando la vajilla mientras empezaba a servir el té— y también era el único color de flores que quería tener en casa, pero ahora estoy pensando que rosas blancas son un poco demasiado virginales para alguien de mi edad, ¿no crees?

Evie tragó saliva. Ese era el tipo de preguntas que uno nunca debería contestar directamente.

—Puede usted escoger cualquier color que le guste —dijo con diplomacia.

—Y eso haré. Solo queda decidir qué color. Para mi última boda, me volví loca con las azucenas. Alquilamos una habitación de hotel en Londres que había hecho atiborrar con azucenas. Te juro que todo Londres resultaba asfixiante. Aquello era abrumador. Es un error que no quiero repetir. Pero las rosas… —Por un instante, sus pensamientos se desviaron y una expresión soñadora invadió su rostro—. Las rosas son la esencia misma del romanticismo.

—Coincido con usted —contestó Evie—. No hay nada parecido.

—Pero estamos solo a mitad de camino. Ya he decidido la flor principal, pero ¡todavía no sé qué *color* escoger! Rojo es... bueno, demasiado rojo, ¿no? Y rosa es de niñas.

—Pero muy romántico —se atrevió a replicar Evie.

—Y nunca me ha gustado el color albaricoque. Demasiado insípido.

—Queda naranja y amarillo —dijo Evie, hojeando el *Álbum de Rosas* para enseñar algunas de sus mejores composiciones con esos colores, observando con cierta ansiedad cómo la mano de Gloria flotaba encima de una página con una maravillosa cascada de rosas amarillas y de color crema.

—Síííí —dijo lentamente, entrecerrando sus ojos mientras

absorbía las imágenes amarillas.

—El amarillo es un color bastante infravalorado —dijo Evie—, a pesar de su encanto y sofisticación.

Gloria asintió.

—Estoy empezando a decantarme por el amarillo.

—Es un color alegre, ¿no lo cree? Y estoy segura de que las rosas que tenemos en nuestra colección le encantarán —siguió Evie—. Tenemos una rosa preciosa de un amarillo intenso que se llama *Gainsborough*. Su perfume roza la perfección, un poco como la damascena. Después tenemos la *Suffolk Dawn*, uno de nuestros éxitos, muy popular en bodas. Su perfume no es tan intenso, pero es de un amarillo cremoso muy bonito, como una primavera, y es perfecta tanto como capullo como florecida.

—¡Suena divino!

—He traído nuestro último catálogo —comentó Evie. Lo sacó de su voluminoso bolso y pasó las páginas para enseñar las rosas amarillas de su colección—. Pero no hay nada como verlas en directo —dijo, refiriéndose a las rosas como si fueran seres humanos que se tenían que presentar.

—Me encantaría. ¿Cuándo podemos quedar?

Evie se entusiasmó y sacó su agenda.

Diez minutos más tarde, Evie ya estaba conduciendo por los caminos secundarios hacia Little Eleigh. Bajó la ventanilla para respirar el aire estival. No podía esperar para poder contarles a Celeste y Gertie la noticia de la boda de Gloria Temple. No les había dicho nada acerca de la cita que tenía con la actriz, porque quería guardar el increíble secreto para sí misma hasta que estuviera segura de que contrataría el pedido a Rosas Hamilton. Se preguntaba lo que diría Celeste cuando lo descubriera y si eso, de alguna manera, podría hacerl cambiar de opinión en el asunto de vender la mansión.

Mientras el coche avanzaba, antes de volver a subir la colina por el otro lado, otra cosa la estaba atormentando y se preguntó si podía confesar su pequeño secreto a Celeste.

—No, no —dijo al coche vacío, negando con la cabeza. No era el momento en absoluto, ¿verdad? De todos modos, no estaba segura de estar preparada para contar su pequeña noticia a nadie. Todavía no.

7

Gertrude había preparado espaguetis a la boloñesa para cenar, que las tres hermanas acompañaron con una crujiente barra de pan blanco.

—¿Cómo han ido las cosas en el estudio hoy? —Gertie lanzó la pregunta mientras pasaba la sal. Era la segunda noche que cenaban en el comedor y la estancia ya no les daba esa sensación de formalidad de la víspera.

—Bueno, acabo de empezar, pero tardaré más de un día en averiguarlo todo —le dijo Celeste.

—Claro —contestó Gertie—. ¿Y le has dado más vueltas al asunto del cuadro?

El silencio invadió la mesa y Gertie y Evie miraron a Celeste a la espera de su respuesta. Celeste estaba persiguiendo los espaguetis en su plato, haciendo pequeños círculos extraños y, finalmente, levantó la cabeza y asintió.

—Viene mañana —dijo.

—¿Quién viene mañana? —preguntó Evie.

—El señor Faraday de la casa de subastas.

—¿De verdad? —reaccionó Gertie, claramente sorprendida.

—Estará aquí a las diez.

Gertie casi se atragantó con los espaguetis.

—¿Qué pasa? —preguntó Celeste—. Acordamos vender el cuadro.

—Ya lo sé. Solo es que no pensaba que ibas a actuar tan rápido.

—Bueno, no nos podemos permitir dejar la casa en este estado durante mucho tiempo, y te propongo que quedes con quien sea para que nos haga un presupuesto del trabajo por hacer.

—Ludkin e Hijo —explicó Gertie—. Le haré una llamada.

—Supongo que se desmayará cuando le contemos que realmente queremos que empiece a trabajar —dijo Evie—, pero quiero anunciaros una entrada de dinero. ¡Rosas Hamilton será el proveedor de las composiciones florales de la próxima boda de Gloria Temple! —exclamó con una enorme sonrisa.

—¡Vaya, Evie! ¡Buen trabajo! —se alegró Gertie.

—Pensaba que había muerto —dijo Celeste.

—No, está vivita y coleando e impaciente para casarse con su cuarto marido —dijo Evie— en medio de una profusión de rosas amarillas. Así que, ya ves, Celly, puedo mantenernos a todas y hacer que funcione este negocio.

Celeste miraba a su hermana.

—Sí, sin duda es una buena noticia, Evie, pero ese dinero no nos va a durar mucho, ¿verdad? E incluso si nuestro cuadro vale algo y se vende por un precio desorbitado, no dispondremos de ese dinero enseguida y tampoco durará para siempre, sobre todo con la cantidad de trabajo que hay que hacer en la casa. Tenemos que pensar en otra cosa, otra manera de ingresar dinero.

—Vale —dijo Gertie—, pero ¿qué?

—He estado pensando en la casa del guarda —dijo Celeste.

—No puedes estar pensando en vender la casa del guarda, ¿no? —dijo Evie, horrorizada.

—No he pensado en venderla —se defendió Celeste—. Por lo menos, de momento, no. Mira, no sé en qué estado estará, pero ¿no podemos arreglarla y ponerla en alquiler?

Gertie frunció el ceño.

—Bueno, podríamos alquilarla si no fuera porque ya tiene residente.

—¿Quién vive allí? —era el turno de Celeste de fruncir el ceño.

—Esther Martin —aclaró Gertie, pronunciando lentamente el nombre como si Celeste se hubiera perdido algo—. ¡Venga, Celeste! Solo hace tres años desde que te marchaste. *Tú* puedes haber cambiado, pero aquí, las cosas no han cambiado para nada.

—¿*Todavía* vive allí? —exclamó Celeste.

—Claro que sí —contestó Gertie—. ¿Dónde iba a estar?

Celeste puso cara de circunstancias. La casa del guarda era una solución perfecta para conseguir un ingreso mensual. Tenía dos dormitorios y un jardín privado y podría pedirse un buen alquiler a un inquilino rentable.

—Y no podemos echarla sin más —añadió Gertie.

—Sí podríamos echarla, si tuviera adonde ir —dijo Celeste.

Evie todavía estaba comiendo sus espaguetis, pero Gertie había dejado el tenedor y estaba mirando a Celeste detenidamente.

—A mí me parece absurdo que tengamos tantas habitaciones vacías en esta casa y Esther ocupe un lugar que podría hacernos ganar algo de dinero enseguida —suspiró Celeste.

—¿Qué estás diciendo? —preguntó Gertie.

—Estoy diciendo que tendría más sentido que Esther viniera a vivir aquí con nosotras para poder alquilar la casa del guarda.

—¡Pero tienes que estar de broma! —exclamó Evie.

—¿Por qué debo de estar de broma? Se trata de lógica, pura economía. Después de todo, no queremos cualquier inquilino en nuestra casa, ¿o sí?

—¿Y cómo considerarías a Esther? —interrogó Gertie.

—Una amiga de la familia —contestó Celeste.

—¿Amiga? —dijo Evie, riéndose—. Puede haber sido una amiga de los abuelos, pero acuérdate de la tremenda disputa que tuvo con mamá.

—Sí —le dio la razón Gertie—. Seguro que recuerdas haber escuchado esta historia, Celly. La hija única de Esther estaba enamorada de papá y, al casarse con mamá, se convirtió en misionera en América Latina, donde murió de unas fiebres.

Celeste asintió, recordando perfectamente el destino de la pobre Sally Martin.

—Pero Esther no nos guardará ningún rencor, ¿no? Todo eso ocurrió hace muchos años y no tiene nada que ver con *nosotras* —siguió Celeste—. Y, si nos odiara tanto, ¿cómo se explica que viva en la casa del guarda?

—Porque no tiene otro sitio adonde ir —replicó Gertie—. Había metido todo su dinero en un fondo de pensión poco fiable y el abuelo Arthur se apiadó de ella y le dijo que podía vivir en la casa del guarda todo el tiempo que quisiera.

—Y le tomó la palabra —añadió Celeste.

—No veo lo que podríamos hacer ahora —dijo Gertie—. Echarla no estaría bien.

—Pero tenemos todas estas habitaciones aquí —dijo Celeste—. Está el cuarto de invitados con su baño. Y es enorme. Yo creo que estaría muy cómoda allí, ¿no?

—¿Pero qué pasaría con las comidas? ¿Utilizaría nuestra cocina? —dijo Evie, con su joven rostro tenso por la ansiedad.

—La cocina es muy grande, Evie —dijo Celeste— y seguro que no coincidiríamos todas a la vez.

—Bueno, no me gusta nada cómo suena todo esto —contestó Evie.

Gertie se giró hacia Celeste.

—Un día, asustó a Evie cuando era pequeña. Estábamos jugando cerca de la casa del guarda y Esther apareció con una escoba en la mano para echarnos. Dijo que hacíamos mucho ruido. Evie pensaba que era una vieja bruja.

—¡Yo *no* pensé que era una vieja bruja! —protestó Evie,

haciendo un puchero.

—No, claro que no. ¡Por eso estuviste llorando a moco tendido durante dos horas!

—Mira —dijo Celeste, interrumpiendo la discusión—, de momento, no se ha decidido nada.

—¿*De verdad*? —dijo Evie con escepticismo.

—Tengo que ir a hablar con Esther para ver lo que piensa respecto a todo esto, pero creo que es una buena solución. La casa del guarda es una casita perfecta y creo que nos vendría bien ese dinero —dijo Celeste—. No somos una ONG, ni somos el abuelo Arthur ni podemos estar cumpliendo sus promesas.

Gertie y Evie miraron fijamente a Celeste.

—No me miréis así. Ya sé lo que estáis pensando, que soy una arpía sin corazón —se defendió—, pero no es así. Solo estoy intentando arreglar las cosas.

—Pero tiene que haber una manera mejor de actuar, ¿no hay una manera más *agradable*? —preguntó Evie.

—Si la encuentras, avísame —dijo Celeste, levantándose de su silla y saliendo del comedor, Frinton la siguió al trote ligero.

Celeste se despertó en medio de la noche, con el corazón acelerado por una energía nerviosa, pensando en el día siguiente. Encendió la lámpara de la mesilla de noche e, inmediatamente, Frinton también se despertó y se levantó de la alfombra. Ella se quedó un momento sin moverse, observando el techo ondulado de la vieja habitación, pero Frinton quiso saber lo que estaba ocurriendo y, con agilidad, saltó sobre la cama para clavarle su frío hocico húmedo en la cara.

—¡Oh, Frinton! —se quejó, pero, en realidad, estaba muy contenta con la compañía del pequeño terrier. Con un suspiro, sacó sus piernas de la cama y salió en búsqueda de un jersey.

Una persona asustadiza no debería dar un paseo en medio de la noche por aquella mansión. Los muebles oscuros parecían surgir de las sombras como presencias malévolas, pero Celeste no se dejaba perturbar por esas cosas.

Siempre dejaban una lámpara encendida en el pasillo y Celeste avanzó paso a paso por el rellano oscuro, con mucho cuidado para no despertar a sus hermanas. Se oyeron los pequeños clics de las uñas de Frinton en los tablones del suelo mientras seguía su camino por las escaleras hasta el vestíbulo, donde el acogedor tictac del reloj de pie la saludó. Abrió la puerta del salón y encendió la lámpara, la que estaba en la mesa, cerca del cuadro Fantin-Latour. De repente, los colores adquirieron vida. Mirando hasta el último detalle de su cálida profundidad, tuvo la extraña sensación, una vez más, de casi poder sentir el perfume de las flores.

¿De verdad podría soportar separarse de ese cuadro? ¿No sería mejor opción vivir en una casa con medio techo en el suelo?

Pensaba en sus abuelos y en cuánto habían adorado esa antigua casa, escogiendo objetos como los cuadros para decorar las paredes y piezas de mobiliario en tiendas de antigüedades y mercadillos locales para realzar la belleza de las distintas estancias. A pesar de no disponer siempre de los fondos necesarios para hacer frente a todos los pequeños arreglos, sí habían logrado transformarla en un perfecto hogar familiar.

Para Penélope, en cambio, la mansión siempre había sido el lugar desde donde gestionaba su negocio. Invirtió los beneficios del mismo en el negocio o los gastó en frivolidades, como ropa. Nunca consideraba que la casa fuera lo suficientemente importante como para invertir nada en ella y ahora Celeste y sus hermanas estaban sufriendo las consecuencias de esa actitud.

De repente, Celeste notó la humedad agradable del hocico de Frinton en su pierna y se apiadó del pobre perro.

—Volvamos a la cama —dijo, y el perro salió corriendo por el pasillo y subió las escaleras al galope. Celeste lanzó una última mirada al Fantin-Latour y, sintiéndose traidora, apagó la lámpara y volvió a sumergir el cuadro en la oscuridad.

8

Evie estaba quemando un revuelto cuando Frinton empezó a ladrar arriba.

—¿Ya está aquí? —gritó, quitando la sartén humeante del fuego y echándose a correr para salir de la cocina y subir a la planta.

Celeste salió del estudio al vestíbulo. Gertrude se reunió con ellas y las tres se acercaron a la ventana para examinar al visitante.

—¡Mira su automóvil! —apuntó Evie, su voz llena de admiración.

—Es un MG de época —comentó Gertie mientras sus ojos contemplaban aquella maravilla. El automóvil era de color verde caza y la capota pálida estaba bajada. Vieron bajar al conductor después de aparcar.

Era un hombre alto con el cabello color caoba, ligeramente despeinado por el viaje sin capota por los senderos de Suffolk que vestía un traje azul marino y una camisa blanca con el cuello desabrochado. Parecía mediar la treintena.

—¿No es un poco joven? —preguntó Evie—. Me esperaba alguien mayor.

—Mientras sepa lo que se hace —dijo Celeste.

—Me gustaría que no estuviéramos forzadas a recibirlo —replicó Evie.

Celeste miró a su hermana.

—Ya lo hemos hablado, Evie. Es la única opción.

—No empecéis otra vez —avisó Gertie.

—No estoy empezando —dijo Evie—, pero ya sabes lo que opino de todo eso.

—Sí —dijo Celeste—. Lo dejaste muy claro.

Las tres hermanas vieron al invitado sacar una carpeta y un bolso de cáñamo del coche y mirar hacia arriba.

—¿No tenéis nada que hacer? —preguntó Celeste.

—No —dijeron ambas al unísono.

—Bueno, me estáis poniendo nerviosa —dijo Celeste.

—El cuadro es tan nuestro como tuyo —respondió Evie

Gertie suspiró y sintió lástima por Celeste.

—No te preocupes. Te dejamos tranquila. Vamos, Evie.

—Yo creo que deberíamos conocerlo —protestó Evie.

—Vale, lo saludaremos muy rápido y después dejaremos a Celeste ocuparse del asunto.

A pesar de estar avisadas, las hermanas se asustaron con los golpes de la aldaba. Celeste respiró hondo y se acercó a la puerta.

—¿Miss Hamilton? ¿Celeste Hamilton?

—Sí —contestó Celeste.

—Me llamo Julian Faraday. Hablamos por teléfono... acerca del cuadro Fantin-Latour. —Unos ojos azul claro encontraron los ojos castaños de Celeste.

—Sí, por supuesto —dijo esta finalmente—. Entre.

Justo cuando él le extendió la mano, Celeste se giró.

—Le presento a mis hermanas, Gertrude y Evelyn.

El señor Faraday sonrió y las saludó educadamente.

—Qué nombres más preciosos tienen todas —dijo—. Celeste no es nada habitual, ¿no?

—Nuestra madre nos dio a todas nombres de rosas —explicó Evie—. Celeste, Gertrude y Evelyn. Celeste es la mayor y le dieron el nombre de una Alba rosa, pero nosotras dos tenemos nombres de rosas más modernas que se cultivaron en los años de nuestros nacimientos. Nuestros abuelos iniciaron la tradición de nombres de rosas, nuestra madre se llamaba *Penélope*, una preciosa rosa Híbrido Almizcleño, nuestra tía se llama Louise por *Louise Odier* y también están la tía Leda y el tío Portland.

—Qué maravilla —dijo el señor Faraday con una sonrisa que iluminaba toda su cara—. No sabía que las rosas tenían nombres tan bonitos.

—Oh, todas no —siguió Evie—. ¡Nosotras nos podemos considerar afortunadas por no tener nombres como *Raubritter*, *Complicata* o *Bullata*!

El señor Faraday se rio.

—¡Asombroso! —dijo.

Celeste levantó las manos.

—Evie, creo que el señor Faraday ya lo ha entendido...

—Vamos. Creo que tu desayuno se está quemando en la cocina —le sugirió Gertie a Evie.

—¿Por qué *siempre* das por sentado que la comida quemada tiene algo que ver conmigo? —la acusó Evie.

—Solo era una conjetura —contestó Gertie, empujando a su hermana fuera de la vista.

—Disculpe —dijo Celeste cuando ya no se la podía oír—. Evie suele hablar demasiado cuando se pone nerviosa.

—Y yo he recibido una breve clase —dijo jovialmente el señor Faraday—. Tengo que reconocer que no sabía que tenían un negocio de rosas aquí. Ya conocía la casa, por supuesto.

—¿Por qué *por supuesto*? —preguntó Celeste.

—Conozco bastante bien la zona. Tengo una segunda residencia aquí... en Nayland.

—Oh, ya entiendo —dijo Celeste, y el señor Faraday inclinó la cabeza hacia un lado.

—Suena como una desaprobación.

—¿De verdad? —dijo Celeste— Supongo que sí… Hay pueblos preciosos cuya mitad de población vive en Londres la mayor parte del año. Los pueblos parecen medio muertos y el precio de las casas se ha disparado, lo que significa que los lugareños no pueden siquiera pensar en ser propietarios.

El señor Faraday carraspeó, parecía un poco nervioso.

—Bueno, si le sirve de consuelo, yo heredé la propiedad de mi abuela. Vivió en Nayland toda su vida, así que, a pesar de no ser lugareño, casi lo soy —explicó tranquilamente.

—¿Pero cuánto tiempo pasa usted allí? —continuó preguntando Celeste, recogiendo su pelo detrás de las orejas, como solía hacer cuando estaba confundida.

El señor Faraday parecía sorprendido con su pregunta.

—Intento venir todos los fines de semana, pero, desgraciadamente, no siempre me es posible. Me gustaría pasar más tiempo aquí, el lugar es precioso y, además, soy un gran aficionado a las tiendas de antigüedades, pero, a veces, el trabajo me obliga a quedarme en Londres.

Se miraron un momento, como si estuvieran intentando medirse el uno al otro.

—Parece muy joven para ser un entendido en arte —continuó Celeste, pensando que Evie tenía razón—. Yo esperaba ver a alguien un poco mayor.

—Supongo que esperaba a ver a mi padre. También se llamaba Julian. Yo soy un *junior*. Me hice cargo del negocio cuando mi padre se jubiló, pero le garantizo mi profesionalidad, señorita Hamilton. Me he especializado en cuadros europeos del siglo XIX y creo que una obra de esas características es exactamente lo que usted me quería enseñar hoy.

Celeste asintió.

—Discúlpeme si le he parecido grosera —dijo—. Estamos en una situación un poco extraña en este momento y todo está resultando bastante abrumador.

—Para nada —le contestó—. Lo entiendo perfectamente.

—¿Seguimos con el asunto que nos ocupa, entonces? —Celeste le hizo una sonrisa un poco incomoda y acompañó al visitante hasta el salón.

Celeste vio como se fijaba enseguida en el Fantin-Latour y lo observó mientras se acercaba al cuadro.

—Es bueno —comentó.

—¿Hay alguno malo? —preguntó Celeste.

—Por supuesto. Bueno, en términos mercantiles, sí —dijo—. Podría estar en mal estado o ser demasiado pequeño como para ponerle un buen precio, o podría tratarse de un boceto, pero este es un óleo de buen tamaño en excelente estado. El tema es eterno y se trata de una buena composición, la pincelada es un poco más suelta de lo que suele ser habitual en él, pero muy agradable. ¿Le importa si lo cojo?

Celeste asintió con la cabeza.

—El dorso puede ser igualmente revelador —explicó el señor Faraday.

—Nunca he mirado el dorso —le confesó Celeste, acercándose poco a poco.

—La vida secreta de los cuadros... —comentó el señor Faraday mientras giraba el cuadro.

—¿Y qué nos cuenta? —le preguntó Celeste, mirando el rectángulo marrón mate.

—Bueno, el lienzo todavía tiene su lino original, así que no ha vuelto a ser forrado.

—¿Y eso es bueno?

—La mayor parte de los coleccionistas prefieren los cuadros en su estado original y ofertarlo reforrado puede reducir la tasación —le explicó—. ¿Y ve esta preciosa pátina oscura? Eso nos dice que es completamente original. Los tensores también —siguió, señalando en ese momento el bastidor de madera. Después, cogió el bolso de cáñamo que había dejado en el suelo y sacó un extraño instrumento largo y plano.

—¿Qué es? —preguntó Celeste.

—Es una luz ultravioleta, así podremos ver todas las pequeñas imperfecciones o zonas retocadas —dijo él, encendiéndola para revelar una inquietante luz azul verde.

—¿No dañará el cuadro, no?

—No, no —contestó—. No tenemos ningún interés en dañar grandes obras de arte.

Celeste se sonrojó ante su propia ingenuidad para luego observar al señor Faraday hacer flotar la luz sobre el lienzo.

—Bueno, hay unos pequeños retoques aquí en el fondo, pero nada que pueda devaluar el cuadro de manera significativa. ¿Está segura de que lo tiene que vender?

—Bastante segura.

El señor Faraday asintió.

—Constituye una buena inversión. Su valor aumentará con el paso del tiempo.

—Bueno, sí, pero precisamente lo que no tenemos es tiempo, señor Faraday.

—Por favor, me puede llamar Julian.

Celeste lo miró e hizo una pequeña señal con la cabeza.

—También hay otros cuadros, no estoy segura de que valgan mucho, debería juzgarlo usted.

—¿Quiere que los mire ahora?

—Sí, por favor —contestó—. Están en el estudio.

Le dirigió por el pasillo que llevaba al estudio.

—Qué estancia más bonita —dijo al entrar—. Mira los paneles. —Extendió la mano para tocarlos—. Y esta ventana es maravillosa. ¿De qué época es la casa?

—Una parte es medieval. Un poco de Tudor aquí y Jacobino

allá, y un toque de Georgiano también.

—Cada generación fue añadiendo su propio trocito de belleza —dijo Julian.

—Y la nuestra trató de mantenerlo todo a flote —añadió Celeste, viendo la mirada de Julian clavada en el escritorio—. Tiene que disculparme por el desorden. Mi madre acaba de fallecer y, bueno, queda mucho por hacer.

—Oh —dijo él—. Lo siento mucho.

Celeste asintió y sus miradas se cruzaron brevemente.

—Mire, si lo prefiere, puedo volver en otro momento —dijo.

—No, ¡no! —contestó Celeste— Estoy bien. —Se detuvo un momento antes de dirigirse hacia los cuadros—. Bueno, aquí están. No sé si hay alguna cosa que merezca la pena vender. Nuestro abuelo los fue adquiriendo a lo largo de los años, no creo que le costaran mucho.

Se trataba de una colección de media docena de cuadros, todos de rosas. Ninguno destacaba especialmente, pero cada uno tenía su propio encanto cálido y los colores destacaban de los lienzos. Julian Faraday no dijo nada al principio, estuvo observando cada cuadro, uno por uno. Celeste no pudo evitar preguntarse qué le estaría pasando por la cabeza. ¿Estaría pensando en las palabras adecuadas para decirle que no eran más que unas bonitas adquisiciones de mercadillo y que se podría considerar afortunada si encontraba comprador?

—¿Qué sabe acerca de estas obras? —dijo finalmente Julian, con los ojos todavía fijos en los cuadros.

—No mucho, la verdad —contestó Celeste—. El abuelo compraba uno cuando el negocio cosechaba algún éxito, casi siempre después de presentar una nueva rosa Hamilton. Era su manera de conmemorar el momento con una rosa que se conservaría durante generaciones. Se los solía regalar a la abuela y a ella le gustaba tenerlos aquí en el estudio. Creemos que falta uno, pero no estamos muy seguras.

—Es una historia preciosa —dijo Julian, sonriendo—. ¿Y no tiene ni idea de dónde venían?

—Creo que este se lo compró a un general, que lo había recibido como herencia por parte de la familia de su esposa en Clevely House, en la costa.

—Es exactamente el estilo de historia que quiere oír un comprador. La procedencia es muy importante a la hora de comprar un cuadro, sobre todo uno, si es antiguo.

—Entonces, ¿cree que estos cuadros podrían valer algo? —se atrevió Celeste a preguntar.

Julian Faraday levantó las cejas y volvió a lucir su cálida sonrisa.

—Seguro. Este cuadro de la casa de campo es un Frans Mortelmans —explicó—. Finales del siglo XIX.

Celeste volvió a mirar las rosas carmesíes y rosa pálido que parecían querer salir de la cesta.

—Ese era el cuadro preferido de mi abuela. Decía que le recordaba la abundancia del verano.

—Un cuadro de cesta de rosas muy parecido a este se vendió por más de treinta mil libras hace un par de años —dijo Julian.

El color desapareció del ya pálido rostro de Celeste.

—¿Treinta mil? —dijo con voz ronca—. No creo que el abuelo pagara tanto por él.

—Y este otro es un Ferdinand Georg Waldmüller bastante bueno. Un poco anterior al Frans Mortelmans.

Celeste observó el ramo de rosas color cereza, reluciente en su jarrón de plata.

—Me encanta la oscuridad del fondo aquí y cómo hace destacar las flores —dijo Julian, su rostro lleno de entusiasmo juvenil—. Maravilloso.

Celeste asintió.

—Y estoy bastante seguro de que este es un Pierre-Joseph Redouté. Principios de siglo XIX. Lo apodaron el «Rafael de las

Flores» y pintaba las rosas de la emperatriz Josefina, creo recordar.

—Sí... —dijo Celeste, sintiéndose terriblemente inculta.

—Creo que se las llama rosa repollo, ¿verdad?

—*Rosa Centifolia* —dijo Celeste, contenta de poder aportar algún dato.

—Son preciosos. Y dignos de colección —añadió, su rostro todo sonrisa—. Los otros también son sin duda del siglo XIX. Tendría que averiguar los artistas, aunque creo que este es un Jean-Louis Cassell. Cayó en desgracia y su estilo se consideró pasado de moda, un poco como los prerrafaelitas durante una época. Resulta difícil de creer, ¿verdad? Cómo algo tan bonito puede ser rechazado por el público durante tanto tiempo.

Celeste asintió, mirando el exquisito cuadro de rosas blancas. Ese era uno de sus favoritos y no se imaginaba cómo podía haber caído en desgracia.

—Tendría que estar en la National Gallery donde todo el mundo lo podría disfrutar —comentó.

—¿Acaso es tan bueno?

—*Todos* son buenos —replicó Julian—. Aquí tienen toda una colección. Su abuelo era un hombre con un gusto y un juicio exquisitos.

—Creo que simplemente los compró porque le encantaron. No creo que los viera como una inversión.

—Esa es la mejor manera —dijo Julian—. Comprar algo porque te encanta. —Y, finalmente, apartó la mirada de los cuadros y se fijó en Celeste—. Se trata de enamorarse de algo y disfrutar mirándolo.

Celeste no pudo evitar esbozar una sonrisa al escuchar ese comentario y él le devolvió una sonrisa que, por alguna razón, la hizo sentirse cohibida. Volvió a apartar la mirada.

—Entonces, ¿cuánto podrían valer los cuadros, a su parecer? —preguntó, mirándolos otra vez, sus ojos clavados en las rosas blancas de Jean-Louis Cassell.

—Bueno, le puedo hacer una tasación ahora mismo, por supuesto, pero tiene que tener claro que el mundo del arte está lleno de sorpresas y el precio final en un día de subasta depende en buena parte de la suerte. También habrá que acordar un precio de salida, el precio más bajo que usted aceptaría. Si no lo conseguimos en la subasta, usted se queda el cuadro.

—Un precio de reserva, sí —dijo Celeste asintiendo con la cabeza.

—Cabe estimar una cifra de diez a cuarenta mil libras cada uno, con el Frans Mortelmans seguramente apuntando al extremo más alto.

Los ojos de Celeste se abrieron como platos.

—¿Cuarenta mil?

—En el extremo más alto.

Celeste tragó con dificultad, haciendo cálculos mentales. Tenían seis cuadros y él los estaba valorando entre sesenta y doscientas cuarenta mil libras.

—Pero el Fantin-Latour —continuó— podría venderse por doscientos mil o más.

Celeste se quedó boquiabierta. Por un instante, de hecho, se olvidó del Fantin-Latour.

—Recuerde que habrá que contar con comisiones e impuestos, por supuesto —le avisó.

—Por supuesto —repitió Celeste—. Tendré que hablar con mis hermanas.

Julian asintió.

—Naturalmente —se detuvo—. ¿Hay algo más que usted me querría enseñar ya que estoy aquí?

Celeste dijo que no, su cabeza todavía zumbando con la idea de cientos de miles de libras. Habría querido decir que ese dinero les permitiría emprender gran parte de las obras que necesitaba la casa para ofertarla en el mercado y venderla, lo que implicaba, a su vez, que ella pudiera seguir su camino y empezar la vida que se había prometido a sí misma después de su divorcio de Liam.

Recuperando la compostura, condujo a Julian hacia el vestíbulo.

—Entonces, en cuanto haya hablado con sus hermanas y hayan ustedes tomado la decisión de las obras que desean vender, volveré a pasar para recoger los cuadros.

—¿No hace falta que los lleve a Londres?

—No, no. Puedo pasar por aquí la próxima vez que esté en Nayland.

—Gracias —dijo Celeste—. Adiós, señor Faraday.

—Julian —insistió—. Aquí tiene mi tarjeta. —Y sacó una del bolsillo de su chaqueta.

—Ya tengo una —le dijo.

—Esta es otra, tiene mi número personal.

Se la cogió y advirtió que ya se disponía a marcharse.

—Me ha encantado conocerla, conocerlas a todas.

Celeste asintió.

—Muchas gracias por venir.

—Espero volver a verla —contestó Julian—. Cuídese

—Sí, gracias —dijo Celeste, sorprendida con el tono íntimo de esa sencilla orden.

Lo vio cruzar el camino y subir a su MG de época. Antes de arrancar el motor, Julian le hizo un gesto de adiós. Enseguida, el coche cruzó el foso y se dirigió hacia la carretera.

9

Celeste encontró a Gertrude en la rosaleda, algo nada sorprendente porque, en junio, las rosas se empiezan a abrir. Aquella era la época del año que todos los cultivadores de rosas estaban esperando con ilusión, el glorioso despertar de su flor preferida. Antes del amanecer, ya se paseaban arriba y abajo entre los rosales, los ojos ansiosos por detectar nuevos capullos o pétalos desplegándose. No había visto nada más glorioso que un capullo de rosa revelando su color al mundo por primera vez. Aquel momento constituía un placer que no disminuía con el paso de los años y Gertrude no quería perderse ni un solo segundo.

—¡Mira! —avisó Gertie al ver a Celeste—. La primera *Gertrude Jekyll* se está abriendo.

Celeste sonrió. Esa era la rosa a la que Gertie debía su nombre, por eso le tenía tanto cariño. Salió del camino y, al agacharse para apreciar el perfume de la primera *Gertrude Jekyll* del verano, sus zapatillas fueron hundiéndose en la tierra blanda de ese tramo. Su perfume era profundo y embriagador, olía a rosa antigua y sus pétalos de color rosa intenso combinaban a la perfección con su aroma. En el mismo rosal, había varios capullos apelotonados que todavía ocultaban al mundo su delicioso perfume, a la espera todos ellos del momento adecuado para compartirlo. Celeste conocía el ciclo. Se tomarían el tiempo necesario para terminar abriéndose en la roseta rosa más perfecta que uno pudiera imaginar.

—Magnífico —dijo.

—¿Mejor que nuestra *Reina de Verano*? —preguntó Gertie, sonriendo.

—¡Claro que no! —exclamó Celeste— Las rosas de David Austen son bonitas, pero no superan las nuestras.

Se hicieron un guiño mutuamente con los ojos brillantes de orgullo.

—Entonces, ¿cómo te ha ido con el marchante? —preguntó Gertie finalmente.

—Acaba de marcharse —contestó Celeste, aterrizando del Planeta Rosa.

—¿Y? —Gertie pasó del arriate al sendero de ladrillo.

—Su valor es mucho mayor de lo que pensaba. Solo el Fantin-Latour ya podría suponer un cuarto de millón.

La mandíbula de Gertrude cayó exactamente igual como había caído la de Celeste hacía unos minutos.

—¡Dios mío!

Celeste asintió.

—Si se vende, claro.

—Claro...

—Nunca los aseguramos como Dios manda y dudo que pudiéramos permitírnoslo ahora que sabemos lo que valen. Además, con todo el trabajo que tenemos en la casa, y la pila de facturas sin pagar... —La voz de Celeste se apagó.

—No los quieres vender, ¿verdad? —dijo Gertie.

Celeste respiró hondo.

—Será como perder un buen amigo, pero no veo otra manera de salir del agujero en el que estamos hundidas. —Negó con la cabeza—. Te parecerá extraño, pero, al contarle al señor Faraday que el abuelo fue comprando los cuadros rosa a rosa, lo recordé por primera vez en muchos años. Y, de repente, sentí que estaba cometiendo un error y que además me he convertido en el enemigo público número uno para Evie y que nunca me perdonará por todo eso, pero ¿qué otra opción tenemos?

—¿No hay nada más que podamos vender?

—Nada de semejante valor —dijo Celeste.

—Mamá nos dejó un par de cosas —contestó Gertie.

—Quédatelas. No valen nada —replicó Celeste, pensando en el anillo de compromiso con un solo granate, una piedra semipreciosa, y el anillo de sello de oro. Su madre nunca había llevado joyas mientras trabajaba, prefería poder cavar la tierra con las manos, sin tener que preocuparse por perder o dañar nada, pero tenía toda una colección de bisutería para salir. Celeste recordaba los largos collares centelleantes y los enormes pendientes de diamantes falsos que parecían haber salido directamente de una telenovela de Hollywood. Aquello no valdría nada.

—No pensé que Evie fuera a molestarse tanto por la venta de los cuadros —dijo Celeste.

—Lo sé —contestó Gertie—. Era tan pequeña cuando murieron los abuelos que no creo que pueda recordar cuánto los adoraban ni las historias que solían contarnos sobre ellos.

—Entonces, ¿por qué le está sentando tan mal?

—¿Lo quieres saber de verdad?

—Sí, *claro* que lo quiero saber de verdad —dijo Celeste—. ¿Por qué no iba a querer saberlo?

Gertie se encogió de hombros.

—Porque parece que en este momento ella y tú os estáis moviendo en sentidos opuestos y yo no estoy muy segura de que te importe lo que está viviendo Evie.

—¿Cómo puedes decir eso? ¡Evie me importa muchísimo! —El rostro de Celeste reflejó una expresión dolorida—. Dímelo, Gertie —dijo—. ¡Por favor!

—Bueno, no creo que ella quiera cambiar nada de momento.

Se siente muy frágil desde la muerte de mamá —dijo Gertie.

Celeste asintió.

—Estaban muy unidas, ¿no? Bueno, tan unida como una podía estar con mamá.

—Y entonces apareces tú en casa, un huracán de cambio, y creo que está a la defensiva. —La boca de Gertie dibujaba una línea firme y dura.

—Mira —dijo Celeste—, tendremos que tomar algunas decisiones difíciles los próximos días. Decisiones que todas preferiríamos no tomar, pero tendremos que superarlo, ¿de acuerdo?

—Lo sé —dijo Gertie—, pero tienes que dejar de tratarnos como niñas,

—No os trato como niñas, ¿o sí? —preguntó Celeste, frunciendo el ceño.

—Siempre has sido una gran líder, Celly, y siempre te hemos admirado, pero también puedes ser bastante mandona y, bueno, ahora nosotras también somos mayores, ¿sabes?

—Lo siento —dijo Celeste después de una breve pausa, y Gertie asintió.

Las dos hermanas estaban caminando por el sendero, deteniéndose cada tanto para admirar una nueva rosa o inspeccionar si las hojas tenían algún puntito negro.

—Seguro que lo has pensado alguna vez, Gertie —empezó Celeste al cabo de un momento.

—¿Pensado qué?

—Vender.

Gertie miraba hacia una parcela de césped, pero no parecía estar atenta al paisaje que se extendía ante sus ojos.

—¿Gertie? —insistió Celeste—. ¿Jamás lo has pensado?

Respiró hondo.

—Evie me *mataría* si lo supiera, pero sí, lo he pensado.

Celeste asintió.

—Ya me lo imaginaba. ¿Recuerdas todos esos sueños que solías tener acerca de viajar por los grandes jardines del mundo y ver palacios espléndidos y castillos?

Gertie esbozó una pequeña sonrisa.

—Sigo teniendo estos sueños.

—Pero no tiene por qué quedarse en un sueño —le dijo Celeste—. Si vendiéramos la mansión, podríamos hacer cuanto quisiéramos. Ya sé que, hasta ahora, habéis estado ocupadas con el trabajo y con mamá, pero eso ya no tiene que ser así.

—Pero no puedo irme sin más —dijo Gertie—. Aun si lográramos ponernos de acuerdo las tres y vendiéramos la mansión, y no estoy del todo convencida de que esa sea la decisión correcta, todavía tendríamos que mantener el negocio, ¿no? ¿No estarás sugiriendo que lo vendamos también, no? —El rostro de Gertie palideció.

—No, claro que no —dijo Celeste—, pero vendría bien tener más opciones , ¿no crees? Si vendiéramos, podríamos mudarnos a un sitio más pequeño y quedaría dinero para contratar personal y estar nosotras menos atadas al negocio. Piénsalo bien. —Celeste vio en la mirada de su hermana que esta, efectivamente, sí lo estaba contemplando. Celeste también había estado pensando. Cuando llegó a la mansión, estaba decidida a hacer lo que tenía que hacer cuanto antes y a dejarlo todo atrás, pero, poco a poco, se veía inmersa en su antiguo papel, un papel que estaba evolucionando y que estaba empezando a hacerla dudar. ¿De verdad podría volver a abandonar todo aquello? No estaba tan segura.

—Evie nunca accederá —dijo Gertie, devolviendo a Celeste a realidad.

—En el caso de dos contra una, tendrá que aceptarlo —sugirió Celeste, provocando una expresión de sorpresa en el rostro de Gertie.

—*Por favor*, no me pongas en esa posición —suplicó—. No quiero ser quien tenga el voto decisivo. En *absoluto*.

Celeste recogió su pelo detrás de las orejas.

—No voy a tomar una decisión hoy, ¿vale? Solo quiero que empieces a pensar en estas cosas. ¿Me prometes que lo pensarás?

Gertie la miraba con ojos desconfiados.

—Te conozco, Celly. Sé cómo eres cuando tomas una decisión.

—¿Qué quiere decir eso? —dijo Celeste, poniéndose enseguida a la defensiva.

—Quiere decir que, cuando tienes algo en la cabeza, te obstinas, como cuando te marchaste de casa para casarte con Liam.

—Ah, venga —protestó Celeste, con las manos en las caderas—. Eso se veía venir de *lejos*. Nadie me puede acusar de haber salido corriendo ante el primer obstáculo con que me topé.

—Ya sé que no —dijo Gertie— y nadie te está acusando de nada. Solo quiero decir que ahora tienes esa misma mirada, esa mirada decidida que podría aplastarnos a todas si intentáramos ponernos en tu camino.

Celeste negó con la cabeza, incrédula.

—¿De verdad es lo que opináis de mí? ¿Pensáis en serio que no os escucharé a ti y a Evie?

—No lo sé —contestó sinceramente Gertie—, pero sé lo que sientes por este lugar. No te tiene tan atrapada como a Evie y a mí. Significa otra cosa para ti, ¿no es cierto? Y me gustaría que no fuera así.

Celeste tuvo que cerrar los ojos un instante, deseosa de poder borrarlo todo así. Entonces, de repente, surgió una imagen y una pequeña sonrisa encontró el camino de vuelta a su rostro.

—¿Qué pasa? —preguntó Gertie.

—¿Recuerdas el día que el abuelo llegó a casa con el cuadro de Jean-Louis Cassell?

Gertie confirmó.

—Lo había envuelto en papel de seda rosa. Había capas y capas de papel, ¿verdad?

—Como si fuera Navidad, ¿no?

—Me encantaba escucharlo contar la historia de la subasta donde adquirió el Fantin-Latour —añadió Gertie.

—¿Donde estuvo pujando contra un viejo excéntrico oculto bajo un enorme sombrero?

—¡Sí! —dijo Gertie entre risas—. Y el abuelo nos contó que aquella subasta duró horas.

—Contaba que habían tenido que hacer una pausa para comer en plena subasta, para recuperar fuerzas y poder seguir pujando después —dijo Celeste, riéndose ella también.

—Era un gran contador de historias —dijo Gertie, parándose para inspeccionar una flor de una *Madame Isaac Pereire* de color rosa espectacular.

—Tendrás que sujetar estos tallos —dijo Celeste, y Gertie asintió.

Se detuvieron, mirando en dirección a los arriates de rosas que había más allá del césped. Se distinguían pequeños toques de color por todas partes, del blanco más puro hasta el rojo más profundo, llenos de promesas de verano.

—¿Crees que el abuelo se ofendería si vendiéramos los cuadros? —pregunto Gertie.

Celeste no había querido hacerse esa pregunta.

—No habría querido que viviéramos en una casa sin techo —dijo, esquivando la cuestión hábilmente.

—Supongo que no —dijo Gertie.

—Seguro que lo entendería —añadió Celeste.

—Pero también podría no comprender tanto la venta de la casa.

Celeste se tomó el tiempo para inclinarse e inspeccionar el capullo, maravillosamente rayado, de una *Honorine de Brabant*. Estaba espléndido, con rayas de color fucsia y rosa claro, cálido y fresco a la vez. Aquella era una de sus rosas preferidas, también le encantaba el nombre *Honorine de Brabant*. Tan bonito. Tan romántico. Se preguntó si la abuela o mamá sintieron la tentación de llamar a una de sus hijas Honorine. Ella podría haber sido Honorine Hamilton. También podría darle ese nombre a una hija suya, algún día.

Contemplando ese capullo tan perfecto, dejó de pensar en temas económicos. Las rosas eran capaces de producir ese efecto, te llenaban la cabeza de belleza sin dejar espacio para nada más, pero la meditación soñadora pronto se desvaneció.

—No será fácil —comentó Celeste cuando dejaron la hermosa rosa Borboniano para seguir su camino—. Y necesitaré tu apoyo en todo el proceso, Gertie.

—Sí, lo sé —contestó Gertie—, y haré todo lo que pueda para ayudarte, pero no me enfrentes a Evie, ¿vale? Tienes que manejarlo todo con tacto.

—Sí, también lo sé —dijo Celeste.

—No estoy segura de saber cuántas pérdidas podrá soportar Evie —dijo Gertie—. Entonces, ¿vas a ver a Esther Martin?

—Sí, esta tarde —dijo—. Ya que estamos, mejor tratar todos los asuntos desagradables en un solo día y quitárselos de encima.

—¿Quieres que vaya contigo? —preguntó Gertie.

Celeste negó con la cabeza.

—Creo que es mejor que solo tenga que lidiar con una de nosotras.

—¿Y estás segura de ser tú la persona adecuada?

—¿Qué quieres decir? —Celeste frunció el ceño.

—Bueno, siempre te vio como la niña que su hija nunca tuvo.

—¡Pero eso es ridículo! —dijo Celeste—. A nuestro padre nunca le interesó Sally. Nos lo contó mamá.

—Y aun así Esther nos guarda rencor —replicó Gertie—. Todavía nos echa la culpa a *todas* por la muerte de su hija.

—Entonces es hora de arreglar las cosas de una vez por todas —dijo Celeste.

Gertie respiró hondo.

—Mejor tú que yo —concluyó.

La casa del guarda era un pequeño edificio precioso situado en el límite de la propiedad, casi completamente circular y hecho de ladrillo y pedernal, con minúsculas ventanas que titilaban con la luz de la tarde. Delante, había un pequeño jardín, lleno de rosas de la colección Hamilton que Esther había recibido como regalo y Celeste observó que algunas habían empezado a abrirse. Había tres rosales *Constable* bien crecidos, que estarían luciendo flores carmesíes dentro de una semana o dos y varios rosales *Summer blush* formando una fila al lado del camino que llevaba a la puerta principal, con sus capullos rosas a punto de desplegarse, pero Celeste intentó no dejarse despistar por las rosas. Iba a arreglar un asunto y debía ponerse manos a la obra, así que se acercó a la puerta y llamó.

—¿Quién es? —dijo una voz al cabo de un momento.

—¿Esther? Soy Celeste. Celeste Hamilton.

—¿Quién? —repitió la voz ronca al otro lado de la puerta.

—La hija de Penélope.

—Penélope ha muerto.

—Lo sé, pero soy su hija, y estoy viva. Me gustaría hablar contigo. ¿Puedo entrar, por favor?

Celeste oyó el ruido de una cadena y, finalmente, la puerta se abrió, revelando la diminuta figura de Esther Martin. La melena blanca le llegaba a los hombros y sus ojos azules eran tan claros como los recordaba, pero no estaba sonriente. Dio medio paso atrás para apartarse de la puerta y Celeste interpretó aquello como una invitación para entrar.

El pequeño vestíbulo albergaba un gran espejo de cuerpo entero y un paragüero con tres bastones y ningún paraguas. Celeste siguió a Esther hasta el comedor de la parte delantera de la casa, una estancia encantadora que contaba con una gran chimenea y mucha luz que entraba por un mirador. Un reloj de mesa de latón reposaba en la repisa de la chimenea, rodeado de figuritas de porcelana de mujeres con vestidos de baile, pero Celeste advirtió que todas estaban cubiertas por una espesa capa de polvo.

—Entonces, tú eres la mayor, ¿no? —dijo Esther mientras se sentaba en un sillón situado al lado de la chimenea.

—Soy Celeste —dijo, sentándose frente a Esther sin que la mujer la hubiera invitado a hacerlo.

—Hace años que no veo a tus hermanas —dijo Esther.

—¿Gertrude y Evelyn no vienen a verte? —preguntó Celeste, desconcertada.

—Sí, vienen a verme, pero no las dejo entrar.

Celeste frunció el ceño.

—¿Por qué no?

—¿Qué tienen que decir que yo quiera escuchar?

Celeste se mordió el labio. Aquello no iba nada bien.

—Y luego encuentro de vez en cuando un bizcocho en la puerta —siguió Esther.

—Obra de Gertie. Es una estupenda cocinera.

—Mi Sally sí era una cocinera estupenda —dijo Esther de manera solemne, con sus ojos azules fríos que parecían clavar a Celeste en su silla.

—Esther —empezó, carraspeando—, ¿no te sientes sola, viviendo aquí?

Negó con la cabeza.

—No, para nada —dijo bruscamente.

—¿No te gustaría tener a alguien que te cuidara?

Y, otra vez, negó con la cabeza.

No había otra manera. Celeste tenía que ir al grano.

—Si vivieras en la mansión con nosotras, sería más sencillo. No tendrías que preocuparte por mantener este lugar, ni por pagar las facturas.

—No has venido porque te preocupes por mí —dijo Esther,

con sus ojos todavía fijos en Celeste de una manera desconcertante—. Has venido porque me quieres echar, ¿verdad?

Celeste tragó saliva con dificultad.

—Tenemos que poner este edificio en alquiler, Esther. La mansión necesita una fuente estable de ingresos y no la tenemos.

—Ese no es mi problema —dijo Esther, su boca desafiante dibujaba una línea fina y recta en su rostro.

—Sí sería tu problema si tuviéramos que venderla —le contestó Celeste.

Hubo una pausa muy incómoda y, después, argumentó Esther:

—Tu abuelo me prometió un hogar.

—Y un hogar tendrás —contestó Celeste—. Nadie te está echando. Necesitamos que te mudes, nada más.

Las dos mujeres se miraron fijamente la una a la otra, para ver si la otra daba marcha atrás.

—Si hubiera otro remedio, no te lo pediría —dijo Celeste con calma, pensando que, de momento, no debía mencionar su idea de vender la mansión también. Mejor enfrentarse a las cosas paso a paso.

Esther estaba contemplando la alfombra con motivos de remolino, debajo de sus pies, y volvió a mirar a Celeste.

—¿Quieres que me mude a esa gran casa antigua contigo y tus hermanas?

—Sí —Celeste dijo.

—Tienes agallas, lo reconozco.

—Me temo que no hay otro remedio —contestó Celeste—. De verdad, no tenemos elección.

Los ojos de Esther bajaron hacia sus minúsculas manos entrelazadas que reposaban en su regazo. Los nudillos parecían hinchados y muy pálidos. Celeste tragó saliva. Le estaba pidiendo a esa anciana abandonar su casita para mudarse a una de las habitaciones de una vieja mansión con corrientes de aire y techos hundidos.

—¿Y dónde exactamente estabas pensando meterme? —preguntó Esther.

—Tenemos una preciosa habitación de invitados con su propio baño en la planta baja. Tiene vistas a la rosaleda y luz toda la mañana —le explicó Celeste.

—¿Y qué pasa con las comidas?

—La cocina es muy grande, podrías comer con nosotras o llevar tu propio horario.

El silencio volvió a caer y Celeste vio a Esther retorciéndose los dedos. En la mano izquierda, lucía un anillo grande con un rubí. No había conocido al marido de Esther, ni sabía mucho acerca de él, pero hacía muchos años que había muerto y Esther vivía como una viuda solitaria desde entonces.

—No tomaré esa decisión ahora —dijo Esther de repente.

—Claro que no —coincidió Celeste, levantándose para marcharse—. Tienes que pensarlo.

Esther también se levantó y siguió a Celeste hacia la puerta.

—Siento mucho haber tenido que contarte todo eso, Esther. Me gustaría tener una alternativa para salir de esta.

—¿Como que yo cayera muerta? —dijo Esther, sus ojos azules fijados en Celeste de manera despiadada otra vez—. Eso os convendría, ¿verdad?

—Por favor, no digas esas cosas —le contestó Celeste, abriendo la puerta para salir.

Hubo otra pausa y Celeste intentó desesperadamente encontrar algunas palabras amables y conciliadoras para despedirse, pero Esther se adelantó.

—Eres exactamente como tu madre —dijo, cerrando la puerta de golpe.

Y esa era, probablemente, la peor cosa que se le podía decir a Celeste.

10

Julian Faraday volvió a Little Eleigh Manor una semana después de su primera visita. Celeste escuchó su MG llegar y, después de dejar el papeleo sobre la mesa, se acercó a la ventana del estudio para mirarlo. Esa vez, no llevaba traje sino unos vaqueros y una camisa blanca con un chaleco azul celeste. Celeste tuvo que mirar dos veces. Nunca había visto un hombre llevando chaleco fuera de los catálogos de ropa y no podía evitar una sonrisa al verlo.

Negó con la cabeza, se sentía desleal hacia la casa por pensar en el hombre que podría arrebatarle sus adorados cuadros. Eso era exactamente lo que ella le había pedido, pero, aun así, no podía evitar guardarle un poco de rencor.

—Quédate aquí, Frinton —le dijo al perro cuando salió del estudio, recogiéndose el pelo detrás de las orejas. Cruzó el pasillo y abrió la puerta para encontrarse cara a cara con una sonrisa.

—Gracias por venir, señor Faraday —dijo.

—Por favor, llámeme Julian —contestó él, estirando su brazo para estrechar la mano que Celeste todavía no le había ofrecido.

Celeste sonrió tímida y le tendió una mano que él no tardó en agitar.

—Menos fría hoy —dijo.

—¿Disculpe?

—Su mano —explicó—. El otro día estaba fría.

—¿De verdad? —se sorprendió Celeste.

Julian asintió.

—Pero hoy no tanto.

—Ah, vale —le dijo Celeste, retirando su mano rápidamente de la del señor Faraday y conduciéndolo al salón.

Al entrar en aquella estancia, Julian se acercó directamente al Fantin-Latour.

—Entonces, ¿habéis decidido vender todos los cuadros?

—Todos los cuadros de rosas, sí —contestó—. No podemos permitirnos quedárnoslos sabiendo lo que valen y teniendo tan poco para mantener la casa a flote.

Julian asintió.

—Seguro que habrá sido una decisión difícil, pero probablemente sea lo mejor.

Celeste respiró hondo.

—Eso creo —contestó—. He recogido el escritorio del estudio para usted.

—Gracias. Tenemos que hacer un poco de papeleo, después nos podremos ocupar de los cuadros.

Lo acompañó al estudio y, al abrir la puerta, Frinton saltó de su pequeña cesta de mimbre para correr hacia Julian, ladrando con entusiasmo.

—¡No, tranquilo, amiguito! —dijo Julian, agachándose para acariciar la suave cabeza blanca y marrón—. ¿Quién es?

—Es Frinton —explicó Celeste— y tendría que estar en su cesta. —La señaló con el índice y Frinton se dirigió hacia allí.

—Es adorable —comentó Julian—. Cuando yo era niño, tuvimos un jack russell. Nunca he visto un perro tan travieso.

—Creo que todos los terriers tienen un tipo de gen travieso —dijo Celeste.

Julian se rio.

—Sí, me temo que así es.

—¿Le puedo ofrecer una taza de té?

—Es usted muy amable —le agradeció Julian mientras Celeste salía de la estancia para volver unos minutos más tarde con una pequeña bandeja. Celeste le observó añadir un poco de leche y tomar un poco, antes de ponerse a trabajar.

—Me contó usted que su abuelo compraba un cuadro de rosas cada vez que cosechaba un éxito con una de las rosas de la familia —dijo mientras examinaba el Jean-Louis Cassell.

—Exacto —confirmó Celeste, mirando el cuadro con cariño—. Justo ahora lo estaba comentando con Gertie. El abuelo lo trajo a casa, todo envuelto en papel de seda rosa y la abuela lo abrió con mucho cuidado. No quería romper el papel y tardó tanto que el abuelo se impacientó. «¡Rómpelo, mujer!», gritó. Nos reímos mucho, pero la vista del cuadro nos dejó mudos a todos. Nos pareció tan precioso. —Celeste se detuvo, recordando el momento como si fuera ayer, viendo la imagen de las rosas blancas como una mancha borrosa por las lágrimas que asomaron a sus ojos.

—¿Se encuentra bien? —preguntó Julian.

Celeste lo miró, sorprendida, casi como si se hubiera olvidado de su presencia.

—Hace años que no recordaba ese día —dijo— y hoy lo acabo de recordar por segunda vez.

—Vender cosas con valor emocional, como cuadros, suele remover muchos recuerdos —dijo Julian.

—¿Sí?

—Naturalmente… —siguió Julian—. Los cuadros suelen ser compras emocionales. Hay coleccionistas que lo hacen como inversión, pero la mayor parte de la gente, como su abuelo, los compran por amor y llegan a asociar el cuadro con una época concreta de su vida.

—Lo que lo hace más difícil separarse de ellos —concluyó Celeste, con una voz apenas más fuerte que un susurro.

Y hubo un momento de silencio.

—Si quiere cambiar su opinión, en el momento que sea —dijo—, puede hacerlo sin ningún problema. Usted me llama y retiramos el cuadro de la venta.

—No —dijo Celeste sin dudar—. No hace falta. Lo vendemos.

Tardaron casi una hora en examinar y envolver cada uno de los cuadros y rellenar los documentos correspondientes. Celeste vio a Julian envolver cada lienzo con mucho cuidado y meterlos en una gran bolsa plateada.

—¿Estarán a salvo en su coche? —preguntó Celeste.

—Los cuidaré mucho —contestó él.

—Pero ni siquiera tiene la capota puesta —destacó Celeste—. ¿Qué pasa si llueve?

—No hay previsión de lluvia —dijo Julian.

—Pero podría tener un accidente, el coche podría volcar… podría pasar cualquier cosa.

—Si a usted le tranquiliza, subiré la capota —dijo y ella asintió—. Y —carraspeó— estaba pensando que quizá a usted no le importaría hacerme una visita guiada.

—¿Una visita? ¿Por dónde? —preguntó ella.

—La casa, el jardín…

—¿Por qué? —siguió preguntando sorprendida. Se preguntó cómo un desconocido podía hacer esta petición y cómo ella podría esquivarla, no le gustaba en absoluto aquella idea. Después de todo, se trataba de su casa.

—Bueno, solo era una idea.

—Usted ha venido aquí para recoger y vender nuestros cuadros, señor Faraday, no la propiedad.

—Julian —contestó—, por favor, llámeme Julian… La visita me ayudaría a dar un contexto a los cuadros, ¿sabe?, «Pertenecían a la famosa familia Hamilton, dueños de tal, tal y tal mansión, casa y jardín.» A la gente le *encanta* el contexto.

—Pero seguramente usted podrá contar todo eso sin necesitar una visita personal —dijo Celeste con el ceño fruncido.

—Bueno, podría hacerlo, claro, pero mejor sería personalizar las cosas. Seguro que usted no intentaría vender una rosa a un cliente sin haberla visto antes o conocer su perfume, ¿no?

Celeste lo miró con recelo y no se tomó la molestia de disimular una rápida mirada a su reloj.

—Mire —dijo él, de repente algo turbado—, no quiero molestarla. Ya tiene usted bastantes problemas como para que yo la presione. Quizá podría volver otro día.

—No, ¡no! —dijo Celeste, levantando la mano para detener la protesta—. Le haré una visita. —Su voz sonó fría y formal, incluso a sus propios oídos, y no pudo evitar sentirse un poco culpable cuando él le sonrió.

—Gracias —le dijo—. Es usted muy amable.

Gertrude estaba echando una capa de mantillo en uno de los arriates de rosas y sonreía mientras contemplaba una preciosa *Baroness Rothschild* de color rosa que acababa de revelar el esplendor de sus tantísimos pétalos al mundo. Trataba de quitarse de la cabeza la conversación que había mantenido con Celeste, pero todo era en vano.

«Seguro que lo has pensado alguna vez, Gertie.»

La voz de su hermana resonó en su cabeza. Claro que había pensado en vender la mansión. En las últimas semanas de vida de su madre, Gertie apenas había pensado en otra cosa. Esa idea había sido su refugio, un maravilloso *¿qué pasaría si?*, pero no se había atrevido a comentarlo con Evie. Todo había sido durísimo cuando murió su madre y, después, se habían hundido enterradas bajo una montaña de papeleo y deudas. No había tenido la oportunidad de hablar del futuro, de su futuro, porque habían estado demasiado pendientes del presente y de poner orden en el pasado.

Pero si vendieran…

«Eso es un todopoderoso *si*», se dijo a sí misma, sin poder quitarse esa idea de la cabeza. ¿Cuántas veces había soñado con marcharse, con dejar atrás los límites de aquella propiedad, cruzar el foso por última vez y buscarse un nuevo modo de vivir? Desde que conoció a James, este sueño se había hecho aún más tentador, se imaginaba huyendo del claustrofóbico pueblo de Suffolk para empezar una nueva vida juntos. Hablar de sus sueños de futuro durante horas y horas había sido una válvula de escape para los dos. Sería tan perfecto, pensó… Y vender la mansión podría ser un buen inicio para hacer realidad este sueño. Pero el tiempo de los sueños estaba llegando a su fin, lo notaba. Había llegado el momento de empezar la construcción de una vida real.

Justo cuando estaba imaginando una casa de campo de piedra dorada en las colinas de Umbria, oyó un pitido. Miró a su alrededor, esperaba ver unos chicos del pueblo a los que les gustaba colarse en los jardines para jugar al escondite, pero no eran aquellos chicos del pueblo. Era James.

Nerviosa, comprobó si andaba por allí alguna de sus hermanas, antes de atreverse a acercarse a los arbustos donde James se había medio escondido.

—¿Qué *demonios* estás haciendo aquí? —susurró mientras él se inclinaba para besarla.

—¡Tenía que verte! —dijo, peinándose con los dedos como un mal actor.

—¿*Aquí*? No eres un novio normal, ¿sabes? ¡No puedes dejarte llevar por el capricho!

James asintió.

—No podía esperar.

—¿Pero qué pasa si alguien te ve? —dijo Gertrude.

—He sido muy prudente para que nadie me viera.

—¿Por dónde has venido?

—Por los campos de detrás. No había nadie.

—¿Y cómo estás tan seguro?

—¡Gertie! —protestó James, cogiéndola por los hombros—. Estamos perdiendo tiempo. Me tengo que ir. Me voy esta noche, quiero que vengas conmigo.

—¿Qué?

Una sonrisa estalló en su rostro.

—Ven conmigo, ¡Gertie!

—Pero esta es la época del año con más trabajo. Todas las rosas están saliendo, tenemos bodas y cumpleaños, pedidos de hoteles, fiestas privadas… y el jardín exige un mantenimiento continuo y, además, en breve aparecerá una cuadrilla de obreros. No puedo irme así.

James negó con la cabeza, con la sonrisa todavía en su rostro.

—Por qué no haces exactamente eso, ¡*irte así!* Las rosas podrán sobrevivir unos días sin ti, no irán a ningún sitio y tus hermanas tendrán que ocuparse de lo que haga falta. —Se volvió a inclinar para besarle la punta de la nariz.

—¿Adónde vas?

—A una entrevista de trabajo en Cambridge. Lo cierto es que podría ir y volver fácilmente en un solo día, pero le he dicho a Samantha que estaré fuera dos noches. Ya he reservado una habitación en un pequeño hotel, a las afueras de los Fens, para los dos, y podríamos cenar en Cambridge primero.

«Un pequeño hotel en los Fens —pensó Gertie— y cenar juntos en Cambridge.» Ya se veía caminando de la mano por los Backs con James, quizá hasta tendrían tiempo para remar en una de esas barcas. Después, podrían ir a un restaurante precioso, donde no tendrían que estar preocupados por coincidir con nadie de Little

Eleigh. Podrían ser una pareja *normal* y, después, ir al hotel. Dos noches enteras con James, sin que él tuviera que volver corriendo con Samantha. Lo tendría para ella sola *dos noches enteras*. Un plan increíblemente tentador.

—Ven conmigo —susurró James, acariciándole el pelo como a ella le gustaba—. Tus queridas rosas sobrevivirán sin ti, pero *yo no*.

Gertie vio su rostro. Sus ojos estaban llenos de ternura desesperada y ella cedió.

—Iré contigo —dijo.

—¿De verdad?

Gertie asintió.

—No tengo ni idea de qué contarles a mis hermanas.

—Ya te inventarás algo —le contestó—. Diles que vas a una charla sobre rosas o a una reunión importante sobre mantillo.

Gertie le sonrió y él la besó. Iban a pasar unos días juntos y apenas podía contener su ilusión.

Frinton parecía haber encontrado un nuevo amigo en Julian, porque el pequeño perro lo siguió por todas partes durante la visita, pisándole los talones y mirando hacia arriba como si fuera su nuevo dueño. Los siguió por todas las estancias de la casa, sus pezuñas golpeteando contra los tablones y las losas, mientras Julian disfrutaba de las vistas y las maravillas de la mansión, admirando todo, desde las molduras ornamentales de los techos hasta la metalistería exquisita de los cerrojos de las ventanas. Nada se le escapó.

—Nunca he visto una casa más bonita —dijo Julian.

—Bueno, no todo es bonito, me temo… —dijo Celeste, mientras lo conducía por el pasillo hacia la problemática ala norte. Al abrir la puerta, levantó el brazo, bloqueando la entrada—. No está en condiciones para entrar, pero pensé que le gustaría verlo. Esta es la razón principal por la que tenemos que vender los cuadros.

—Ah —dijo Julian, asomando la cabeza por la puerta—. Ya lo entiendo.

—Ha estado reclamando atención durante décadas, pero nunca dispusimos del capital necesario —le explicó Celeste— y tengo la sensación de que, si hubiéramos dispuesto de ese dinero, mi madre se lo habría gastado en el negocio. Los techos siempre en un miserable segundo lugar, después de las rosas. El jardín siempre ha sido más importante que la casa en esta familia, me temo, y parece que estamos pagando las consecuencias ahora. —Cerró la puerta y volvieron hacia el vestíbulo, con la nariz de Frinton prácticamente tocando los tobillos de Julian.

—¡Frinton! —exclamó Celeste, pero el perro no le hizo ningún caso. Julian miró hacia abajo y sonrió.

—Parece que me he comprado un perro —dijo.

—Lo siento mucho. A veces puede ser muy molesto.

—Quizá esté oliendo a *Picasso* —replicó Julian.

—¿Picasso?

—*Pixie*, mi gata.

—Oh —dijo Celeste.

—Está en la casa de campo en Nayland. Va conmigo a todas partes. Una vez, intenté dejarla en mi piso en Londres, pero se escondió debajo de la cama y no quiso salir. Ni comer tampoco. Mi vecino se puso histérico, así que le compré una jaula de transporte y ahora viene conmigo siempre.

—Ya veo —dijo Celeste, sorprendida por el diluvio de información felina que ella no había pedido.

Abrió la puerta a Julian y salió.

—Tiene que haber sido maravilloso crecer en una mansión con un foso —dijo Julian—.¡Un *foso*! Tiene que dar sensación de seguridad.

—No si la amenaza viene desde dentro —dijo Celeste, y se mordió el labio. ¿Por qué demonios había dicho eso?

Julian se giró hacia ella, con expresión de interrogación en su mirada.

—Olvídese de cuanto acabo de decir —le pidió.

—Cuando alguien dice «Olvídese de cuanto acabo de decir», esto queda enseguida marcado como algo de importancia vital y no se olvidará bajo ninguna circunstancia.

—No tiene importancia —le aseguró, desviando la mirada.

—Y suele tener mucha importancia también. —Su expresión era amable y tierna.

Detuvieron el paso y Celeste se giró hacia él.

—Que tenga importancia o no resulta del todo irrelevante a los potenciales compradores de nuestros cuadros, pues ese era el objetivo de nuestra visita, ¿no es cierto?

Julian le sostuvo la mirada un instante.

—Claro —dijo—. Disculpe. No era mi intención desviarme del objetivo.

—Continuamos con la visita? —dijo Celeste, carraspeando y caminando hacia la rosaleda.

Julian había entendido el mensaje, porque dirigió la conversación hacia un tema menos emotivo, las rosas.

—Entonces, ¿el negocio de rosas empezó con sus abuelos? —preguntó.

—Sí —le contestó Celeste—. Arthur Hamilton era mi abuelo y él y mi abuela, Esme, empezaron a cultivar rosas en los años sesenta.

—¿Y compraron esta propiedad para ello? —preguntó Julian.

—Mi abuelo heredó una pequeña fortuna del negocio de la fábrica de su padre en Yorkshire. Vendió absolutamente todo y lo invirtió en este lugar.

—Menos el dinero que gastó en los cuadros —dijo Julian.

—¡Oh, no! —replicó Celeste— Compró todos los cuadros con dinero que había ganado con Rosas Hamilton.

Julian sonrió.

—No entiendo cómo es posible que nunca hubiera oído hablar de ellos.

—Poca gente advierte que, detrás de una rosa, hay todo un equipo de personas. Piensan que una rosa es una rosa. La gente nunca piensa en la persona que la ha estado creando durante años.

Julian asintió.

—Y estaba pensando… ¿Qué habría pasado si las hermanas Hamilton hubieran salido varones?

—¿Qué quiere decir? —interrogó Celeste.

—Quiero decir, las rosas son cosa de mujeres, ¿no cree? No veo a tres hermanos gestionando un negocio de rosas.

Celeste lo miró como si estuviera enfadada.

—Se trata de un prejuicio —le dijo—. Todos los grandes cultivadores de rosas eran y son hombres: Alexandre Hardy, Wilhelm Kordes, Joseph Pemberton, Peter Beales, David Austin. Sí, también cultivó centenas de rosas la emperatriz Josefina en los jardines de su castillo, era tan apasionada al cultivo de rosas que la apodaron «madrina de los rosamaniáticos modernos», un título impresionante.

Julian se rio.

—¿Y se considera usted una rosamaniática?

—Supongo —contestó.

—Sabe, no tenía ni idea de que las rosas pudieran tener una historia tan interesante —dijo Julian.

—Son las flores más fascinantes del mundo —concluyó Celeste.

—¿Pero qué habría pasado si no le hubieran gustado las rosas?

—¿Si no me gustaran las rosas? —dijo Celeste con el ceño fruncido—. ¿Qué quiere decir?

—¿Qué habría pasado si se hubiera rebelado contra su familia? ¿Si hubiera querido hacer otra cosa en la vida que no estuviera relacionado con las rosas?

—Imposible —confesó Celeste—. Llevamos las rosas en la sangre. Nos hemos criado rodeadas de rosas, mirándolas y oliéndolas, aprendiendo sus nombres y cultivando nuevos especímenes. Algunas se convirtieron en nuevos miembros de la familia. —Sonaba nostálgica—. Intenté rebelarme hace un par de años. Me casé y me mudé. Sentí alivio al dejar las rosas atrás durante un tiempo. Las adoraba, pero también sentía que me ahogaban y creí que debía salir de este entorno. Entonces, empecé a trabajar en el negocio de mi marido, pero, bueno, las cosas no salieron bien.

Durante un instante, volvió a pensar en la Celeste que había sido aquella temporada, lejos de Rosas Hamilton. Fue una Celeste completamente nueva, y no pudo evitar preguntarse si otro cambio de trabajo sería posible en el futuro. Todavía dudaba de su papel en el negocio de rosas.

De repente, fue consciente de los ojos de Julian sobre ella y temió haber hablado demasiado. Aceleró el paso y lo condujo por el camino hacia un arriate de rosas, lleno de gloriosas flores rosas.

—*La Reina de Verano* —dijo al cabo de un segundo y, al agacharse para apreciar su dulce perfume, no pudo ocultar una sonrisa—. Es nuestra *best seller*.

—Y muy bonita —añadió Julian, agachándose él también para meter su nariz en el centro de una flor—. ¡Oh! —exclamó segundos más tarde— ¡Qué perfume más potente!

Celeste no pudo contener su risa, viendo la reacción.

—Tendría que haberlo avisado. No hace falta acercarse *tanto* para apreciarlo.

—¡Es como si estuviera borracho! —dijo, los ojos llenos de sorpresa.

—Pruebe esta —dijo Celeste, guiándolo hacia otra rosa de color rosa. Tenía un tono de color más profundo que la primera y, cuando Julian se agachó para inhalar, la reacción no fue tan intensa.

—Casi es… —se detuvo, buscando la palabra adecuada— como un sorbete.

Celeste sonrió y le dio la razón.

—*Pink Promise* —dijo—. Una de las creaciones de mi abuela.

Julian se volvió a levantar. O, al menos, lo intentó, pero su chaleco se quedó enganchado en una espina.

—Parece… que estoy atrapado —dijo.

—Espere —dijo Celeste, acercándose—, déjeme a mí. Es el único inconveniente de la *Pink Promise*, me temo. Sus espinas son particularmente feroces.

—Es el precio que uno paga con las rosas —contestó Julian.

—No por *todas* las rosas —las defendió Celeste enseguida—. Ya está —dijo unos instantes más tarde—. La *Pink Promise* ya le ha devuelto la libertad.

—Gracias —dijo Julian.

—Bueno, supongo que no querrá pasar el fin de semana entero atrapado en un rosal —comentó Celeste, anunciando el final de la visita con un pequeño gesto del hombro.

—Muy bien —dijo Julian, un poco confuso, pero, antes de poder decir algo más, Celeste ya había vuelto a ponerse en marcha, volviendo sobre sus pasos por el camino hacia la puerta principal de la casa, donde el coche de Julian estaba esperando.

—Gracias por venir —dijo Celeste, tendiendo la mano para que él la pudiera estrechar.

Julian sonrió.

—Hoy está caliente —dijo.

Celeste carraspeó y retiró su mano de la suya.

—Vamos, Frinton —dijo, y el pequeño perro, que había sido la sombra de su nuevo amigo durante toda la visita, lo abandonó a regañadientes para volver junto a su dueña—. Adiós —dijo, girándose para volver a la casa.

Al entrar en el vestíbulo, de repente se sintió sin aliento. Allí estaba, en el centro de aquella estancia, escuchando el tictac del reloj de pie, intentando desesperadamente tranquilizarse. Una sensación muy extraña la había invadido en el jardín cuando estaban caminando hacia la casa. La vista de la mansión era una imagen familiar para ella,pero, con Julian, creyó estar viéndola por primera vez: la antigua casa romántica con sus torrecillas y sus ventanas con batientes, el precioso foso y la serenidad del jardín. La había visto a través de los ojos de un desconocido y se había visto sorprendida por una certidumbre: no odiaba la casa en absoluto. Sí, guardaba todo tipo de recuerdos negativos , pero también había sitio para otras emociones en su corazón. Una emoción que había intentado ignorar.

El amor.

11

Gertie estaba sentada delante del espejo del tocador. No se solía maquillar, pero ya había extendido el fondo más ligero y ahora estaba intentando hacer magia con el rímel. El brillo de labios tendría que esperar un poco, no quería llamar la atención antes de salir de casa. Y con aquella enorme sonrisa le sería imposible pintarse bien los labios.

Todavía no se lo podía creer: dos días y dos noches enteros con James. Toda una ocasión para estar juntos sin tener que estar mirando el reloj o preocuparse por si alguien los pudiera ver juntos.. y Dios sabe que él necesitaba unos días lejos de Samantha. Últimamente estaba muy estresado y ella sabía que una excursión, una excursión con ella, le vendría muy bien. «También será una buena oportunidad para hablar de nuestro futuro juntos —pensó— y planificar en serio lo que vamos a hacer.»

Gertie liberó un suspiro de felicidad y se roció ligeramente con el Penhaligon Gardenia que James le había regalado .La fragancia estival la hizo sonreír mientras esperaba la calidez de los matices de las rosas y las gardenias de aquel perfume.

Cepillándose el pelo, recordó el día que había conocido a James. Samantha y James se habían mudado a Little Eleigh hacía dos años: después del accidente de caballo que sufrió ella, compraron el granero situado en el confín del pueblo y lo reformaron para adaptarlo a sus necesidades. Gertie ya lo había visto pasar alguna que otra vez por allí, pero hasta la fiesta del pueblo el verano pasado, no habían hablado. Gertie se había apuntado a algunas de las categorías del concurso de tartas caseras y él estaba de pie, junto a la mesa, cuando Gertie colocó su bizcocho con mucho cuidado, justo antes del cierre de las puertas para el jurado.

—¿No es tu primera vez, verdad? —le dijo James.

—La segunda o la tercera —contestó ella.

—¿Y ganaste?

—Una o dos veces —confirmó—. ¿Tú también participas?

Se rio

—¿Tartas caseras? ¿Estás de broma? No, pero he traído algún producto de la cosecha de mi huerto.

—¿Oh?

Señaló los pepinos.

—El segundo de la izquierda.

Gertie ahogó un grito.

—¡Eso sí que es un pepino! —dijo. Sus ojos se encontraron y, a la vez, estallaron en un incontrolable ataque de risa. Un miembro del jurado tuvo que salir para pedir que se fueran.

—Soy James —dijo, mientras salían de la sala.

—Gertie.

James le estrechó la mano, sujetándola una fracción de tiempo más de lo estrictamente necesario y sus ojos se quedaron fijos en los de ella. En este momento, Gertie supo que estaba perdida, aun sabiendo que estaba casado y sabiendo que su mujer era minusválida.

Aquello sonaba horrible y Gertie sabía perfectamente qué pensarían sus hermanas y los habitantes de Little Eleigh si se enteraran de su aventura, pero nadie conocía realmente la verdadera historia de James y Samantha. Él le había contado algunas cosas sobre su pasado juntos y Gertie sabía lo infeliz que era James, ya antes del accidente de Samantha.

—Nos íbamos a separar —le contó a Gertie—. Nunca lo hablamos de manera tan directa pero ambos lo sabíamos y entonces sufrió la caída del caballo y ninguno de los dos ha vuelto a abordar el tema. Hemos estado viviendo esta horrible media vida en que la compañía del otro nos es insoportable, pero tampoco sabemos cómo escapar. Entonces apareciste tú y la vida recuperó su sentido.

Gertie sonrió al recordar sus palabras y lo que habían significado para ella durante la enfermedad de su madre.

—Hacía meses, *años*, que no me había reído, ni siquiera sonreído —le contó—, pero tú me recordaste que todavía había bondad y alegría en el mundo y bromas tontas sobre pepinos.

James había sido un gran apoyo para Gertie durante la enfermedad de Penélope. Él sabía lo que representaba hacerse cargo de alguien que estaba enfermo y se aseguró de que Gertie nunca olvidara sonreír hasta en los peores momentos. Había sido tan amable y dulce con ella que Gertie no lo olvidaría nunca.

Gertie se levantó ante el tocador. Había preparado una pequeña bolsa de fin de semana y tendría que sacarla de casa sin que la vieran sus hermanas. Su plan era de llamar a Evie esa noche para decir que se había encontrado con una vieja amiga y que se había quedado a dormir en su casa. Cómo explicar la segunda noche no sería tan sencillo.

Bajó las escaleras y, por supuesto, Evie estaba en el salón, como si estuviera esperando un asalto.

—Bueno, me voy —Gertie voceó casualmente.

—¿Vuelves tarde? —respondió Evie.

—Muy tarde, supongo.

—Pásatelo bien.. Que te diviertas.

—Yo también—dijo Gertie con una pequeña sonrisa, antes de salir hacia su cita secreta.

Después de que hubiera salido Gertie, Evie se dirigió al estudio, donde suponía que encontraría a Celeste. No le entusiasmaba ver a su hermana, ella misma lo reconocía, porque sabía que Celeste ya habría entregado los queridos cuadros de la familia, y nunca la podría perdonar.

Llamó educadamente a la puerta antes de entrar.

—¿Todavía trabajando? —preguntó, caminando hacia donde estaba Frinton y dándole un masaje detrás de la oreja derecha.

—No, la verdad es que no —confesó Celeste—. No me puedo concentrar.

—Veo que se ha llevado los cuadros —dijo Evie y, tragando saliva con dificultad, señaló con la cabeza la pared desnuda donde apenas hacía una hora aún lucían los cuadros de rosas. Seis perfectos rectángulos de papel pintado atrajeron su mirada allí donde habían estado las obras de arte.

—Sí —dijo Celeste—, pero dijo que podíamos cambiar de opinión cuando quisiéramos.

—¿De verdad?

—Sí.

—Pero no lo harás, ¿no? —preguntó Evie.

Celeste negó con la cabeza.

—No nos lo podemos permitir. Lo sabes, ¿verdad?

Evie bajó la mirada y encontró los ojos de Frinton.

—¿Evie?

—¡*Sí*! —estalló—. Lo sé —dijo en un tono un poco más suave.

Celeste suspiró.

—No eres la única que echará de menos esos cuadros, Evie. Yo también los extrañaré, ¿sabes?

—¿En serio?

—Claro que sí —dijo Celeste—. ¿Por qué sigues tratándome como la mala de la película? Yo no *quiero* venderlos. No era la primera tarea de mi lista de cosas que debía resolver hoy, pero nos pueden hacer ganar unos cientos de miles de libras.

La noticia no frenó el ritmo de Evie.

—Ya, bueno, pero así la estancia es horrible —dijo, mirando a su alrededor.

—Lo sé —acordó Celeste—. Y me siento como si los hubiera robado y tuviera que disculparme o algo así.

—Y a mamá también le habría dado un disgusto venderlos —Evie añadió.

—Eso no lo sabes, Evie.

—Ah, ¿y *tú* sí?

—Solo pienso…

—Después de no haber estado aquí durante mucho tiempo, de repente sabes lo que mamá habría pensado, ¿no?

—No es eso lo que estoy diciendo —dijo Celeste, intentando controlar su tono de voz desesperadamente para no desatar una fuerte discusión—. De hecho, creo que mamá habría sabido tomar la decisión correcta para la casa, igual que nosotras tratamos de hacer ahora. —Vio como Evie parecía un poco más tranquila.

—Mientras todo eso mantenga la casa a salvo —dijo Evie y vio a Celeste morderse el labio.

—Podría ser insuficiente, me temo —replicó Celeste.

Evie se levantó.

—Bueno, será mejor que sea suficiente —dijo—, porque yo no contemplaré jamás otra alternativa. —Y salió de allí antes de que su hermana pudiera decir algo.

12

Gertie salió de Cambridgeshire, conduciendo la pequeña furgoneta blanca. James le había mandado un mensaje con el nombre del pueblo donde podía dejar la furgoneta y él la recogería . Su BMW de color plata la estaba esperando cuando llegó. Cogió la bolsa de fin de semana que había logrado sacar de casa sin que nadie la viera y cerró la furgoneta.

—Me siento como una espía o algo así —dijo, unos segundos más tarde cuando abrió la puerta del coche y se subió al asiento de pasajero.

—Mientras nadie nos espíe a *nosotros* —dijo James con una de sus sonrisas seductoras y acercándose a ella para besarla.

—Estamos en otra comarca —dijo Gertie—. Estaremos seguros, ¿no? ¿O mejor si me pongo una visera de *baseball* y unas gafas de sol? —Estaba bromeando, pero algo dentro de sí misma no podía impedir una sensación de vergüenza, porque, a pesar de las muchas veces que se había justificado a sí misma lo que estaba haciendo, seguía teniendo una aventura con un hombre casado.

—No te tapes —le dijo James—. Estás guapísima.

Gertie estaba radiante de felicidad.

—Sabes, no estaba seguro de que vinieras —continuó James.

—¿Por qué? —le preguntó Gertie.

Él se encogió de hombros.

—Podrías haber cambiado de opinión y no dejar tus rosas.

Gertie se rio.

—¡Eres mucho más importante para mí que mis rosas! —le dijo—. ¡Eres mi *futuro*!

James le regaló una breve sonrisa.

—Y tengo la fuerte sensación de que, un día muy pronto, estaremos juntos, *realmente* juntos. ¿Tú no? —preguntó Gertie.

Se giró hacia ella para mirarla.

—Claro que sí —contestó James, y Gertie suspiró de felicidad mientras arrancaban.

El paisaje de los Fens se extendía durante millas en todas las direcciones, llano y sin obstáculos, tan diferente de las colinas onduladas del Valle Stour. De alguna manera, poseía una belleza pálida que desviaba la atención hacia el cielo enorme y el dibujo de las nubes. El cielo estaba precioso esa noche, con trazas de lavanda y rayas de albaricoque en la puesta de sol.

Cruzaron un pequeño pueblo y giraron a la izquierda en un camino bordeado de árboles. El hotel era una gran mansión georgiana, con enormes ventanas de guillotina y topiaria en lo que parecía ser un jardín impresionante.

—¡James, qué bonito! —dijo Gertie, incapaz de ocultar su ilusión y de hacerse la interesante, como era su intención.

—Te quería mimar —dijo James, cogiéndole la mano para besarla.

Lo premió con una sonrisa.

Después de haber aparcado, James condujo a Gertie por una extensión de césped que llevaba a una zona preciosa del río.

—Esto es espectacular —dijo Gertie, mirando el césped inmaculado y la vista impresionante del hotel—. Me siento muy mimada.

—Muy bien —le contestó James, envolviéndola en un abrazo cálido—. Hueles muy bien.

—Es el perfume que me compraste.

—No es cierto —le dijo.

—¿No? —Lo miró.

—¡Eres tú! Esencia de Gertrude. No hay nada igual en el mundo.

Gertie se rio.

—Entonces, ¿qué contiene exactamente esta «Esencia de Gertrude»?

James se quedó contemplativo un instante.

—Es una mezcla indescriptible.

—Oh —dijo Gertie, incapaz de ocultar su desilusión—. Me habría gustado que fueras capaz de describírmelo.

—Entonces, vale —dijo—. A ver. Es como todas las cosas buenas de este mundo, como un día soleado y una risa.

—¡La luz del sol y la risa no tienen olor! —gritó Gertie, pellizcándole en las costillas.

—¡Hey! —replicó James—. Se trata de *mi* descripción, ¿entendido?

—De acuerdo —reconoció—. Sigue. —Adoraba ser el centro exclusivo de su atención.

—Bueno, ya hemos cubierto la parte del sol y la risa.

—Sí. ¿Qué más?

—También tenemos el perfume gardenia, por supuesto, y las rosas. Un poco del campo de Suffolk con sauces y campos de cebada y fosos y…

—¡Yo *no* quiero oler como nuestro foso! —protestó Gertie.

—No estaba hablando del olor *exacto* —se defendió, tratando de alejar aquella sensación—. ¿Entiendes lo que quiero decir? Estas son las cosas que estoy imaginando cuando pienso en ti.

Gertie hizo una mueca.

—Qué viejo romántico eres.

—Solo cuando estoy cerca de ti —dijo, y se besaron.

Volvieron al hotel y sacaron sus bolsas del coche. Cuando llegaron a la recepción, una mujer joven los saludó con una sonrisa comedida.

—Señor Stanton —anunció James.

Las largas uñas de la recepcionista golpearon el teclado del ordenador y asintió.

—Habitación dieciocho, primera planta —les dijo.

Gertie sintió un gran alivio al ver que todo era tan fácil y discreto, James no se había visto obligado a decir al mundo entero que ella era la señora Stanton. O que eran el señor y la señora Smith.

James cogió sus maletas y subieron por una gran escalera con elegantes retratos y estudios de spanieles y faisanes.

—¡Cuánto he deseado que ocurriera esto! —dijo James cuando se cerró la puerta de la habitación—. Dios, cómo te he echado de menos.

Gertie se acercó y él la cogió en sus brazos.

—Yo también te he echado de menos —le dijo ella.

—Ha sido una semana muy dura —le comentó, plantándole un beso en la punta de su nariz.

—¿Samantha?

Asintió.

—Ha sido muy difícil.

La mirada de Gertie estaba cargada de compasión. Ya sabía lo difícil que podía llegar a ser Samantha. Aquella mujer era como una rosa escaladora especialmente tenaz que elige su propio camino y a la que resulta imposible de convencerpara que escoja otra ruta. Sabía cuánto había complicado la vida de James y lo indefenso que se sentía él, incapaz de hacer cualquier otra cosa que continuar así, porque ¿quién podría abandonar a una mujer en una silla de ruedas?

James suspiró y Gertie advirtió que parecía tenso y cansado.

—Ven aquí —le dijo, quitándole la chaqueta—. Déjame relajarte un poco. —Empezó a masajearle los hombros.

—Qué bien —le dijo James.

—¿Ah, sí?

—Oh, sí —dijo, dándose la vuelta al cabo de un momento—. Qué maravillosa eres.

Gertie sonrió y se miraron a los ojos.

—¿Has hablado con Samantha? —se atrevió a preguntar Gertie finalmente.

James soltó un suspiro de cansancio.

—¿Tenemos que hablar de eso ahora? Solo quiero dejar todo atrás y estar aquí contigo.

Gertie tragó saliva con dificultad sin dejar de mirarlo. La joven estaba desesperada por estar con James y él le había prometido que, algún día, estarían juntos, pero le era imposible saber cuándo llegaría ese día, porque él nunca quería hablar del tema.

—Samantha tiene que dejarte marchar —le dijo, acariciándole la cara—. No te puede tener como un prisionero cuando vives tan infeliz. No es justo. No puede exigir que te quedes si es para hacer de tu vida un infierno.

—Chsss... —dijo James, plantando un beso en la palma de su mano—. Voy a desterrar su nombre de esta habitación, ¿vale? Durante todo el tiempo que estemos aquí juntos. Estoy *contigo* ahora y eso es lo único que cuenta.

Se inclinó hacia ella y Gertie se dejó besar. Aquello le parecía maravilloso, por supuesto, pero no pudo evitar desear que esos besos fueran realmente lo único que contara para ella.

La casa parecía muy tranquila sin Gertie, pensó Celeste. El reloj de pie acababa de tocar las nueve y Gertie había llamado para explicar que se había encontrado con una vieja amiga en Cambridge y que no volvería.

—Lo que nos deja a Evie y a mí solas—murmuró Celeste para

sí misma. La idea no la entusiasmó. Evie estaba decidida a enojarse con ella. Como era imposible para Celeste decir cualquier cosa sin que ella se alterase de alguna manera, decidió dejar a su hermana pequeña todo el espacio posible y se llevó una taza de té hacia el salón, Frinton la siguió como su sombra.

Mientras Frinton se instalaba cómodamente en la alfombra, Celeste vio algo en la mesilla que reconoció enseguida. Se trataba de un antiguo álbum de fotos, Celeste estaba segura de que no estaba allí esa mañana. Se preguntó si Evie había estado hojeándolo.

Se instaló en un sofá con él entre manos, cerca de la enorme chimenea. Un álbum de fotos ya constituía una rareza, pensó. Por lo menos, un álbum físico de verdad, no uno virtual que cliquear, imposible de ver si se da un corte de luz o si la conexión a internet no funciona. Qué agradable estar sentada, pasando las páginas y contemplando las imágenes del pasado.

El álbum era de cuero negro y almacenaba centenas de fotos en blanco y negro que Celeste no había visto desde hacía años. El abuelo Arthur, joven y guapo, aparecía en la selva que había sido el jardín vallado antes de ponerle orden. Y también la abuela Esme, con el cabello largo y oscuro que todas las mujeres Hamilton heredaron, cayendo sobre sus hombros en ondas relucientes, apoyada en una de las torrecillas con una sonrisa de oreja a oreja. «Acababan de mudarse», pensó Celeste, preguntándose cómo debió de haber sido vivir allí, después de la humilde casa adosada que compartieron en el norte. Imagínate comprar una mansión medieval con foso. Aquello había sido una locura.

—Una maravillosa locura —dijo Celeste en voz alta, haciendo que Frinton levantara la cabeza y la mirara un instante.

No recordaba lo joven que eran sus abuelos cuando compraron la mansión. Esme no parecía mayor que Celeste ahora y ya tenían dos hijos en ese momento: el tío Portland y la tía Leda. Una gran aventura, pero una lucha también tener que arreglar la vieja casa para hacerla habitable mientras restauraban el jardín para empezar el negocio de rosas, sin dejar de cuidar y mantener a una familia. Eso hizo que Celeste se diera cuenta de que la lucha a la que se estaban enfrentando ellas no era nada extraordinario en la historia de esta casa. Cada generación había tenido que pelear para salir adelante con todo.

Siguió pasando las páginas, emocionándose con las fotos de sus abuelos trabajando en el jardín con los pequeños Portland y Leda bailando a su alrededor.

—Sí, adoraban este sitio. —Una voz le llegó desde la puerta.

Celeste se sobresaltó y vio a Evie mirándola.

—¿Has dejado el álbum aquí para mí? —preguntó Celeste.

Evie no contestó la pregunta, pero entró en el salón y se acomodó en el sofá, junto a Celeste.

—Mira estas —dijo, haciéndose con el álbum y girando las páginas—. Esta es la primera foto de mamá.

Celeste miró la fotografía y creyó reconocer al minúsculo bebé que estaba sentado en una gran cuna de época en el jardín, con las imponentes torrecillas de la casa del guarda detrás de ella.

Evie señaló otra fotografía de los cuatro hijos Hamilton, Portland, Leda, Louise y Penélope, todos cogidos de la mano y mirando el foso, sus pequeñas figuras reflejadas en el agua.

—¡Oh, qué bonito! —dijo Celeste—. Tendríamos que enmarcarlo.

—Sí —dijo Evie—. Tres generaciones de nuestra familia han vivido aquí. ¿No te parece impresionante?

—Sí —dijo Celeste simplemente—, lo es.

—Y podrían ser cuatro si consiguiéramos mantener este sitio —añadió Evie.

—Evie… —la avisó Celeste.

Evie levantó las manos al cielo.

—¡No digas nada! Solo piénsatelo, ¿vale?

Celeste no estaba de humor para pelearse con su hermana esa noche y asintió.

—Vale.

Estuvieron sentadas juntas, pasando las páginas del álbum y mirando las fotos.

—Esta es la última de mamá. —dijo Evie cuando llegaron al final—. Gertie quiso ponerla en el álbum. La hizo justo antes de que mamá dejara la quimioterapia. Habíamos salido a dar un paseo por el jardín y la luz era muy bonita. Y fue la última vez que mamá salió. Y está guapa, ¿verdad?

—Así es. —acordó Celeste, estudiando el rostro pálido pero todavía sorprendentemente hermoso de su madre.

—Después, empeoró rápidamente —dijo Evie—. Solíamos traerle flores del jardín, pero ya nada podía hacerla sonreír. Se puso de mal humor, más que de costumbre, y nos gritaba, daba igual lo que hiciéramos por ella. Debió de sufrir mucho al final. —Los ojos de Evie se llenaron de lágrimas.

—Oh, Evie —dijo Celeste, abrazándola.

—Deberías haber estado aquí, Celeste —gritó—. ¡Te *culpo* por no haber estado aquí para ayudarnos!

—Ojalá hubiera podido estar.

—¡No, no es verdad! —dijo Evie—. No me mientas.

—Evie, escúchame…

—Gertie y yo estábamos agotadas. No fue justo que no ayudaras. Mamá era… —se detuvo, las lágrimas corrían por sus mejillas— difícil. Muy difícil. Te necesitábamos aquí, Celeste. ¿Dónde estabas?

Celeste se mordió el labio, sin saber qué decir. Evie apartó su brazo y se levantó del sofá.

—Necesito un poco de aire —anunció, secándose las lágrimas con gesto de enfado—. ¿Puedo sacar a Frinton?

—Claro —dijo Celeste. Evie hizo un gesto a Frinton y los dos salieron de casa juntos.

Evie caminó por los jardines hasta estar segura de que las patas de Frinton ya no podían dar un paso más. Costó lo suyo cansar a ese perro, pero después de la escena con Celeste, le hizo bien salir a tomar el aire y contemplar el jardín desvaneciéndose en el crepúsculo al mismo tiempo que el ritmo de su corazón recuperaba la normalidad. Las rosaledas estaban más bonitas por la noche, porque el aroma de las flores era más fuerte y perfumaba el aire con poderes embriagadores. A Evie le gustaba ponerse a prueba a sí misma mientras caminaba, intentando distinguir las rosas una por una.

El aire llevaba el aroma profundo y generoso de la *Madame Isaac Pereire* y el perfume almizclado y frutado de la *Penélope*, la rosa que diera su nombre a su madre, y, bailando suavemente en el aire, se podían apreciar los matices melosos de su propia *Moonglow*.

Al caer la noche, las rosas blancas lucieron toda su gloria, su belleza luminosa era todavía visible mucho después de la puesta de sol, pintando el jardín con ringleras fantasmales. También destacaba la rosa Hamilton llamada *Eden*, con sus pétalos encorvados; la escaladora clásica, *Iceberg*, volcada sobre la pérgola en una cascada blanca, y la increíblemente hermosa rosa damascena, *Madame Hardy*, con su flor doble y su fragancia clara y cítrica.

Evie se detuvo para admirar todas aquellas rosas y hundió la nariz en los pétalos suaves y frescos. Uno no se podía precipitar en momentos como aquel, a pesar de los ladridos de un fox terrier más allá de los límites de la propiedad, a pesar de sentir todavía el corazón acelerado después de su última conversación con Celeste, Evie disfrutó de aquel momento.

A veces, inhalar el perfume de una rosa era como perderse en otro mundo. Todos los otros sentidos parecían apagarse cuando el aroma tomaba el control, como si estuviera entrándote por las venas hasta dejarte completamente embriagado… y eso era exactamente lo que necesitaba en este momento.

—¡Chsss…, Frinton! —dijo Evie, su nariz hundida en una *Alba*

Máxima, una de sus rosas preferidas y una de las más antiguas, completamente abierta—. La Rosa Jacobita —se dijo, sabiendo que la rosa ya existía en la Antigüedad.

Frinton siguió ladrando.

—En serio —dijo Evie—, ¡los perros no tienen alma! Ninguna sensibilidad por las cosas bonitas… —Y negó con la cabeza, desesperada, pero no podía evitar una sonrisa cuando vio que Frinton había encontrado un bastón y lo estaba sacudiendo de un lado a otro, como si fuera su enemigo mortal—. ¡Vamos! —le dijo, y los dos cruzaron la extensión de césped que se abría enorme detrás de la mansión bajando hacia el río.

La oscuridad fue envolviendo poco a poco los campos y un faisán confuso salió corriendo de su cobertizo en la otra orilla. Frinton dejó caer el bastón y estuvo observando el ave, preguntándose si merecía la pena saltar y cruzar el río nadando para perseguirla. Decidió que no y, en vez de eso, clavó su hocico cuadrado en una mata de hierba que olía sin duda a conejo.

—Tú también adoras este lugar, ¿verdad, Frinton? —le preguntó al perrito— ¿No te quieres marchar de aquí, no? Bueno, tenemos que seducir a tu dueña para que ella también lo adore, ¿vale?

El pequeño terrier siguió rastreando entre las hierbas, Evie respiró profundamente y se sintió más viva. Después de los largos meses de invierno y los fríos vientos de la Anglia Oriental, era maravilloso poder pasear por el jardín por la noche y sentir el aire cálido en su piel. Noches como aquella la ayudaban a pasar los días cortos y oscuros de invierno; el último invierno había sido especialmente arduo, sus dedos helados habían alcanzado el mes de abril. Esa era la razón por la que los cultivadores de rosas trabajaban hasta muy tarde las noches de verano, para disfrutar de su temporada favorita, esos pocos meses preciosos en que las rosas desvelan todo su brillo y frescor.

Evie recogió el bastón baboso de Frinton y lo lanzó por la orilla del río. Vio al perro en plena persecución, un destello de pelo blanco rizado en las sombras alargadas. Justo en este momento, su teléfono sonó desde el fondo de su bolsillo. Ahogó un grito al ver quién era.

—Lucas —susurró.

Lucas había estado trabajando con ellas durante el mes de marzo, después de que hubiera terminado la poda. Era un estudiante de arte que iba trabajando mientras cruzaba Reino Unido. Quería conocer la comarca que inspiró Constable y Gainsborough, pero se mostró más interesado en las curvas de Evie que en las ondulaciones del paisaje de Suffolk. A Evie le había costado resistirse al encanto de aquel joven tan guapo de pelo rubio color mantequilla y ojos verdes penetrantes, pero por aquel entonces evitaba cualquier relación: la salud de su madre empeoraba día a día y necesitaba que la cuidaran las veinticuatro horas. Evie estaba siempre agotada, una relación era la última cosa que necesitaba entonces. Sí podría haber tenido una aventura, pero, al final, se alegró y se sintió bastante aliviada a la hora de despedirse de Lucas, con la vaga promesa de estar en contacto.

—Dios mío —dijo con un suspiro mientras leía su mensaje breve pero lleno de pasión. Creía que ya se habría olvidado de ella, pero estaba claro que ese no era el caso.

13

Al día siguiente por la mañana, Celeste, en una de sus contadas pausas de su trabajo en el estudio, decidió dar un paseo por el jardín. El sol estaba venciendo la niebla que había invadido los campos del valle de río Stour por la madrugada y la rosaleda lucía preciosa.

«*Tengo* que pasar más tiempo aquí fuera», se convenció a sí misma, sabiendo que aquello era y siempre sería imposible.

Al doblar la esquina de un arriate donde estaban floreciendo sus famosas rosas *Queen of Summer*, vio el sitio donde habían tomado la fotografía del álbum, cerca del foso, allí había posado su madre con sus hermanos, todos cogidos de la mano. Una imagen tan dulce que, al recordarla, Celeste sintió la vista borrosa por las lágrimas. Después, las palabras de Evie sobre una cuarta generación viviendo en la Mansión Little Eleigh le apuñalaron en el corazón porque realmente estaba convencida de que eso nunca iba a suceder.

A punto de volver sobre sus pasos, vio a un hombre acercándose por el camino.

—¿Julian? —le preguntó.

—¡Celeste! —gritó—. He llamado a la puerta de la casa y Evie me ha dicho que la encontraría aquí.

—¿Se le ha olvidado algo? —preguntó Celeste, sorprendida de verlo.

—Más o menos… —contestó mientras se acercaba—. Quería

consultarle una cosa.

—¿Qué?

—¿Qué le parecería una subasta privada? Estoy pensando en el Fantin-Latour en concreto. Contamos con buenos clientes y, si usted lo desea, podríamos tantearlos.

—Muy amable por su parte, gracias —le contestó Celeste—, pero habría bastado con que llamara.

Julian se encogió de hombros.

—Pasar no me ha costado nada —dijo—. No vuelvo a Londres hasta esta tarde y siempre es un placer estar en un sitio tan bonito.

—Bueno, pues muchas gracias —dijo Celeste, esperando a que se marchara, pero, entonces, Julian se protegió los ojos del sol con la mano para mirar el jardín y empezó a caminar por el camino que avanzaba junto al foso.

—¿No hace un día estupendo? —dijo él, revelando unos brazos sorprendentemente morenos mientras se remangaba—. En días así me entran ganas de venir a vivir en el campo.

—¿Quiere dejar la cuidad? —La pregunta había salido de la boca de Celeste sin haberla pensado siquiera.

—¡Dios, sí! —dijo suspirando—. Quiero decir, no me malinterprete… A mí me encanta mi trabajo. No podría haberme dedicado a ninguna otra cosa todos estos años, pero siento que empiezo a necesitar algo más. Ya no me basta *solo* el trabajo. Tengo un piso estupendo con balcón, pero desde allí solo puedo ver otros pisos. No hay ni un solo árbol a la vista, solo ladrillo y hormigón.

—Yo no creo que pudiera vivir así —contestó Celeste.

—No —replicó Julian—, usted no, y estoy empezando a pensar que *yo* tampoco podré vivir así mucho más tiempo.

Celeste lo miró de reojo, como si por primera vez lo viera como un ser humano en vez de verlo como el hombre que vendería sus cuadros.

—Entonces, ¿le gustaría tener un jardín? —le preguntó mientras sus pasos hacían crujir la grava del camino que cortaba en dos un jardín perfectamente ordenado, lleno de rosas de color rojo intenso.

—Bueno, sí, pero no un jardín tan grande —dijo Julian—. De hecho, el jardín que tengo en Myrtle Cottage me gusta. Es bastante pequeño, pero tiene un bonito césped, unos arriates de flores y espacio para una mesa con sillas. En esta época del año, es espectacular. Me gustaría vivir allí todo el año. —Dejó de hablar y sonrió cuando descubrió la vista que los esperaba al doblar la esquina—. ¡Vaya! —dijo—. Nunca he visto *nada* similar en toda mi vida. No me enseñó esta parte del jardín la última vez, ¿o me equivoco?

—Me temo que no… —confesó Celeste, ligeramente avergonzada porque la había pillado—. Ese día estaba bastante ocupada.

—Es espectacular. —Celeste reconoció la expresión de sorpresa en el rostro de Julian de quien visitaba la rosaleda por primera vez y su corazón se sobresaltó tanto como el del hombre: aquella vista era espectacular y, a pesar de haberla visto miles de veces, siempre le subía el ánimo.

Había rosas por todas partes. Rosas trepando bancos, derramándose de sus macetas, escalando muros y subiendo a los árboles. Había bóvedas, verjas, obeliscos y troncos de árbol, absolutamente todo había sido diseñado pensando en las rosas. El jardín entero era un patio de recreo para ellas y tenían todos los colores posibles, del blanco más puro hasta el amarillo más cremoso, del rosa más romántico hasta el rojo más intenso.

Los ojos de Julian parecían platillos, llenos de asombro, intentando absorberlo todo.

—Esta es idéntica a una de las rosas del cuadro de Fantin-Latour —dijo.

—Sí, también nosotras lo pensamos, pero no podemos estar seguras —confirmó Celeste, suavizando un poco su actitud hacia aquel hombre; su entusiasmo por las rosas parecía sincero y había algo más en él... Su espontaneidad. Sí, eso también le gustaba.

Estuvo observando los pétalos apelotonados de la rosa que parecía mirar al cielo como un vestido de baile al revés, cuando, de repente, recordó algo.

—¿Dónde están los cuadros ahora? —preguntó.

—En mi casa de campo en Nayland —le contestó.

—¿Y están seguros allí?

—Por supuesto —dijo Julian—. Todo está asegurado. No hay que preocuparse.

—Soy, me temo, una eterna preocupada —dijo Celeste— y los cuadros siguen siendo nuestros hasta que se vendan.

—Claro —dijo Julian—, pero le puedo asegurar que están seguros. No se moleste, por favor. Ya tiene bastantes preocupaciones, déjeme a mí ocuparme de los cuadros. Eso es lo mínimo que puedo hacer.

Pasaron bajo una bóveda cubierta por grandes rosas de color salmón.

—*Albertine* —dijo Celeste.

—¿Perdón?

—La rosa —le explicó Celeste señalando las flores.

—Por supuesto —reaccionó Julian—. Preciosas. Se parecen mucho a una de las rosas que tengo en Myrtle Cottage.

—¿Usted tiene una *Albertine*?

—Bueno, no estoy muy seguro —contestó Julian—, no soy muy bueno identificándolas.

Siguieron su camino, pasando un arriate lleno de flores.

—¿Y estas flores son…? —preguntó Julian, agachándose para acariciar una flor morada plana.

—Geranios —explicó Celeste.

—Bonitos.

—Son buena compañía para las rosas.

—¡Ah! —dijo Julian—.¿Los geranios no tienen valor en sí? ¿Solo sirven para estimular las rosas?

—Más o menos —dijo Celeste—. Aquí, todo gira alrededor de las rosas.

—Entonces, ¿las otras flores son como el marco del cuadro?

Celeste sonrió.

—Es una buena manera de verlo. Las rosas son las flores más bonitas del mundo, por supuesto.

—Por supuesto —repitió él, reflejando su sonrisa.

—Pero es posible destacar su belleza, rodeándolas cuidadosamente con flores etéreas y ligeras con colores complementarios, como geranios de color morado intenso o clemátide entre rosas de color rosa generoso. Esa es una de mis combinaciones preferidas. La lavanda, también, y *anisomeles* y *verbena bonariensis*.

Julian asintió, como si estuviera empezando a entender todo aquello.

—Ahora, si le interesa, déjeme enseñarle algunas de nuestras rosas más antiguas, —dijo Celeste, siguiendo su camino sin esperar respuesta, antes de cruzar otra extensión de césped hasta alcanzar otro arriate, una de sus zonas preferidas del jardín. Aquel era un sitio especial para Celeste, porque su abuela la llevó allí de la mano innumerables veces para enseñarle alguna de las rosas más antiguas del mundo. A ella le había encantado escucharla y aprender así los nombres románticos y las historias vinculadas a ellas.

—Estas rosas tienen origen medieval —le explicó a Julian, respetando el espíritu de su abuela, vivo en su interior—. La roja es *Rosa Gallica Officinalis*, conocida también como el *Rosal de Castilla*, y se supone que es la rosa roja de la Casa de Lancaster.

—¡Ajá! La Guerra de las Dos Rosas —dijo Julian, aliviado por saber algo por fin.

—Nos gusta plantarla con la *Rosa Mundi* con rayas aquí —continuó Celeste—. Otra hermosa Rosa Gallica y un porte de la roja.

—¿Porte?

—Un hijo… —explicó Celeste—. Y esas son rosas victorianas,

las Borbonianas son de las más preciosas. Son de doble flor, espectaculares con sus colores intensos y generosos, y sus perfumes celestes. No debería existir jardín sin, por lo menos, media docena de Borbonianas.

Julian se agachó para oler.

—Delicioso —dijo—. Tendría que comprar unas cuantas para Myrtle Cottage.

—Gertie estará encantada de ayudarlo a escoger.

Bajaron por otro sendero, pasando debajo de una bóveda donde el aire estaba saturado con el aroma de rosas.

—Creo que estoy empezando a ver la magia de las rosas —declaró Julian, meneando la cabeza.

—Son capaces de apoderarse de uno —dijo Celeste—. Se cuenta que un cultivador de rosas llamado Joseph Pemberton se obsesionó con las rosas desde muy pequeño. Cuando fue al internado, se llevó una flor de *Souvenir de la Malmaison* en una lata de caramelos. Se desintegró, por supuesto, pero el perfume duró hasta las vacaciones de Navidad.

Julian sonrió.

—¿Y usted hizo algo similar alguna vez?

Celeste negó con la cabeza.

—Tengo una colección de rosas prensadas en un viejo libro, pero, como siempre me dio pena aplastarlas, dejé de hacerlo y me limité a recordarlas. Supongo que por esa misma razón el abuelo Arthur compró tantos cuadros de rosas. Los inviernos pueden ser muy largos y solitarios sin la compañía de las rosas, yo también echo de menos los días largos y luminosos dc verano que uno puede pasar en el jardín. Nada me da tanta paz como los rosas. —Sonrió discretamente—. A veces, puedes estar de muy mal humor y basta con un paseo por el jardín y una ojeada a una rosa para disipar todos los horrores del mundo. —Durante un instante, tuvo un aire melancólico, pero enseguida añadió—: Estar sentada en un jardín vallado en un día soleado es como estar en el cielo.

Se detuvieron al lado de un arbusto de rosa escarlata.

—¿Cuál es esta? —preguntó Julian.

—Híbrido de té. Son las más populares actualmente —le explicó Celeste—, yo prefiero las rosas antiguas, pero ¿tienen un bonito centro, verdad?

Estaban volviendo a la casa cuando Julian se detuvo y comentó:

—La verdad es que la mansión es enorme.

Celeste asintió.

—A veces me preguntó cómo habría sido crecer en una casa moderna, una casa de pueblo en algún sitio, con calefacción centralizada y doble acristalamiento. No habríamos vivido con tanta presión y ahora no estaríamos gritándonos la una a la otra.

—Pero, aparte de las preocupaciones por el dinero, ¿os lleváis bien?

—Oh, sí —contestó Celeste.

—Mi padre y yo éramos muy amigos —dijo Julian—. Era amable y dulce, pero vivía obsesionado por su trabajo. Siempre se entregaba al cien por cien en todo. No conocía otro porcentaje.

Ese comentario hizo sonreír a Celeste.

—Era un apasionado del arte, así que siempre teníamos algo en común, siempre teníamos tema de conversación, pero era incapaz de relajarse. Siempre estaba trabajando. Nunca desconectaba. Siempre quedaba algún cuadro por cazar o alguna manera de mejorar el negocio. A nadie le sorprendió que muriera al sufrir su segundo infarto. —Julian suspiró—. Y lo echo de menos. Echo de menos su voz. Y sé que solo soy una sombra del hombre que era él. —Se detuvo de repente y, durante un instante, pareció desconcertado—. Disculpe —dijo.

—¿Por qué?

—Por desviarme tanto.

—No se ha desviado nada —le aseguró Celeste—. Y me ha

parecido muy interesante.

—¿De verdad? —preguntó, con una pequeña sonrisa.

Celeste le devolvió la sonrisa, un gesto que pareció relajar a Julian.

—.¿Y está contento con su trabajo? —preguntó, animándolo a continuar.

—Sí —dijo—, pero tengo el sueño de abrir una tienda de antigüedades algún día. ¿Sabe?, dejar Londres y empezar un negocio aquí en Suffolk. —Su rostro se volvió reflexivo.

—¿Y abandonar la casa de subastas?

—Más bien dejarla en manos de alguien responsable. Podría seguir gestionando las cosas, pero desde el asiento trasero —explicó.

—Bueno, Suffolk está lleno de tiendas de antigüedades —dijo Celeste—. ¿Seguro que podrá ganarse la vida?

Él sonrió.

—Si pudiera hacer lo que me gusta de verdad, solo con no sumar pérdidas, me conformaría.

Celeste lo entendió.

—Yo tengo la misma sensación con las rosas. Ninguna de nosotras pretende ser millonaria, pero sí queremos sacar lo mejor de nosotras. Oh, sí, y mantener el techo salvo sobre nuestras cabezas.

Julian le sostuvo la mirada durante un instante.

—Perdóneme si esto suena maleducado, pero ¿alguna vez han pensado en vender la mansión y comprar algo más pequeño?

Celeste apartó la mirada.

—Sí, hemos estado considerando esa opción —le confió—, pero la cosa no va muy bien. Sé que parece que nos lo estamos gastando todo en la casa, pero los techos siguen derrumbándose y, aun así, mis hermanas la adoran. Cuesta imaginarse Rosas Hamilton en otro sitio, pero quizá debamos replantearnos las cosas… muy pronto. No podremos seguir viviendo aquí.

—Es un lugar muy especial —dijo Julian.

Celeste asintió.

—Nuestros abuelos se dejaron el alma en esta casa.

—¿Y sus padres se sintieron tan identificados con la casa?

Celeste respiró hondo.

—No creo que nuestro padre sintiera semejante cercanía con la mansión, él no creció aquí. Digamos que vivió aquí por mamá y pasaba todo el tiempo que podía fuera de casa. Por su trabajo viajaba mucho a Londres y, cuando se divorciaron, en cuanto pudo, abandonó este paisaje. Creo que nunca llegó a formar parte de este lugar, tampoco del negocio de rosas, y, cuando se marchó, mamá se aseguró de hacer el cambio de apellidos al suyo, Hamilton. Papá nunca se lo perdonó. Ella le decía que solo se trataba de cuidar del negocio, pero creo que había algo más que eso.

—¿Y él vive en Londres ahora?

Celeste sonrió.

—Curiosamente, no. Acabó comprando una pequeña casa de campo preciosa, cerca de Clare, y vive ahí con su nueva esposa, Simone.

Siguieron la orilla del foso, en dirección a la casa del guarda.

—Entonces —dijo Julian—, ¿cómo consigue lidiar con todo?

Celeste se encogió de hombros y, como para animarla, Julian asintió.

—Cuando murió mi madre —empezó él—, todo pareció hundirse. Durante mucho tiempo, ni mi padre ni yo supimos qué hacer con nuestras vidas. Sentimos muchísimo su muerte. Nadie se puede preparar para semejante pérdida y tampoco hay buenas ni malas maneras para procesarla. Cada persona es distinta. No se preocupe usted por necesitar tiempo para volver a poder con todo. Es normal.

—Gracias —le dijo Celeste con una voz casi inaudible. Eso es lo que solía decir la gente cuando expresaba su apoyo, ¿no?

—¿Tenían una buena relación? —le preguntó Julian, y Celeste se sorprendió con la pregunta—. Disculpe —añadió enseguida—.

No quería entrometerme.

Celeste respiró hondo. Había pasado toda su vida preguntándose cómo contestar esa pregunta. Cada vez que alguien le preguntaba acerca de su madre, se sentía completamente perdida. ¿Qué se suponía que debía decir? ¿Que su madre siempre le hacía tener la sensación de que no valía nada? ¿Que la denigraba, se burlaba de ella y la insultaba? ¿Acaso aquel era un comportamiento normal para una madre? Celeste tenía amigos suficientes como para saber que no. Más de una vez, estando en casa de sus amigos, había visto que las madres podían ser amables y cariñosas, también divertidas y abiertas. Podían ser personas *reales*. Y ese era el problema de Celeste. Su madre nunca le había dado la impresión de ser real. No había nada auténtico en ella, se trataba de un descubrimiento bastante desconcertante y molesto para una hija, pero ahí estaba. ¿Y cómo exactamente se suponía que podría explicar todo eso a aquel hombre? Sería más fácil no hacerlo, decidió.

—Ha sido muy amable por su parte pasarse por aquí —le dijo cuando llegaron a su coche—. Me mantendrá usted informada de lo que pasa con los cuadros, ¿verdad?

—Sí, por supuesto —dijo, deteniéndose un instante.

—¿Celeste?

Ya se estaba girando, pero volvió a mirarlo.

—¿Sí?

—Si quiere hablar de esto, de cualquier cosa… Soy bastante bueno escuchando a la gente. No tiene que ser únicamente de los cuadros. Cualquier cosa de la que usted quiera hablar. —Julian le mandó una sonrisa e hizo un gesto de despedida con la mano, antes de subir a su coche y dejarla allí, completamente desconcertada.

14

Gertie condujo la furgoneta por los caminos del valle del río Stour para volver a Little Eleigh, pasando la pequeña iglesia con el muro inclinado, antes de iniciar la bajada y cruzar el río. Se sentía como si hubiera estado fuera una eternidad, mucho más que solo dos noches.

Girando para entrar por el camino que la llevaba a la mansión, miró su reloj. Poco más tarde de la una del lunes. Habían retrasado la despedida al máximo, pero James le había dicho que no podía llegar más tarde.

—¿Podemos comer juntos? —le preguntó Gertie.

—Ojalá pudiera —había contestado James, poniéndole un beso en la punta de la nariz—, pero tengo que regresar. Samantha…

—Ya lo sé —había dicho Gertie, suspirando—. No aprecia la suerte que tiene, teniéndote a ti para ella todo el rato.

James se había reído.

—Ella no lo ve así —había dicho—. Creo que muchas veces le molesta mi presencia.

—¿Cómo le puede molestar que estés en tu propia casa haciendo todo lo que haces por ella? —Gertie le había acariciado el pelo rubio.

—Porque no tiene el corazón tan generoso como tú —le había

contestado—. Nunca he conocido a nadie tan dulce y cariñoso como tú, Gertie.

—Entonces, quédate conmigo —le había dicho—. *Todo* el tiempo.

—Lo haré —le había asegurado él— y muy pronto.

—¿Sabes? Nuestro pequeño sueño de irnos al extranjero podría estar más cerca de lo que piensas —le confió Gertie.

—¿De verdad? —James parecía sorprendido—. ¿Por qué dices eso?

—Oh, por algo en lo que he estado pensando —le había contestado. No había querido hablar de la venta de la mansión, por si acaso la cosa fallaba, pero necesitaba tener la impresión de estar haciendo algún progreso con James—. No puedo dejar de pensar en ello. Estoy tan ilusionada, pensando en nuestro futuro juntos…

—Yo también —le había contestado—. Cuéntame otra vez lo de la pequeña casa de campo.

Ella se había reído.

—Bueno, está muy arriba en las colinas, encima de un pequeño pueblo bonito, y tiene contraventanas azules y viñas alrededor. La tierra del jardín es perfecta para las rosas.

—¡Por supuesto!

—¡Por supuesto! Y cultivaremos nuestras frutas y verduras y cenaremos en la terraza todas las noches antes de irnos a la cama.

—Solo los dos.

—Sí.

—¡Esto —le había dicho James, besándola suavemente— es lo que hace que me vuelva loco por ti!

Al pasar la verja y cruzar el foso, intentó volver a vivir los momentos que había compartido con James.

—No quiero volver a casa —le había dicho por la mañana cuando dejaron el hotel con sus bolsas de fin de semana.

—¿No podríamos quedarnos aquí para siempre?

—Ojalá —le había contestado James—. Espero que podamos repetir esta escapada algún día.

—Ojalá sea en breve —había añadido Gertie, pero… ¿cuándo? Él no se había comprometido y ella sabía que tendría que esperar hasta la semana siguiente antes de poder volver a verlo.

Aparcó la furgoneta y bajó. A una parte de ella le horrorizaba tener una aventura con un hombre casado. Gertie era una alma romántica y en sus sueños ideales nunca se había imaginado enamorada de un hombre casado, pero la vida era complicada e imprevisible. La vida no se doblegaba a las nociones románticas, ella tendría que aceptarlo. James estaba casado, pero su matrimonio estaba acabado, él se lo había asegurado mil veces. Gertie debía tener paciencia y esperar.

—Y, después, podremos estar juntos —se dijo a sí misma, respirando hondo antes de entrar en casa, sabiendo que, si se mostraba de acuerdo con la venta de la mansión, su sueño estaría más cerca que nunca.

Ya era la hora de comer. Gertie podía oír las voces de sus hermanas en la cocina, y enseguida, los ladridos de bienvenida de Frinton las avisaron de su llegada.

—¡Gertie! —Evie se acercó corriendo para saludarla cuando, segundos más tarde, entró en la cocina—. ¿Qué tal Cambridge?

—Bien —dijo Gertie, agachándose para acariciar la cabeza de Frinton que saltaba alto en un intento de acercarse a ella.

—¿Sí? —preguntó Evie— Entonces, ¿cerraste alguna venta?

Gertie dijo que no y cruzó la cocina para abrir uno de los armarios de la cocina.

—Todavía no —dijo, sacando una lata de sopa de verduras.

—¿No?

—No —dijo Gertie.

Evie la examinó, ladeando la cabeza y entrecerrando sus ojos, observando los movimientos de su hermana.

—¿El viaje a Cambridge no tenía nada que ver con rosas, verdad?

Gertie continuó ocupada con una cazuela y una cuchara de madera, sin darse la vuelta.

—¿Qué quieres decir?

—Quiero decir, que no fuiste a Cambridge para hacer negocios, ¿verdad? Y tampoco te quedaste en casa de una vieja amiga.

—¿Y por qué dices eso? —dijo Gertie con la mirada ofendida.

—Porque te estás comportando de manera rara y evasiva —le espetó Evie.

—No es cierto.

Celeste, que estaba tomando un té, sentada tranquilamente en la mesa y observando la conversación, habló de repente.

—Evie, deja a Gertie tranquila.

—Ajá, así que ¿tú también compartes ese gran secreto, no?

—Solo creo que no hace falta que metas tu nariz en asuntos donde no te llaman —explicó Celeste.

—¡Seguro que es uno de esos viejos profesores de Cambridge que viste trajes de tweed y te lee poesía mientras os dais un paseo en barca por los Backs y te dice que eres como una doncella de una leyenda artúrica! —continuó Evie entre risitas—. Una vieja amiga tampoco te habría comprado un medallón precioso.

La mano de Gertie subió de repente hacia su cuello.

—Qué tonterías dices, Evie. Me lo compré yo hace años.

—¿De verdad?

Gertie asintió.

—Eres una pésima mentirosa, Gertie —dijo Evie, riéndose.

—Evie, déjalo —insistió Celeste—. ¿No tienes nada que hacer en el jardín?

—¡Supongo! —dijo haciendo pucheros por su destierro.

—Entonces, te sugiero que te pongas a ello —comentó Celeste.

Evie suspiró.

—Dios, Celly, te estás convirtiendo en mamá —dijo.

—No digas esto *nunca* —replicó Celeste, y las dos se sostuvieron la mirada un instante.

—Perdona —dijo Evie—. Me he equivocado. No te pareces en nada a mamá. ¡Ella siempre era *amable* conmigo! Tú solo eres mezquina.

Evie salió de allí, mascullando sus pensamientos.

—¿Estás bien? —le preguntó Gertie, en cuanto dejó un plato de sopa sobre la mesa y se sentó frente a Celeste.

—Estoy bien —dijo esta. Sus miradas se cruzaron y se rieron. —¿Y tú, qué tal?

Gertie asintió y empezó a comer. Celeste la miraba preguntándose si le iba a facilitar alguna información.

—¿Has tenido un buen fin de semana? —preguntó Gertie.

—Sí —dijo Celeste—. He conseguido acabar con un montón de papeleo en el estudio.

Gertie sonrió.

—No te preguntaba eso… —comentó—. Evie me envió un mensaje y me dijo que Julian había pasado esta mañana.

—Ah, ¿ de verdad?

—¿Y?

—Por negocios —dijo Celeste.

—Entonces, ¿por qué no se limitó a llamarte? —siguió preguntando Gertie.

Celeste se estudió el dedo donde se había pinchado con una Híbrido Almizcleño aquella mañana.

—Supongo que era más fácil hablar cara a cara.

Gertie se terminó la sopa.

—Me gusta —declaró—. Es dulce.

—No viene para ser dulce. Viene para conseguirnos el mejor precio posible para los cuadros.

—Celly, sabes que le gustas.

Negó con la cabeza.

—Yo no sé nada de eso.

—¡Por *supuesto* que lo sabes! Siempre sabes cuándo le gustas a un hombre —dijo Gertie amablemente.

—Bueno, no me interesa, ¿vale? Tengo demasiadas cosas que hacer y, de momento, incluso si estuviera interesada en él, no tengo tiempo para pensar en los hombres. De todos modos —añadió—, no creo que vuelva a enamorarme nunca.

Gertie la miró como si alguien le hubiera dado una bofetada con un cesto de jardinería.

—No lo piensas de verdad, ¿no?

—No he tenido tiempo ni para pensarlo —replicó Celeste.

—Pero el amor no es algo que marque una agenda. Simplemente *ocurre*. No lo puedes planificar, esperando que quepa en tu ajetreada rutina, porque nunca se ajusta a nada. Nunca ocurre de la manera que pensabas que iba a ocurrir o que tenías planeado —dijo Gertie—. El amor es complicado, tremendo e imprevisible.

—Y te quita muchísimo tiempo —añadió Celeste.

Gertie sonrió.

—Siempre hay tiempo para el amor —dijo.

—Para mí no —dijo Celeste—. Ya no.

Gertie suspiró.

—Cambiarás de opinión cuando aparezca el hombre perfecto para ti.

Celeste observó detenidamente el fondo de su taza, deseosa por terminar con aquella conversación.

—¿Sabes?, Evie tenía razón —dijo Gertie de repente, con una voz, apenas audible.

—¿A qué te refieres? —preguntó Celeste, levantando la mirada.

Gertie se mordió el labio antes de contestar.

—Que fui a Cambridge porque había quedado con alguien.

Celeste frunció el ceño.

—¿Con quién?

—No puedo… —Gertie se detuvo.

—¿Recordar? —preguntó Celeste, sonriendo—. ¿Te emborrachaste y ahora no recuerdas quién era?

Gertie extendió la mano por encima de la mesa para pegar a su hermana en la mano.

—¡No!

—Entonces, ¿qué? ¿No me lo puedes contar?

Los ojos de Gertie estaban clavados en la mesa, con su dedo hacía círculos alrededor de uno de los nudos oscuros en la madera.

—Es un poco complicado —dijo finalmente.

Celeste estuvo a punto de preguntar por qué era complicado cuando sonó su móvil.

—Vaya. Tengo que atender esta llamada —dijo—. He estado intentando hablar con este tipo todo el día. —Se levantó de la mesa y le hizo un mimo a Gertie antes de salir de la cocina.

—No hay tiempo para el amor, obviamente… —le comentó Gertie a la espalda de su hermana mientras esta se iba alejando.

Esa noche, cuando todas ya estaban en la cama, Celeste se despertó con un ruido procedente de la habitación contigua que la dejó un poco inquieta, porque se trataba del antiguo dormitorio de su madre.

Encendió la lámpara de la mesilla de noche y miró el despertador. Poco más tarde de las dos. Gruñendo, se levantó, cogió un jersey para ponérselo encima del camisón y se puso las zapatillas. La antigua habitación de su madre era el último lugar que quería visitar a cualquier hora del día, pero por la noche aún le pareció más espeluznante.

—Frinton —llamó suavemente, pero el perrito no se movió.

—¡Traidor! —añadió, escuchando sus ronquidos, antes de salir de la habitación.

Sus pasos hicieron crujir los tablones irregulares del pasillo. Salía luz por la puerta de la habitación de su madre.

—¿Evie? —dijo sorprendida cuando la vio dentro.

Evelyn se giró, su rostro del color de la ceniza, cuando Celeste entró en la habitación, y enseguida quedó claro que había llorado.

—¿Qué estás haciendo aquí? —preguntó Celeste, aunque parecía obvio puesto que la puerta del armario de su madre estaba completamente abierta.

—No podía dormir —dijo con una vocecita que recordó a Celeste, una vez más, lo joven que era su hermana todavía.

—¿Y te has venido aquí? —preguntó la hermana mayor, inclinando su cabeza hacia un lado.

Evie no dijo nada al principio, tenía la mano extendida hacia el armario, acariciando la ropa perfectamente colgada.

—La echo de menos —dijo finalmente—. Parece mentira que haya desaparecido, ¿verdad? La casa no es la misma sin ella.

Celeste vio a Evie sacar una chaqueta roja de terciopelo con botones dorados. Una prenda característica de Penélope: brillante, precioso y llamativo. También vio la minifalda escocesa que había llevado tantas veces, demasiado corta, le hacía parecer una chica del instituto, si bien, sospechó Celeste, eso le habría gustado a Penélope.

—¿Recuerdas este? —preguntó Evie, sacando un vestido de seda verde esmeralda—. Estaba tan guapa con él. Lo llevó en la fiesta de cumpleaños de tus dieciséis años, ¿te acuerdas?

—Me acuerdo —dijo Celeste con frialdad—, pero me sorprende que tú también te acuerdes. Eras muy pequeña.

—Claro que me acuerdo —contestó Evie, a la defensiva, frunciendo enseguida el ceño—. O, a lo mejor, me acuerdo de las fotografías. Ahora no estoy segura. De todos modos, estaba muy guapa con él. Parecía una estrella de Hollywood.

Celeste observó a su hermana dejar correr el material sedoso por sus dedos, con expresión melancólica y los ojos llenos de lágrimas.

—Tendrías que guardarlo tú, Celly —dijo de repente—. Tienes la misma altura y talla que mamá y te iría muy bien.

—No lo quiero —rechazó Celeste.

—Pero es muy bonito —replicó Evie, sacándolo del armario y sujetándolo delante de su hermana, haciendo que reluciera con la luz de la habitación— y me parece muy triste que nadie se lo vuelva a poner.

—De verdad que no quiero este vestido, Evie.

—Pero…

—No me lo pondría *nunca*.

Sus miradas se cruzaron y Evie advirtió el tono que había empleado su hermana. Volvió a guardar el vestido en el armario.

—Creo que deberíamos volver a la cama, ¿no? —dijo Celeste. Evie asintió, cerró la puerta del armario antes de salir de la habitación y, antes de apagar la luz, Celeste se fijó en el marco dorado de la fotografía dispuesta encima de la mesilla de noche. Una fotografía de Penélope.

—Claro —concluyó Celeste.

—¿Qué? —preguntó Evie.

—Nada.

Celeste tardó horas en conciliar el sueño después de haberle deseado buenas noches a Evie. Su cabeza no paraba de recorrer el pasado y el día en el que su madre había llevado el vestido verde esmeralda.

—Mi vestido. —susurró Celeste en la oscuridad. No había querido contarle la historia completa a Evie porque estaba convencida de que su hermana no la habría creído. Evie todavía idolatraba a Penélope y Celeste no quería hacer añicos los preciosos recuerdos que todavía guardaba con tanto cariño.

«Ojalá *yo* tuviera unos de esos preciosos recuerdos para mí», pensó. La mayor parte de ellos eran dolorosos, incluso el recuerdo del vestido esmeralda.

Su padre la había llevado de compras la víspera de su decimosexto cumpleaños y Celeste sabía exactamente lo que quería: un vestido nuevo, uno bonito y sofisticado. El vestido verde esmeralda había sido perfecto, flotando encima de sus curvas, haciéndola sentirse guapa por la primera vez en su vida, pero su madre se había horrorizado.

—Es *demasiado* elegante para ti —le había comentado Penélope—. No te favorecerá. —Y Celeste vio a su madre quitárselo de las manos.

Celeste jamás habría imaginado que Penélope aparecería con el vestido, flotando por las escaleras cuando los amigos de Celeste llegaron para la fiesta. Por supuesto, todos opinaron que Penélope estaba estupenda.

—Tienes tanta suerte de tener una madre como ella —le comentó una de sus amigas. Celeste simplemente había sonreído, callándose y deseando nunca haberse tomado la molestia de organizar ninguna fiesta.

Después, la humillación con la tarta. Celeste había pedido una con forma de corazón rosa, pero, después del té, su madre entró con una tarta de color verde en forma de rana. Y por si no fuera bastante ya, a la rana le faltaba un ojo porque había dejado la tarta en la cocina sin proteger con nada y uno de los gatos se lo había comido.

Celeste se encogió, pensando en lo vergonzoso que había sido todo aquello. Sin duda, su madre había elegido una tarta para una niña y, con dieciséis años, ella ya no lo era. Más tarde, descubrió que Penélope había olvidado encargar la tarta y, cuando se acordó, se fue al pueblo y allí lo único que había podido encontrar había sido la tarta de la rana.

Después, la escena por el escándalo que estaban montando. Ni siquiera estaban haciendo mucho ruido. Solo eran unas chicas ilusionadas tratando de divertirse en una fiesta, pero a Penélope le pareció excesivo y anunció que le dolía la cabeza y montó un buen numerito: se desmayó en el sofá delante de todo el mundo después de gritarle a Celeste que fuera a buscarle sus pastillas.

Celeste cerró los ojos, recordando la escena como si estuviera pasando otra vez ante sus ojos. Por supuesto, Penélope se había recuperado de manera milagrosa, justo a tiempo para asaltar la pista de baile que habían montado en el vestíbulo. Tampoco era un modo de bailar discreto. Penélope Hamilton había estado bailando en plan coqueteo, entrándole al único chico que Celeste había invitado a la fiesta.

Todavía veía su cara, roja como un tomate, cuando su madre le cogió las manos y lo hizo bailar con ella, mejilla contra mejilla. Y Celeste había permanecido allí, en la sombra, con su viejo vestido de verano con la mancha de mora justo encima de la rodilla derecha, viendo a su madre bailar un lento con su primer novio con el vestido verde esmeralda en la fiesta de su decimosexto cumpleaños.

15

Los días de verano iban pasando, uno por uno. Celeste iba reduciendo el papeleo y llevando la contabilidad a buen ritmo, haciendo todo lo posible para poner un poco de orden en el imperio de Rosas Hamilton. Gertie se ocupaba del jardín, mantenía los arriates impolutos para las visitas y gestionaba las ventas de rosas en macetas. Evie trataba de hacer malabarismos para ultimar los preparativos de la boda de Gloria Temple y para cumplir con los pedidos de hoteles, restaurantes y románticos de la alta sociedad.

El cielo de verano había mantenido su color azul perfecto varios días consecutivos, apenas alguna sospecha de nube ligera. La mayor parte de los cultivadores de rosas adoraba ese tiempo, pero Gertie no podía evitar quejarse por el hecho que el color del césped había cambiado de verde a ámbar por más que uno regara. Era el precio que se debía pagar por un buen verano en el valle del río Stour, pero siempre era mejor eso que nubarrones grises y lluvias interminables, con las flores de las rosas hinchadas y negándose a abrirse. Sí, también ella daba la bienvenida a los rayos de sol.

Lo que no fue tan bienvenido fue el día que Celeste había estado esperando con pavor, el día en el que Esther Martin se mudó de la casa del guarda a la mansión.

—Esta es la última vez que comemos solas —anunció Evie por la mañana en la cocina.

—No seas tan melodramática —le riñó Celeste—. Ni nos enteraremos de que está aquí. Seguro que se levanta al amanecer y habrá desaparecido de la cocina antes de que nos despertemos. Y, si quieres intentar salvar la casa, debemos hacerlo.

—Entonces, ¿quién se muda a la casa del guarda? —preguntó Gertie.

—Ya he ordenado hacer algunos arreglos —dijo Celeste—. Solo por adecentarla un poco. Esther ha estado viviendo allí mucho tiempo y, por lo que pude ver durante mi visita, tanto la moqueta como el papel pintado están bastante mal.

—¿Pero lo estás poniendo en el mercado a través de esta agencia? —preguntó Gertie.

Celeste asintió.

—Saben todo lo que hay que saber sobre contratos y fiabilidad de inquilinos potenciales. Pensé que sería lo más seguro.

—Espero que estés permitiendo mascotas —dijo Evie—. No me puedo imaginar buscar una casa donde no se admiten animales. Sería horrible.

—Las mascotas sí están permitidas —contestó Celeste, agachándose para hacerle cosquillas a Frinton, detrás de la oreja izquierda. Sonrió cuando él empujó su cabeza contra su mano, como si estuviese buscando más cosquillas.

—Algo es algo —dijo Evie.

—¿Qué quieres decir con esto? —le preguntó Celeste.

Evie suspiró.

—Que no veo el interés en mover a Esther a la mansión si estás pensando en venderla. ¿Qué pasaría con Esther entonces?

—Para decirte la verdad, no he llegado tan lejos —dijo Celeste—, pero alquilar la casa del guarda es una buena opción a corto plazo para tener alguna entrada de dinero con que pagar facturas pendientes.

—Bueno, no te envidio que tengas que ayudarla a instalarse —replicó Evie.

—Ah —dijo Celeste, con un tono que hizo que Evie se pusiera nerviosa enseguida—. Olvidé pedírtelo. ¿Puedes ocuparte tú, por favor?

Evie se quedó boquiabierta.

—Estás de broma, ¿no?

Celeste negó con la cabeza.

—Esther Martin me odia a muerte.

—Bueno, ¡a *mí* tampoco me adora! —recordó Evie.

—Tienes que hacerlo tú. Yo tengo unas llamadas urgentes.

—¡Celly! ¡No seas tan mala!

—No estoy siendo mala, estoy siendo práctica.

Evie sopló y se enfurruñó.

—Es *tan* injusto. ¿Por qué siempre me tocan a mí las tareas más horribles?

—No es cierto —le dijo Celeste—. ¿Cuándo ha sido la última vez que has tenido que hacer frente a un descubierto o llamar a un proveedor que no ha recibido ningún pago en los últimos ocho meses y tener que explicarle cuantísimo lo sientes? ¿Y cuándo ha sido la última vez que miraste la fosa séptica y la arreglaste? ¿O que subiste al desván para asegurarte de que los escarabajos del reloj de la muerte no habían vuelto?

—¿Sí? ¿Y cuándo fue la última vez que *tú* sujetaste un cubo durante toda la noche para que mamá vomitara dentro? ¿O que la tuviste que llevar arriba porque ella estuvo demasiado débil para caminar? —gritó Evie.

Un silencio horrible se abrió entre las dos hermanas.

—Evie…

—Ya voy —dijo Evie—. No te preocupes. Ya te haré el trabajo sucio. Estoy acostumbrada.

El pequeño camión de mudanza se detuvo delante de la gran puerta a las once de la mañana para descargar los muebles y cajas de Esther y colocarlos en la habitación que le habían asignado en la planta baja. Parecía poca cosa para toda una vida, pero la casa del guarda era bastante pequeña y la habitación que iba a ocupar a partir de ese día aún más. Aun siendo más grande que muchas de las habitaciones que tenía la mansión y contar con su propio cuarto de baño, a Esther no le quedaría mucho espacio libre.

—¿Señora Martin? —preguntó Evie, extendiendo la mano para saludar a Esther que apareció andando por el camino con un pequeño bolso sobre el hombro y su bastón en la mano. La señora Martin no sonrió. Ni siquiera levantó la mirada para constatar la presencia de Evie.

—Sígame —dijo Evie—. No está muy lejos.

—Puedo caminar millas y millas si me da la gana —ladró Esther.

—Perfecto —dijo Evie sin creer sus palabras. Nunca había visto a Esther caminando por los senderos alrededor de la mansión. Parecía vivir de manera permanente detrás de sus puertas cerradas, costaba imaginársela saltando una valla con ese bastón.

Alcanzaron la habitación donde los hombres de la mudanza habían dejado los muebles. Evie tenía que reconocer que tenía un aspecto muy acogedor, con la bonita cama de hierro y el sofá amarillo con las butacas dispuestos para que el ocupante tuviera una vista inigualable al jardín.

—Esta es una de mis vistas preferidas—comentó Evie, observando el foso y el paseo de rosas con sus bóvedas, cubiertas con escaladoras y trepadoras rosas y blancas. —Creo que estará muy a gusto aquí, ¿verdad?

Esther no contestó. La señora Martin se dejó caer en una de las butacas y soltó un suspiro como si fuera el último de su vida.

—¿Le gustaría que la ayudara con algo? —preguntó Evie,

mirando las cajas en el suelo.

—¿Qué? —dijo Esther bruscamente.

—¿Si quiere que la ayude a sacar las cosas de las cajas? —lo volvió a intentar Evie.

—No —ladró Esther—. No quiero que una Hamilton meta sus narices en mis cosas.

Evie suspiró. Todo le estaba resultando muy difícil.

—Vale —dijo, intentando mantener la calma. —Entonces, ¿le gustaría que le preparase una taza de té?

—Eso me lo puedo hacer yo misma —contestó Esther—. No soy una inútil.

—Yo no he dicho que lo fuera. Solo estaba preguntando…

—¡He dicho que no!

—¡Vale! —Esta vez, Evie también gritó, para morderse el labio enseguida. Se había prometido a sí misma que no iba a perder los nervios, pero acababa de fallar estrepitosamente. Respiró hondo.

—Espero que le guste la manera en la que hemos colocado sus muebles. Si no fuera así, siempre podemos moverlos.

—Entonces, vuelve a llevarlos a la casa del guarda —recibió como respuesta.

—Me temo que eso es imposible.

—Es mi hogar. Vuestro abuelo me prometió que podría vivir en esa casa toda mi vida.

—Lo sé —dijo Evie— y lo siento mucho, pero las cosas están bastante feas de momento y necesitamos el dinero.

—Es una excusa muy pobre para romper una promesa.

—Es la única que tenemos —replicó Evie.

—¿Por qué no podéis vender algo?

—También estamos vendiendo cosas. Tenemos que despedirnos de algunos de nuestros cuadros.

Esther parecía horrorizada, sus ojos claros se clavaron en Evie con intensidad.

—¿No estarás hablando de los cuadros de las rosas?

Evie confirmó.

—Me temo que sí.

—Pero vuestro abuelo adoraba esos cuadros.

—Lo sabemos —dijo Evie. —No ha sido fácil despedirse de ellos. Realmente desearía no tener que hacerlo, pero nos cuesta tanto mantener este lugar funcionando.

Esther todavía no parecía convencida.

—Siempre hay algo que se puede hacer.

—Le enseñaré el ala norte algún día —dijo Evie—. A lo mejor, usted encuentra alguna solución milagrosa.

En este momento, Evie vio algo de reojo en una caja abierta. Era largo y parecía pesado y Evie vio que contenía libros. Muchos libros. De manera instintiva, extendió la mano e inclinó la cabeza hacia un lado para leer los títulos mientras iba cogiendo los libros. Estaban *A la caza del amor* de Nancy Mitford, *La hija de Robert Poste* de Stella Gibbons y unas novelas de Barbara Pym. Evie frunció el ceño. No sabía tanto de literatura como Gertie, pero vio que todos esos libros eran novelas románticas. Sonrió. Nunca había sospechado que Esther Martin fuera una devoradora de novelas románticas.

—¡Déjalos! —voceó Esther de repente desde las profundidades de su butaca. Evie suspiró y volvió a dejar los libros en la caja.

—Le puedo ayudar a sacarlos, si quiere usted. Gertie siempre dice que los libros decoran la habitación.

—Hasta ayer decoraban la casa del guarda —recibió como respuesta.

Evie prefirió no contestar.

—Me los podría prestar algún día. No tengo mucho tiempo para leer, pero me gustaría darles una oportunidad.

Esther se giró y clavó su mirada en ella.

—Si esta es tu manera burda de intentar compensar la indignación de sacarme de mi casa, no está funcionando. Ahora, déjame tranquila.

Evie palideció ante la grosería de la mujer y salió de la habitación, resistiendo la tentación de dar un portazo. Esther Martin podía ser grosera, pero Evie no seguiría su ejemplo.

Volvió al cabo de unos minutos con una taza de té en una bandeja, acompañada de una preciosa jarra rosa de leche y un azucarero a juego con una cucharilla de plata.

—He dicho que no quería té —dijo Esther cuando la vio.

—No, no lo ha dicho —replicó Evie—. Usted ha dicho que no quería que se lo hiciera, pero he decidido ignorarlo y hacerle uno igualmente. —Dejó la bandeja encima de un reposapiés delante de ella—. Le dejo añadir leche y azúcar, ¿vale?

Esther soltó un gruñido de descontento y Evie sonrió.

—Gertie ya ha contado con usted para la cena esta noche.

—No, gracias.

—Bueno, entonces tendrá que hablar con Gertie, seguramente le preparará la cena igualmente, así que yo de usted me ahorraría el esfuerzo.

—¿Por qué vosotras, las chicas Hamilton, no me podéis dejar en paz?

—Porque no estaría bien —dijo Evie con tono práctico— y sospecho que usted no quiere realmente que la dejemos tranquila.

—Oh, entonces ahora crees conocerme, ¿verdad? ¿Cuántos años tienes? ¿Diecisiete? ¿Te crees que ya sabes lo que piensa la gente? ¡Bah!

—Ya tengo veintiuno y creo que sé juzgar bastante bien el carácter de las personas, gracias.

—¿Es eso cierto?

—¡Así es! —dijo Evie.

Se sostuvieron la mirada, como si se estuvieran midiendo la una a la otra. Esther fue la primera en bajar la mirada y frotó el puño de su bastón, apoyado contra su butaca.

—Bueno —concluyó finalmente Evie—. La dejo para que termine de instalarse.

Esther gruñó , meneando la cabeza para expresar su desesperación, mientras Evie salía de la habitación, decidida a encontrar una gran parcela de ortigas para desahogarse con una horca.

Celeste acababa de colgar el teléfono, había hecho todo lo que había podido para disculparse con su proveedor de macetas de plástico para las rosas. Había encontrado la factura impagada debajo de una de las pilas de papeles dispuestas sobre el escritorio de su madre y había hecho la llamada con el corazón en la garganta, soltando una disculpa tras otra por lo que ella llamaba un despiste tremendo, pero no era más que otro ejemplo del desastre administrativo con que manejaban sus dos hermanas el negocio de Rosas Hamilton .

Esas cosas nunca habían pasado mientras ella trabajaba en el despacho, pero también era verdad que no había tenido que mantener la casa y el negocio y tener que cuidar de su madre enferma al mismo tiempo.

Durante unos instantes, volvió a pensar en la discusión que había tenido con Evie y en el disgusto que le había provocado a su hermana pequeña. Celeste se sintió culpable por no haberla ayudado más esos últimos años, especialmente en las últimas semanas de vida de su madre, cuando más la había necesitado Evie, pero ¿cómo podía explicarle Celeste cómo la había hecho sentir su madre? Evie nunca podría comprenderlo.

Sentada en su lado del escritorio, Celeste observó la silla vacía enfrente que, en su momento, había ocupado su madre. Casi era como si pudiera escuchar su voz.

—Haces todas las cosas al revés —le dijo Penélope Hamilton un día… y se la imaginaba diciendo exactamente lo mismo en ese momento.

«¿Nunca has sabido cómo manejar a tus hermanas, verdad? Nunca has tenido confianza en ti misma, como yo o ellas. Siempre has sido la débil, Celeste.»

Celeste negó con la cabeza. *Siempre* y *nunca*. Esas eran las dos palabras que más frecuentemente le lanzaba su madre, siempre con intención de ofender.

«Nunca te dedicaste a este negocio», solía decirle. «Siempre has sido egocéntrica», esa era otra de sus palabras favoritas. «Nunca has sido dada a decir piropos», sí, ese tema también era recurrente: su madre necesitaba continuos elogios, todos tenían que halagarla y, cuando no era así, podía hacer de la vida un auténtico infierno.

—¡Estás muerta! —gritó Celeste al estudio vacío—. ¡Estás muerta! ¡Así que déjame en paz!

Borró la imagen y la voz y sintió el corazón en la garganta. Había tenido razón. El fantasma de su madre todavía la estaba acosando en aquella estancia e ignorarlo no lo cambiaría en absoluto. Se apoyó en el escritorio, la cabeza sobre las manos. Nunca volvería a sentirse como en casa allí, ¿verdad? Aun siendo aquel el único hogar que había tenido en su vida. Mientras ella fuera incapaz de olvidar el pasado, ese pasado sería omnipresente e invasivo.

Negó con la cabeza. En ese momento no tenía tiempo para pensar en ello y, justo cuando estaba a punto de hacer otra llamada de disculpa, oyó un coche avanzando por el camino. Sería una entrega para Gertie o para Evie, pero no pudo resistir la tentación de mirar por la ventana. Para su sorpresa, vio el MG verde de Julian Faraday parándose con un frenazo, justo delante de la puerta. Justo lo que necesitaba, pensó, caminando del estudio hacia el vestíbulo, con Frinton adelantándola con ladridos de alegría.

—¡Celeste! —dijo Julian, con una sonrisa de oreja a oreja, cuando ella abrió la puerta—. ¿Cómo está?

—Sorprendida —respondió ella—. ¿Lo estábamos esperando?

—Bueno, pasaba por aquí y pensé que le gustaría tener noticias de los avances con los cuadros.

—Ah, vale —dijo Celeste.

—¿Puedo entrar?

Le abrió la puerta, justo lo suficiente como para dejarlo pasar, y Frinton asaltó sus pantalones de pana azul marino.

—¡Hola, amigo! —dijo Julian, acariciando la cabeza del perro y recibiendo unos lametones a cambio.

Celeste lo condujo al salón y se sentaron en dos sofás, uno frente al otro, sobre una alfombra raída.

—Esta estancia es encantadora —dijo Julian—. Me gusta mucho esa mesilla y este reloj. —Señaló con la cabeza el pequeño reloj francés situado sobre la repisa de la chimenea—. Y esta ponchera es preciosa —dijo, mirando la pieza azul y blanca dispuesta sobre la mesa situada junto a la chimenea.

—Ha comentado que tiene noticias acerca de los cuadros —le recordó Celeste, reticente a la idea de estar allí, hablando de poncheras todo el día.

—Ah, sí. ¿Recuerda que le mencioné la posibilidad de venderlo a un comprador particular? Bueno, tenemos a alguien interesado en el Fantin-Latour —comentó Julian.

—¿De verdad?

—Si usted está dispuesta a venderlo fuera de la subasta. Nuestra galería cuenta con una lista de clientes a quienes llamamos cuando piezas semejantes entran en el mercado. Suelen pagar los precios más altos.

—¿Y lo han visto?

—Todavía no —dijo Julian—. Les hemos mandado imágenes e información y volarán desde Estados Unidos dentro de unas semanas.

—Vaya —dijo Celeste—. ¿Un vuelo para venir a ver nuestro pequeño cuadro?

—Es más que solo un pequeño cuadro —replicó Julian.

—Supongo que sí —dijo Celeste—. Aun así, no me puedo imaginar este cuadro en la pared de cualquier otra casa que no sea la nuestra. ¿Es raro?

—En absoluto. Lo contrario sí sería raro.

—Pero tenemos que venderlo —pensó Celeste en voz alta. Ya no podían dar marcha atrás. No cuando ya casi estaban volando desde Estados Unidos con su talonario.

—¿Ya ha recibido un presupuesto para arreglar el ala norte? —se interesó Julian.

—Todavía no —contestó Celeste—. Sé que es horrible, pero he estado aplazando las obras hasta tener algo de dinero en la cuenta. Sé que no podemos esperar más, pero eso me está paralizando. Sé que la realidad será mucho peor de lo que cualquiera de nosotras se está imaginando.

Estuvieron callados unos instantes, después Celeste carraspeó.

—Y eso es todo, ¿verdad? —dijo.

—¿Disculpe? —preguntó Julian.

—La noticia sobre el comprador particular —añadió Celeste—. ¿Esa era la razón de su visita, no?

—Sí —dijo Julian, sonriendo—. Me dije que era mejor consultarlo con usted.

Celeste asintió.

—Entonces, muchas gracias por tomarse la molestia de pasarse por aquí —dijo, levantándose de su silla.

Julian parecía aturrullado.

—Exacto.

—Eso era *todo*, ¿no? —preguntó Celeste cuando vio su rostro.

—Ah, sí —dijo—. Esto era todo.

Cruzaron el vestíbulo, donde Julian se detuvo para examinar el barómetro.

—Está indicando *cambio* —comentó.

—Siempre indica *cambio* —explicó Celeste—. Haga el tiempo que haga.

—Conozco un tipo que se lo podría arreglar —dijo Julian.

—¡Oh, no! —exclamó Celeste—. Me gusta así. Me hace sentirme optimista cuando hace mal tiempo y consciente de la importancia de disfrutar cuando hace bueno.

Julian sonrió.

—Es una manera encantadora de expresarlo —dijo, y salieron juntos por la puerta. El sol calentaba, pero una ligera brisa estaba soplando y el perfume a rosas los alcanzó enseguida.

—*Gertrude Jekyll* —dijo Celeste— y *Evelyn*.

—¿Disculpe?

—Las rosas que se pueden oler.

—¿Las rosas que les han dado su nombre a sus hermanas?

—Así es. Dos de los perfumes preferidos de mi madre. Siempre nos aseguramos de tener muchas de ellas cerca de casa. Mire. —Apuntó a un arriate cercano donde reinaba una abundancia de las rosas color albaricoque y rosa intenso.

—¿Y dónde está la suya?

—*Celestial* está justo detrás de la esquina, pero me temo que ya no está en su mejor momento. No da más flores como las rosas David Austin, pero tiene una belleza muy particular.

—¿De qué color es? —preguntó Julian.

—Rosa palo. Sus pétalos casi son translúcidos —explicó Celeste—. Es una rosa muy sana y fuerte.

—¿Como usted? —inquirió Julian.

—No sé si soy tan fuerte… —dijo Celeste.

—A mí me parece que usted ha lidiado bastante bien con todo lo que ha tenido que asumir últimamente —le dijo mientras sus pasos hicieron crujir la grava del camino.

—¿Qué otro remedio tenía? —dijo Celeste, encogiéndose de hombros.

—Bueno, se podría haber hundido. Mucha gente lo habría hecho en su lugar.

—¿Hundirme? —se sorprendió Celeste.

—Abandonar, resignarse, huir, volverse loco —añadió.

—No creo… —replicó Celeste.

—¿Lo ve?, ¡usted es fuerte! —le dijo Julian.

Volvió a encogerse de hombros.

—Solo intento seguir adelante. Tengo que cumplir una tarea aquí. Ojalá… —Se detuvo. Julian la observó un instante antes de llamarle la atención.

—¿Ojalá?

—Nada —dijo Celeste mientras, de repente, se dio cuenta de que habían entrado en el jardín.

Se detuvo y giró para mirar la mansión, con sus almenas y parteluces perfectamente reflejados en las aguas cristalinas del foso.

—Es horrible tener que decirlo, porque realmente me encanta este lugar, pero no lo considero mío, ¿sabe? Crecí aquí, primero era la casa de mis abuelos y, después, de mis padres. Siempre he estado como de paso. Cuando me marché para casarme, nunca imaginé que volvería y no puedo dejar de sentir que ya no formo parte de la vida aquí.

Julian frunció el ceño.

—Seguro que sus hermanas no lo ven así. Apuesto a que están encantadas de volver a tenerla aquí.

—Les encanta que haya vuelto para ayudar a arreglar todo esto —dijo, mordiéndose el labio enseguida. ¿Qué tenía este hombre para que ella le revelara tantas cosas? ¿Se debía a aquella vieja sentencia que decía que era más fácil hablar a un desconocido que a un amigo?

—Parece muy tensa, Celeste. Le cuesta relajarse, ¿verdad? —preguntó Julian, mientras regresaban a la casa, pasando por debajo de una bóveda con rosas blancas cremosas que olían al paraíso.

—No es cierto —le dijo Celeste.

—¿No? Bueno, entonces imita usted muy bien a una persona a la que le cuesta relajarse.

—Quizá tarde un poco más que cualquier otra persona en relajarme, eso es todo… —Respiró hondo—. Huela esto —lo animó.

Julian inhaló profundamente.

—Es muy agradable.

Celeste asintió.

—Eso me ayuda a relajarme. A veces, salgo al jardín y no hago otra cosa que respirar. ¿Le parece raro?

—En absoluto —contestó Julian.

—Entonces, me siento en un banco bajo el sol, cierro los ojos y respiro. Incluso cuando las rosas no están floreciendo, siempre hay algo maravilloso que oler.

—Como la tierra después de la tormenta —ayudó Julian.

—Sí —dijo Celeste, mirándole.

—Exacto.

—Por eso quiero marcharme de la ciudad —siguió Julian cuando llegaron al camino y a su coche—. Quiero poder apreciar algún olor más que el de cocina china que sale por los tubos de ventilación del piso de los vecinos.

Celeste se rio.

—Es la primera vez que la veo riéndose —dijo, lo que hizo que Celeste parara enseguida. De repente, la conversación le pareció demasiado íntima.

—Me tengo que ir —le dijo a Julian—. Tengo trabajo.

Él asintió.

—Claro —dijo—. La mantendré informada acerca del Fantin-Latour.

Celeste le dio las gracias y lo vio subir al MG y saludarla con la mano, antes de cruzar el foso y desaparecer por el camino.

—¿Qué quería Julian? —preguntó Evie, saliendo de la casa del guarda para reunirse con Celeste.

—Tenía una noticia sobre el Fantin-Latour. Buenas noticias, creo… —le comentó Celeste.

—¿Sobre una posible venta?

Celeste asintió.

—¿Cómo es *posible* que esto sea una buena noticia? —espetó Evie, clavando la mirada en su hermana antes de ir al jardín, sin duda para descargar su enfado sobre un pobre rosal.

16

Gertie estaba mirando su teléfono. James no la había llamado en toda la semana y durante esos días solo le había mandado un mensaje. Estaba sentada en el banco de hierro forjado contra la parte exterior del jardín vallado. Hacía unos años, habían atiborrado un arriate solo con flores blancas en honor del famoso jardín blanco de Sissinghurst en el condado de Kent. Las tres hermanas lo habían visitado numerosas veces y siempre había sido de una gran inspiración para ellas. Además de rosas blancas, también tenía lirios, tulipanes, dedaleras, anemonas, *delphinium*, *allium* y jazmín. Su verdadero momento de gloria era por la noche, cuando las flores parecían casi luminosas, como si contuvieran una resplandeciente luz irreal.

Sentada allí, en ese momento, toda esa belleza blanca que rodeaba a Gertie no la consolaba mucho. Lo único que le interesaba era que su teléfono produjera alguna llamada o algún sonido de mensaje. Cualquier señal de vida que le dijera que era importante y digna de ser recordada por el hombre del que se había enamorado.

Levantó la mirada sin que sus ojos estuvieran enfocando los pétalos blancos de las rosas que tenía delante. Gertie estaba imaginando un lugar muy lejano. James y ella habían hablado muchas veces de abandonar Little Eleigh porque sabían que el pueblo, donde los recuerdos solían durar décadas, nunca aceptaría su relación. Gertie siempre sería la mujer que había arrancado a James de las manos de su esposa, su esposa *discapacitada*. Si no la evitaban abiertamente, siempre sería el objeto de todos los cotilleos.

Abandonar su hogar le rompería el corazón, pero estaba dispuesta a hacer ese sacrificio por él y los dos habían hablado sin parar de marcharse al extranjero, a las colinas del sur de Francia o a Italia, por ejemplo, a algún sitio donde empezar desde cero. Gertie siempre había soñado en vivir en el extranjero y, cuando se había sentido sola e insegura sobre su futuro o cuando el lastre de la enfermedad de su madre le había pesado demasiado, siempre se había agarrado a este sueño. «Si sobrevivo a esto, me voy», se había prometido a sí misma, pero nada había sido tan sencillo. Después de la muerte de Penélope, había muchísimas cosas que hacer y Gertie no había sido capaz de dar la espalda a todo.

Si solamente James pudiera darle alguna pista sobre cuándo podría cumplirse su sueño. Se sentía como si hubiera dejado de respirar hacía mucho tiempo y nadie le daba permiso para volver a inhalar y exhalar.

«Ojalá pudiera contárselo a Celeste», pensó, porque sinceramente creía que el peso de su secreto podría ser mucho más soportable si pudiera explicárselo a su querida hermana. Celeste siempre había sido buenísima para escuchar a la gente. Aun siendo ella muy reservada respecto a lo que ella revelaba a la gente, Celeste era la confidente perfecta, porque nunca juzgaba a nadie.

Gertie había compartido sus miedos y sus dudas con su hermana mayor, miedos sobre los estudios, sus amigos y su futuro, dudas sobre sus novios también. Celeste siempre había estado allí, con su calma tranquilizadora y su sabio gesto de cabeza, pero ya tenía bastante en ese momento y Gertie no se sentía con derecho de descargar sus preocupaciones sobre ella. Todavía no.

Miró su reloj y suspiró. Ya había perdido mucho tiempo lloriqueando y tenía que seguir con su trabajo. Quedaba mucho por hacer antes de salir a cenar con su padre.

Marcus Coombs era bajito y corpulento, sus ojos eran pequeños y su nariz demasiado grande para su rostro siendo el mismo ya de tamaño considerable. Aun así, a pesar de la peculiaridad de su aspecto, tenía una risa contagiosa, capaz de llenar la estancia donde se hallara y hacer que la gente se sintiera cómoda. No se podía decir lo mismo de su segunda esposa, Simone.

—La *odio* —dijo Evie cuando el coche entró en el camino que llevaba a la casa de su padre.

—Ya sabemos que la odias — replicó Gertie—. Nos lo dices cada vez que venimos a visitarlo.

—No entiendo por qué papá no puede venir a nuestra casa — siguió Evie.

—No creo que Simone lo dejara —argumentó Celeste.

—¿Por qué no? —dijo Evie.

—Bueno, podría decidir quedarse con nosotras, en vez de volver a casa con ella —dijo Celeste, lo que le hizo gracia a Evie.

—¿Quién no lo entendería? —dijo esta.

—Le arruina la vida —dijo Gertie a su vez.

—No más que mamá —dijo Celeste, pensando que la convivencia de sus padres debía de haber sido una pesadilla. Celeste se solía preguntar cómo su padre había soportado a Penélope tanto tiempo, con sus cambios de humor y sus sesiones interminables de insultos, pero él parecía saber aislarse de todo aquello. Hasta que un día, por supuesto, se hartó. Celeste lo recordaba perfectamente. Había sido una reacción de una tranquilidad sorprendente: su padre hizo una pequeña maleta y bajó las escaleras, silbando una canción sin melodía.

—¿Adónde te crees *tú* que vas? —le había gritado Penélope.

—Me voy. Te dejo —le había respondido, como si su marcha hubiera sido inevitable. Celeste, que tenía quince años en aquel momento, había observado desde el salón a su padre echar una última mirada al barómetro, asintiendo sabiamente al leer la palabra *cambio* antes de abrir la puerta principal y salir tranquilamente.

Los gritos estallaron por la tarde, cuando su madre empezó a tomarla con Celeste.

—Es *tu* culpa —le había dicho Penélope a su hija—. Ya no te podía soportar. Siempre tienes que estropear las cosas.

Años más tarde, su padre se había confesado con Celeste.

—Tu madre no era la mujer más fácil del mundo —le dijo— y yo lo intenté. Lo intenté de verdad. —Y Celeste supo que estaba diciendo la verdad, porque ella también había intentado amar a su madre y había fracasado.

—¿Por *qué* tenemos que hacer esto? —lloriqueó Evie, devolviendo a Celeste al presente.

—Porque somos adultos y tenemos que pasar por estas cosas de vez en cuando —le explicó Celeste.

—Pero Simone nos odia tanto como nosotras a ella.

—Sí, pero papá la quiere y tenemos que hacer un esfuerzo por él —dijo Celeste.

—Pero ella nunca hace un esfuerzo por nosotras. —Evie insistió cuando la furgoneta frenó delante de Oak House—. Y cada vez que papá sale del salón, tiene que decir algo desagradable.

—Bueno, no exactamente desagradable —argumentó Gertie—. Más bien maligno, ¿no crees?

Celeste asintió.

—Como el día que dijo que tenías buen aspecto.

Evie soltó una risa desenfrenada.

—¡Sí! —exclamó—. Dijo que el peso que había cogido me favorecía.

—Y el día que admiró mi vestido —añadió Gertie—, para decir enseguida que le gustaría que los tuvieron en tallas pequeñas, para poder ella comprarse uno también.

Celeste sonrió con complicidad.

—No creo que sea natural estar tan flaca como Simone —dijo.

—En absoluto —dijo Evie—. ¿No nos contó un día que odiaba el chocolate? ¿Cómo te puedes fiar de alguien a quien no le gusta el chocolate? No es natural, ¿verdad?

—Claro que no—dijo Celeste, disfrutando de esa alegría entre ellas, deseando que siempre pudiera ser así.

—Y si me vuelve a decir, aunque sea solo *una* vez, que tengo uñas de hombre, os juro que exploto —concluyó Gertie.

Las hermanas se rieron antes de salir del coche.

Oak House estaba en las afueras de un precioso pueblo de High Suffolk, una zona en el noroeste del condado famosa por sus colinas ondulantes. La casa en sí no era bonita. O no se lo parecía a Celeste, quien tenía recelo hacia cualquier estilo de arquitectura posterior al movimiento *Arts and Crafts,* lo que seguramente era el caso de la misma.

Todavía no podía entender cómo su padre había comprado una imitación de casa Tudor después de haber vivido en una auténtica casa medieval tantos años. Observó su gablete de blanco y negro y no pudo evitar estremecerse ante tanta modernidad. El interior era igual, con paredes perfectamente enyesadas y suelos que no estaban agrietados ni crujían, pero también era cierto que a Oak House no había llegado jamás una mancha de humedad ni el escarabajo del reloj de la muerte y que era imposible tener frío en sus habitaciones aisladas con calefacción centralizada.

—Dios, creo que prefiero pasar una tarde con Esther Martin —dijo Gertie mientras se iban acercando a la puerta principal, protegida por un pequeño porche donde Simone había dejado una maceta con begonias. A Celeste no le gustaban las begonias. No eran rosas.

—Asomé la cabeza por la puerta esta mañana para ver si Esther estaba bien y casi me la arranca —comentó Celeste.

—Yo ya me he rendido—dijo Gertie—. Lo he intentado, *de verdad* que he intentado ser agradable con ella, pero es la persona más grosera que he conocido en mi vida.

Evie suspiró.

—No la puedes culpar por estar enojada por haber tenido que dejar su casa.

—Pero no era realmente su casa —argumentó Celeste.

—Bueno, el abuelo le dijo que era suya para el resto de su vida —dijo Evie.

—Sí, pero es fácil hacer una promesa impulsiva cuando no sabes lo que el futuro te tiene guardado —siguió Celeste—. Seguro que él habría hecho lo mismo.

—¿Estás convencida de ello? —preguntó Evie, llamando a la puerta.

Celeste le clavó la mirada, sin tener tiempo para contestar porque se abrió la puerta y salió su padre.

—¡Chicas! —gritó, abriendo sus brazos para abrazar a las tres a la vez.

—Entrad. ¡Entrad! Simone ha estado cocinando para vosotras todo el día. Id a darle un beso.

Evie hizo una mueca, pero notó en su espalda una mano que la empujó hacia la cocina.

Las tres hermanas entraron como si fueran una.

—¡Cariños! —dijo Simone, sin girarse ni hacer gesto alguno para abrazarlas… y las chicas encantadas.

—Hola, Simone —dijo Celeste con un tono neutral. Gertrude se hizo el eco de su hermana, mientras Evie gruñó algo desde atrás.

—Aquí huele de maravilla, ¿no es cierto, chicas? —dijo su padre al entrar en la cocina.

—¿Qué tenemos, Simmy?

—*Risotto* de setas —contestó, quitando el ojo de la olla un instante y dedicándole media sonrisa.

Celeste se estremeció al ver a su padre reprendido de esa manera, pero él no parecía haberse dado cuenta y se ofreció para servirles una copa a todas.

—¡Sentaos en el comedor, chicas! —gritó Simone.

—¡Sabe *perfectamente* que no me gustan las setas! —dijo Evie entre dientes al salir de la cocina.

—Quedó muy claro la última vez, cuando dejé una montaña de setas en mi plato.

—Seguro que no se habrá acordado —la disculpó Gertie.

—¡Ya, claro! —dijo Evie—. Solo me quiere poner a prueba. Sabe lo amables y educadas que somos cuando estamos con papá y le encanta chincharnos para ver hasta dónde aguantamos.

Cruzaron el pasillo y Celeste advirtió la presencia de un radiador oculto por una celosía. El televisor del salón estaba escondido de manera similar detrás de una lujosa puerta. Era imposible ver nada de cuanto la casa realmente contenía.

Cinco minutos más tarde, todos estaban sentados en el comedor, cada uno con un montículo de *risotto* en su plato.

—¿No tienes hambre, Evelyn? —preguntó Simone—. O, quizá, ¿ya has comido? Vosotras, chicas en pleno crecimiento, siempre tenéis un apetito espectacular, ¿no?

Su padre se rio, el hombre no había pillado el comentario sarcástico.

—¿Me disculpáis? —dijo Evie, levantándose de la mesa.

Celeste y Gertie la avisaron con la mirada.

—Necesito ir al baño —explicó.

—¡Ah! —dijo su padre, agitando su tenedor en el aire.

—El lavabo está fuera de servicio. Mañana viene el fontanero. Puedes usar el baño de arriba. ¿Sabes dónde está?

Evie asintió y salió del comedor.

El baño de arriba era territorio de Simone, igual que el resto de Oak House, en realidad. Evie no veía mucho de su padre en aquella casa. Todo se ajustaba a los gustos de Simone, desde las cortinas y los cojines cursis hasta la vajilla coloreada y las servilletas bordadas.

Sus ojos escanearon los estantes del baño, cada uno lleno de frascos de pociones y lociones. Seguro que necesitaba todo aquello para evitar que su cara se transformara en la de la Bruja Mala del Este, se burló Evie. «¿Qué *demonios* había visto su padre en ella?», se preguntó por enésima vez.

Evie suspiró. Se sintió un poco mareada y eso no tenía nada que ver con el *risotto* de setas. Se salpicó la cara con agua fría y observó detenidamente su reflejo. Sus ojos parecían más grandes y oscuros que nunca en contraste con su pelo rubio, ya no estaba convencida de que le gustara su aspecto. Estaba muy pálida últimamente. Más pálida de lo que se había imaginado, pero eso podría cambiar.

En este momento, sonó su teléfono. Lo sacó de su bolsillo y vio el mensaje de Lukas.

«Te echo de menos. Vuelvo a Suffolk. X.»

Evie gruñó. Justo lo que le faltaba. ¿Qué le pasaba a ese chico? Nunca lo había animado a nada. Bueno, sin tener en cuenta el par de veces que se había acostado con él. Pero se lo había dejado muy claro que no estaba buscando una relación; eso era lo último que ella necesitaba.

Durante un instante, recordó su manera de caminar por el jardín. Tenía una manera divertida, informal de andar, arrastrando los pies, como si tuviera todo el tiempo del mundo, a un ritmo que solía sacar de quicio a Evie. Pero, de alguna manera, siempre acababa con el trabajo. Simplemente era una de esas personas cachazudas que nunca daban la impresión de trabajar duro, pensó Evie, deseosa de que se olvidara de ella, porque ella era todo lo contrario. Evie siempre daba la impresión de tener prisa y estar estresada, eso significaba que el negocio iba bien, por supuesto, pero, a veces, le gustaría tener un poco de tiempo libre, solo para ser, bueno, Evie.

«Pero eso es exactamente lo que vas a hacer», le dijo a su propio reflejo, pero *hoy no.*

Dejando el santuario del baño, pasó por el descansillo y advirtió que la puerta del dormitorio de su padre estaba entreabierta. La curiosidad siempre había sido uno de los defectos de Evie y más de una vez se había metido en líos por ello, pero no pudo resistir la tentación de echar una ojeada.

El dormitorio era un producto típico de Simone, con su colcha floreada y sus armarios empotrados. No había ninguno de los horrores habituales de cualquier habitación, ni un calcetín en el suelo, ni un cajón mal cerrado. Todo estaba perfecto y Evie sabía que a ella le sería imposible dormir en una habitación así.

A punto de salir disgustada de la habitación, algo le llamó la atención. Allí, en la pared opuesta, había un cuadro de rosas que reconoció al instante. Ahogó un grito y cruzó la alfombra de felpa para acercarse, absorbiendo el abanico de flores, representado en trazos delicados de óleo. Se trataba de una de las composiciones clásicas del estilo que tanto le había gustado a su abuelo y Evie supo inmediatamente que pertenecía, efectivamente, a su colección. Sin lugar a duda. «Entonces, ¿cómo demonios había ido a parar ahí, a Oak House?», se preguntó.

Sacó su teléfono otra vez e hizo rápidamente unas fotografías de aquel cuadro, antes de volver al comedor. Simone la estaba observando desde la cabeza de la mesa cuando entró, pero su mirada se transformó en sonrisa cuando su padre levantó la mirada.

—Ah, aquí estás, Evelyn. Pensábamos que te habías caído por el váter.

Evie gruñó y se sentó.

—Tu *risotto* ya estará frío —remarcó su padre.

—Una pena —dijo Evie, llevándose una reprimenda con la mirada por parte de Celeste.

—Bueno, ahora no sé si te mereces un postre —dijo Simone, como si Evie fuera una niña pequeña.

Su padre se rio a carcajadas y cogió un periódico, cosa que solía hacer entre platos para no tener que participar en la conversación. Evie aprovechó la oportunidad para llamar la atención de sus hermanas cuando Simone salió del comedor, haciéndoles amplios gestos con las manos.

—¿Qué te pasa, Evie? —dijo Celeste sin disimulo alguno.

Evie carraspeó.

—Necesito hablar con las dos —dijo, gesticulando en dirección al vestíbulo.

Celeste y Gertie se levantaron de la mesa, disculpándose con su padre, que no parecía darse cuenta de lo que pasaba.

—¿Pero qué pasa contigo? — dijo Celeste entre dientes en el vestíbulo.

—Acabo de ver el cuadro del que estuvisteis hablando —dijo Evie.

—¿Qué cuadro? —preguntó Celeste.

—¿El cuadro de rosas desaparecido?

–¿Qué quieres decir? ¿Dónde?

—Arriba, en la habitación de papá y Simone.

Celeste frunció el ceño.

—¿Estás segura?

—¡Sí! ¡Estoy convencida!

—¡Baja la voz, Evie! —avisó Celeste.

Evie gruñó.

—*Tienes* que subir para verlo. ¡Es el nuestro! Estoy segura —susurró con insistencia.

—Vale, vale —dijo Celeste—. Echaré un vistazo. Tú vuelve a sentarte y, hagas lo que hagas, no digas nada.

Evie volvió al comedor con Gertie y Celeste subió las escaleras sin hacer ruido. La puerta de la habitación seguía entreabierta. Respiró hondo y entró en la habitación. Igual que su hermana antes, se fijó en la decoración del dormitorio y en la cantidad de cojines amontonados sobre la cama. Simone era de esas mujeres que tenía más cojines que amigos, pero no estaba ella ahí para mirar los cojines. Enseguida vio el cuadro del que le había hablado Evie.

—Oh, no —se dijo a sí misma: efectivamente, aquel era el cuadro desaparecido de su abuelo. Aquello era, pensó, embarazoso. Sabía que su madre nunca le habría dejado el cuadro a su padre y Celeste estaba bastante convencida de que su padre no tenía nada que ver con todo aquello. Ni siquiera debía de ser consciente de su presencia, aquel hombre no solía darse cuenta de esas cosas. Entonces, ¿cómo había llegado allí? Celeste retrocedió en el tiempo. Su padre había tenido una llave de la mansión durante mucho tiempo después de la separación e hizo varios viajes para recoger sus cosas, pero no recordaba haber visto a Simone en ninguna de esas ocasiones. ¿Y habría ido Simone con él en uno de estos viajes, solo para robar el cuadro?

Con mucho cuidado, Celeste cogió el cuadro de la pared y lo examinó. Le dio la vuelta y vio la diminuta inscripción con tinta en la esquina superior izquierda.

Para Esme, con mucho amor de parte de Arthur.

No, pensaba, su madre nunca habría dejado que ese cuadro saliera de casa.

Devolvió el cuadro a su sitio y regresó al comedor, sin tener la oportunidad de hablar en ese momento con sus hermanas, porque ya había llegado el postre.

—¿Tú también has tenido que utilizar el baño? —preguntó Simone a Celeste—. Tengo que decir que tenéis las vejigas muy flojas para vuestra edad.

Evie puso cara de desesperación y todos comieron la tarta de manzana en silencio.

Tuvieron que esperar media hora más, antes de volver a tener una oportunidad para hablar. Simone estaba preparando el café en la cocina y su padre estaba echando una siesta, sus resoplidos indicaban que había alcanzado un sueño profundo.

—¿Entonces? —dijo Evie—. ¿Lo has visto?

Celeste asintió.

—Es el nuestro, está claro.

—¡Te lo dije! Tienes que volver y cogerlo.

—No puedo simplemente arrancarlo de la pared y meterlo debajo de mi chaqueta, ¿no? —dijo Celeste, indignada.

—No veo por qué no —comentó Evie—. Nos pertenece.

—Celeste tiene razón. No podemos cogerlo sin más —dijo Gertie.

—¿Por qué no? —gritó Evie.

—¡Baja la voz! —avisó Celeste cuando su padre se movió con un ronquido aterrador.

—Si este cuadro vale lo mismo que los otros, no podemos permitirnos el lujo de dejarlo aquí. ¿Qué pasa si Simone lo vende? ¿Cómo os sentiréis entonces? —las retó Evie.

Celeste negó con la cabeza.

—No lo vendería, ¿verdad? Si lo ha guardado durante tantos años.

—¿Pero y si se cansa de él y decide que lo quiere vender? —argumentó Gertie—. ¿No pasó por una fase en que coleccionó unas horribles estatuillas para luego venderlas cuando se cansó de ellas?

Celeste asintió. No se había acordado de esa fase.

—Entonces, ¿qué podemos hacer? —insistió Evie.

—No lo sé —dijo Celeste.

—Bueno, entonces, no tardes mucho en pensarlo —amenazó Evie— o tendré que arreglarlo yo misma.

17

Evie no entendía cómo la tarea de cuidar a Esther Martin había recaído en ella, pero, cuando hacía falta hacer algo para aquella mujer, por casualidad, Celeste y Gertie estaban en el otro extremo del jardín vallado o absortas por el papeleo. Evie suspiró mientras llevaba el aspirador a las dependencias de Esther, sabiendo que su ocupante estaba en la cocina.

Sinceramente, pensaba, bastante tenía que hacer ya, sin necesidad de actuar de sirvienta particular de Esther. Por un lado, Gloria Temple estaba a punto de llegar para terminar con los preparativos de su boda, pero, mientras Evie avanzaba por la habitación, asegurándose de dejarlo todo impecable, no podía dejar de sentir pena por la mujer a la que habían echado de la casa que le habían prometido, para luego verse forzada a vivir con una familia a la que detestaba. «Tiene que sentirse bastante insegura», pensaba Evie.

—Como yo… —susurró, preguntándose qué ocurriría si Celeste volvía a amenazar con vender la mansión. ¿Adónde irían todas? Evie no se podía imaginar una vida fuera de aquellos límites seguros. Aquel siempre había sido su hogar y sabía que tener que abandonarlo le rompería el corazón. «¿Esther también se siente así ahora mismo?», se preguntó.

Aun así, no había necesidad para que la anciana se pusiera

tan imposible siempre. «No hay ninguna excusa para la grosería», decidió Evie.

Negó con la cabeza, intentando, otra vez, imaginar cómo sería albergar tanto odio en el corazón, como si ella y sus hermanas fueran directamente responsables de la muerte de su hija, ¿o sí? Dios mío, pensaba, ni siquiera su padre tenía culpa alguna. Después de todo, ¿te podían hacer responsable de la gente que se enamoraba de ti, para luego hacerte rendir cuentas si se marchaba a África y contraía una horrible enfermedad?

Evie se detuvo junto a una pequeña mesilla de caoba, donde Esther había puesto unas fotografías con marcos plateados. El día de su boda, Esther Martin estaba más joven y guapa, pero ya tenía esa expresión contrariada que parecía haberse asentado en su rostro de manera permanente. Evie observó a su marido, tenía una mirada de resignación en la cara, como si ya supiera que nunca sería feliz con la novia que había escogido, pero quizá Evie estuviera viendo fantasmas. Probablemente, tuvieron una vida maravillosa juntos y fueron tan felices como cualquier pareja tenía el derecho de ser, pero a Evie le resultó difícil creer este último pensamiento.

Otra fotografía le llamó la atención.

—Sally —dijo Evie y, con el marco ovalado entre las manos, miró el rostro pálido de aquella hija tan extrañada. Estaba de pie, bajo un árbol de forma rara, lo más típicamente africano que Evie había visto en su vida: alto y fino, con la copa muy plana. Sally tenía en sus manos un enorme sombrero de paja y llevaba un amplio vestido azul y blanco, su largo cabello le caía sobre sus hombros. Parecía una cantante de un grupo de folk de los setenta y su sonrisa tímida provocó otra sonrisa en Evie, que pronto se convirtió en fruncido cuando intentó imaginarse cómo sería perder a una hija tan amada.

—Te he dejado un libro.

Evie se sobresaltó al ver a Esther entrando en la habitación. Rápidamente, volvió a dejar el marco en su sitio y se giró hacia la gruñona de pelo blanco.

—¿Qué libro? —preguntó Evie.

—Unos de los libros de la caja que estuviste inspeccionando. Lo dejé encima de la mesita —dijo Esther con un gesto de cabeza, y Evie cruzó la habitación para verlo.

—Jerome K. Jerome —leyó—. Qué nombre más divertido.

—Para un hombre divertido. Y un libro divertido.

—¿Es divertido? —dijo Evie, mirando el inverosímil título de *Tres hombres en un bote.*

—Sí —dijo Esther—. Si tienes algo remotamente parecido al sentido de humor, pensarás lo mismo. Cuidado con el perro. Te podría recordar a alguien.

Las cejas arqueadas de Evie expresaron su estupefacción, mientras Esther se incorporaba poco a poco en su butaca.

—No estoy muy segura de estar de humor para reírme con nada en este momento —dijo Evie.

—Échale un vistazo —la animó Esther—. En épocas como esta un libro te puede salvar la vida.

Evie se mordió el labio, pensando si Esther se refería otra vez a la muerte de su hija o la de su marido, no podía evitar sentir una pequeña conexión con la anciana.

—Gracias —le dijo—. Se lo devolveré cuanto antes.

Esther hizo un gesto con la mano.

—No hay prisa. Mi vista ya no es la que era y apenas puedo leer últimamente. La letra me parece pequeña y no he logrado ir a la librería para buscar libros de letra grande.

—Oh —dijo Evie, alarmada, incapaz de imaginar un mundo sin poder leer. Igual que a Gertie, a Evie le encantaban los cuentos. De repente, se le ocurrió algo—. ¿Y usted ha probado un Kindle?

—¿Disculpa?

—Un Kindle —explicó Evie—. Es un aparato electrónico para leer, puedes hacer la letra tan grande como quieras.

—Nunca he oído hablar de eso —dijo Esther con tono de despedida.

—Eso no quiere decir que no sea un gran invento —insistió Evie—. Le puedo dejar el mío —dijo, haciéndose una nota mental de borrar algunos de los títulos más atrevidos que ya se había leído.

Al salir de la habitación, cerrando la puerta detrás de ella con cuidado y con la copia de *Tres hombres en un bote* en la mano, Evie no pudo evitar una sonrisa. ¿Acababa de tener una conversación normal y sin discusiones con Esther Martin? Celeste y Gertie no se lo creerían.

Celeste se sorprendió a sí misma al verse tan contenta por tener una razón para volver a contactar con Julian Faraday tan pronto. No paraba de dar vueltas al asunto del cuadro que habían descubierto en la habitación de su padre y Simone, así que decidió mandarle a Julian las fotografías que había hecho.

—¿Qué opina? —escribió en el mensaje, añadiendo las dimensiones estimadas del cuadro. A los tres minutos, no le sorprendió la llamada.

—¡Ha encontrado usted el cuadro desaparecido! —dijo con alegría.

—Bueno, sí —dijo Celeste, sin explicar su ubicación por el momento—. ¿Alguna idea de su autor?

—Sí —contestó Julian—. Se trata de una obra de un artista inglés poco conocido llamado Paul Calman. Pintó entre guerras, principalmente bodegones, pero también algún paisaje de Anglia Oriental.

Celeste carraspeó.

—¿Y cuánto podría valer?

—Menos que los otros —le dijo Julian—, pero sigue siendo un cuadro muy bonito. Tendría que verlo, claro, para tasarlo, pero diría unas cinco mil libras.

—Vale —dijo Celeste, admitiendo que ese importe no iba a reventar las arcas de Little Eleigh Manor, pero también sabiendo que quería recuperarlo para su casa, incluso si no valía ni un céntimo. Su abuelo lo había escogido para su abuela y la mansión era su hogar.

—¿Dónde está? —preguntó Julian.

—Ah… —dijo Celeste, mordiéndose el labio.

—Actualmente, no está en nuestras manos.

—Suena interesante —dijo Julian—. Bueno, tal vez lo pueda ver en algún momento para hacerle una tasación correcta.

—Exacto —dijo Celeste, pensando que eso no pasaría nunca.

—Estaré de paso para subir a Suffolk este fin de semana —dijo Julian—. Pensaba ir a ver un par de locales para alquilar. ¿Recuerda mi sueño loco de abrir una tienda de antigüedades?

—Ah, sí —recordó Celeste.

—Me estaba preguntando si le gustaría acompañarme. Si no está muy ocupada, por supuesto.

Justo en este momento, se oyó el sonido de un claxon y Celeste miró por la ventana para ver la furgoneta blanca destartalada de Ludkin e Hijo.

—Julian, tengo que dejarlo. Una visita. Adiós —dijo, colgando deprisa antes de precipitarse hacia la puerta principal.

—Señor Ludkin —dijo, extendiendo la mano para darle la bienvenida—. Entre, por favor. —Su mano era áspera, con un tono blanquecino, parecía haberla bañado en yeso.

—Cuánto tiempo —dijo el señor Ludkin, rascándose el pelo canoso, que también parecía estar lleno de yeso—. ¿Recuerda a mi chico?

Celeste asintió.

—Tim, ¿verdad?

Tim dio un paso adelante y saludó tímidamente. Era un poco más alto que su padre o lo habría sido si no tuviera la cabeza y los hombros tan caídos.

—Bueno, pasen —dijo Celeste—. Seguro que saben adónde van. —Los condujo hacia la tristemente famosa ala norte, la respiración de Tim Ludkin resoplando nerviosamente detrás de ella.

—¿La casa sigue aguantando de momento, no? —preguntó el señor Ludkin—. ¿Todavía no se ha caído al foso?

—Quizá una parte sí —contestó Celeste.

—Vaya, vaya... —dijo el señor Ludkin, meneando la cabeza de un lado al otro—. Me encantan estas casas antiguas, pero, a veces, dan más problemas de lo que valen.

—Sé exactamente lo que quiere decir, pero intentaremos salvarla —dijo Celeste.

—¿Y podremos empezar la obra esta vez? —volvió a preguntar el señor Ludkin—. ¿No quiere solamente otro presupuesto para añadirlo a la pila que ya les he ido enviando?

—Esta vez, seguiremos con la obra —prometió Celeste—. Me temo que el ala norte entera necesita ser atendida, pero hay una habitación que tenemos que arreglar urgentemente. —Se detuvo delante de la habitación de la maldición, respirando hondo antes de entrar. Los dos hombres entraron.

—Vaya —dijo el señor Ludkin sin expresión alguna. Celeste observó alarmada cómo al hijo se le caía la mandíbula y los ojos se le salían de las órbitas.

De repente, Celeste ya no quiso estar allí.

—Si pudieran echar un vistazo aquí y a las otras habitaciones del ala, sería estupendo —dijo—. Por supuesto, quedan más trabajos por hacer en la casa, pero creo que hay que dar prioridad a esta ala de momento. ¿Puedo ofrecerles un té mientras empiezan con su trabajo?

—Gracias —dijo el señor Ludkin—. Nunca le digo que no a una buena taza de té.

Celeste los dejó y regresó a la cocina y allí se dio cuenta de que estaba temblando.

—Tú puedes con esto —se dijo a sí misma mientras sacaba unas tazas gruesas del armario—. Estás haciendo lo correcto.

Aun así, no podía evitar escuchar la voz de su madre desde los meandros de su cabeza.

«Podrías gastar ese dinero en algo mejor. Tendrías que invertirlo en el negocio, no malgastarlo en el edificio.»

A Penélope Hamilton nunca le había gustado aquella mansión. Solo la había soportado como sede del negocio, contenta de ser la bonita anfitriona en un bonito entorno y utilizar el encanto del edificio y su terreno para cautivar a posibles clientes, pero nunca le había importado como a sus propios padres. Su hechizo mágico nunca había funcionado con ella y la casa había pagado las consecuencias, consecuencias que, ahora, se tenían que afrontar.

Celeste fue preparando el té, puso las tazas en una bandeja, junto a un pequeño azucarero y una jarrita de leche. Deseaba no tener que volver al ala norte; deseaba poder esconderse hasta que todo el horrible asunto hubiera terminado. Ni siquiera había pensado en qué hacer con el ala norte después de las obras. Era un espacio enorme y volvería a deteriorarse poco a poco si no lo usaban. Estaba pensando en todas las posibilidades. ¿Quizá lo podrían poner en alquiler? Quizá hubiera otra Esther Martin que quisiera vivir en la mansión o quizá pudieran utilizar las habitaciones para un *bed and breakfast*, pero esta opción no le gustaba mucho a Celeste y podría complicar las cosas para poner la propiedad a la venta.

De todos modos, pensó, tampoco hacía falta decidir de inmediato. Quedaba un montón de trabajo antes de empezar a pensar en terminar las habitaciones y saber quién querría dormir en ellas.

Al volver al ala norte con el té, abrió la puerta de la habitación de la maldición, donde el señor Ludkin y su hijo seguían estudiando los daños. Puso la bandeja en uno de los alfeizares menos podridos y miró a los dos hombres cruzando la habitación arriba y abajo, tocando paredes y observando el techo y los tablones del suelo. Celeste estaba horrorizada, absolutamente horrorizada, pensando en lo que les podría estar pasando por la cabeza.

—¿Señor Ludkin? —empezó tímidamente, incapaz de soportar la tensión por más tiempo.

Este rodeó la pila de escombros que se apilaba en medio de la habitación, golpeándola con la punta reforzada de su bota.

—Bueno —dijo al cabo de un instante, rascándose la cabeza otra vez—. Yo he visto cosas peores.

—Yo no —replicó Tim.

—Lo que quiero decir es que he visto cosas peores, pero no con alguien realmente viviendo en la casa al mismo tiempo.

—Bueno, no estamos viviendo en esta habitación —apuntó Celeste.

—Me alegro por ustedes —dijo el señor Ludkin, soltando una risita.

—¿Y también han visto las otras habitaciones y la humedad del pasillo?

—Ya lo hemos visto todo —dijo—. Recuerdo muy bien este lugar. Me ha estado preocupando durante años, pero daré un buen repaso antes de irnos para ver cuántos daños se han añadido desde nuestra última visita.

Celeste se estremeció.

—Me alegro de poder arreglarlo ahora —dijo—. Si usted está dispuesto a aceptar el trabajo, por supuesto. Tendremos que ver su presupuesto primero.

El señor Ludkin asintió, sorbiendo su té mientras seguía moviéndose por la habitación, meneando la cabeza aquí y haciendo chasquidos allá.

Pasó otra hora en la mansión, haciendo fotografías, tomando notas y comentando entre dientes todo tipo de horrores con su hijo. Celeste intentó no escucharlos. No quería saberlo. Al final, se dispusieron a marcharse.

—Le preparo el presupuesto para la semana que viene —dijo el señor Ludkin—. Será mejor que no se asuste.

—No me asustaré —dijo Celeste antes de ver a los dos hombres subir a la furgoneta y marcharse.

Gertie estaba cruzando el césped con una cesta de huevos en la mano.

—¿Ludkin e Hijo? —preguntó.

Celeste asintió.

—Sí. Acabo de enseñarles el ala norte.

—¿Y qué ha dicho? —quiso saber Gertie con curiosidad.

—Meneó la cabeza varias veces, chasqueó y me dijo que no me asuste al ver el presupuesto.

—Bueno, mientras baste con la venta de los cuadros —replicó Gertie.

Celeste suspiró.

—¡Esperemos que sí!

18

Celeste no estaba muy segura de qué la había despertado, pero se alegró al saber que no se trataba del desplome de otro techo de la casa. Estuvo sin moverse, observando la oscuridad de su habitación antes de encender la lámpara de su mesilla de noche. Una luz cálida inundó el dormitorio y reveló a Frinton a los pies de la cama, roncando tranquilamente, con su pequeño cuerpo peludo que le hacía parecer un peluche. Moviéndose con cuidado para no despertarlo, Celeste se levantó y miró el reloj. Acababan de dar las dos.

Bajó por las escaleras con la intención de prepararse una infusión. Al llegar al vestíbulo, se dio cuenta de que no era la única que estaba levantada en plena noche. Había alguien más en la cocina.

Celeste suspiró al adivinar de quién se trataba y saber que aquella coincidencia solo podía anunciar problemas. Efectivamente, la luz estaba encendida y se oía a alguien trasteando por la cocina.

Uno de los placeres en la vida de Gertie era hornear, pero que cocinara de madrugada quería decir que estaba estresada. Cuando vio a su hermana en camisón, golpeando boles de cerámica en la cocina, Celeste supo inmediatamente que algo le ocurría.

—¿Gertie? —dijo, quedándose en la puerta un instante, como preguntando si podía entrar.

—¿Qué estás haciendo?

—Bollos —le contestó su hermana, sin darse la vuelta. Celeste vio que ya había dos bandejas de bollos con frutos recién salidos del horno y, a juzgar por el olor maravilloso, la tercera estaba a punto de salir.

—¿Puedo entrar?

Gertie asintió y Celeste se acercó a la tetera.

—¿Te apetece una infusión?

—No, gracias —contestó Gertie—. ¿Quieres un bollo?

Celeste sonrió.

—Nunca he sido capaz de rechazar uno de tus bollos, sea la hora que sea, día o noche.

Gertie sacó un plato del armario y Celeste la vio abrir un bollo caliente y untarlo con mantequilla para dejarlo en la mesa unos segundos más tarde.

—¿Tú no quieres? —preguntó Celeste.

Gertie negó con la cabeza.

—Ahora no podría comer nada.

—¿Quieres hablar?

—No. Quiero hornear. —Volvió hacia el horno para sacar la última bandeja de bollos. Había pocas experiencias más placenteras que estar en la cocina caldeada por un horno que acababa de hacer más de treinta bollos, pero aun siendo un placer comer uno de los bollos de Gertie, Celeste sabía que tenía que abordar el problema.

—Gertie —le dijo con una voz suave pero firme—. Siéntate.

Su hermana dejó lo que estaba haciendo y se giró. Celeste vio que tenía el rostro completamente rojo, no pensaba que el único culpable fuera el horno.

—Ven aquí y háblame —insistió cuando vio que Gertie no se movía. Finalmente, su hermana se sentó con ella.

—¿Te está gustando el bollo?

—El bollo está perfecto —dijo Celeste—, pero no quiero hablar de bollos.

Gertie estaba mirándose las manos por debajo de la mesa,

Celeste sabía que se estaba apretando los puños.

—Es un hombre, ¿verdad? —dijo Celeste, y Gertie asintió—. ¿Es un hombre al que yo conozco?

—¿Tiene eso importancia?

—No lo sé. Dímelo tú.

—Prefiero no decírtelo.

—¿Qué te pasa? ¿Qué es lo que te pone tan triste?

Gertie tragó con dificultad, sus ojos oscuros nublados por las lágrimas.

—Estoy enamorada de él.

—Eso no debería ponerte triste —dijo Celeste.

—Lo sé.

—Entonces, ¿qué ha pasado?

—No me llama cuando dice que lo hará y apenas lo veo —dijo, su voz apagada.

—¿Estuviste con él en Cambridge?

—¿Cómo lo has sabido?

—Mera conjetura… —dijo Celeste, arqueando irónicamente una ceja.

—Nunca habíamos pasado tanto tiempo juntos —contó Gertie— y fue maravilloso.

—Entonces, ¿por qué no puedes estar con él siempre? ¿Es un adicto al trabajo?

Gertie resopló brevemente, pero no contestó a la pregunta.

—¿Gertie? ¿Qué es lo que te impide verlo?

El silencio dominó la cocina y ninguna de las dos hermanas abrió la boca.

—¿Gertie? —insistió Celeste, con una sensación de ansiedad que empezaba a aterrarla—. Dime algo.

Gertie la miró y Celeste temía saber lo que estaba a punto de decirle su hermana.

—¿Qué *demonios* está pasando aquí? —gritó Esther desde la

puerta sobresaltando así a las dos hermanas—. No puedo dormir por el jaleo que estáis montando.

Gertie se levantó de golpe y Celeste supo que había perdido esa oportunidad..

—Lo siento mucho, señora Martin —dijo—. No era nuestra intención molestarla.

—¿Qué hacéis levantadas las dos cuando la gente decente está intentando dormir?

—Nada —dijo Celeste—. Nos íbamos a la cama. Vamos. La acompaño a su habitación. —Se giró para intentar cruzar la mirada con Gertie, pero su hermana ya le había dado la espalda. Su conversación tendría que esperar.

Gertie evitó hábilmente a Celeste los días siguientes, cosa que no era tan difícil en una casa del tamaño de Little Eleigh Manor con varias hectáreas de jardín. Siempre había sido el lugar ideal para perderse cuando era necesario, como descubriera Celeste cuando era joven. A veces, cuando no podía más con la vida y la familia que le habían tocado en suerte, solía buscar un pequeño rincón en una habitación con tocador o un cenador frondoso para hacerse invisible hasta sentirse con fuerzas para volver a salir. «Quizá es lo que Gertie ha estado haciendo», pensaba Celeste, imaginándose a su hermana llevando su trabajo a un rincón tranquilo de la propiedad, donde no estar sometida a las preguntas de su hermana mayor.

Celeste no podía evitar preocuparse por ella. ¿No estuvo a punto de abrirse la otra noche en la cocina, antes de que irrumpiera Esther? Celeste tenía la sensación de que sí y le dolía pensar que Gertie estaba llevando todo este sufrimiento sola, pero no podía obligarla a decir aquello que fuera le estuviera pasando, ¿verdad? Gertie sabía dónde la podía encontrar si quería hablar. Por mucho que quisiera, Celeste no podía negar el hecho de que no había estado allí para sus hermanas aquellos últimos años. Evie nunca se lo podría perdonar, pensó Celeste y probablemente tenía razón. Celeste nunca podría entender lo que habían tenido que aguantar sus dos hermanas los últimos meses de vida de su madre. Apenas podía hacerse una idea de todo aquello.

—Me fue imposible estar aquí… —se dijo a sí misma. Se lo había estado repitiendo una y otra vez desde la muerte de Penélope, pero siempre se había quedado con ese pedacito de duda en su corazón. ¿*Podría* haber hecho las paces con su madre en el último momento? Lo dudó sinceramente, pero quizá debería haberlo intentado.

Secó las lágrimas de frustración de sus ojos y maldijo la imposible situación en la que se había encontrado: *tendría* que haber estado allí, pero no *pudo* hacerlo.

¿Algún día se podría liberar del aplastante sentido de culpabilidad que tenía por haber abandonado a sus hermanas? La habían necesitado, no solamente por su capacidad de gestión del negocio sino también como hermana mayor, una hermana con quien hablar y que pudiera consolarlas en los momentos más difíciles. Incluso si le hubiera sido imposible arreglar las cosas con Penélope, tendría que haber estado igualmente allí, por Gertie y Evie.

—Les he fallado —se dijo a sí misma—, pero todavía puedo arreglarlo. Ahora estoy aquí por ellas.

Ese sábado por la mañana, una factura que llevaba mucho tiempo sin pagar y la compra de alimentos llevaron a Celeste a Lavenham. Había encontrado la cuenta pendiente de la imprenta a la que encargaban todas sus tarjetas y documentos y pensó que una disculpa en persona llevaría tanto retraso tardaba tanto en llegar como el pago en sí, razón por la que había subido al coche y, después de aparcarlo en la colina cercana a la iglesia, caminaba hacia el pueblo, pasando las filas de edificios con entramado de madera que se inclinaban peligrosamente hacia delante y los laterales, en ángulos alarmantes, atrayendo por ello a hordas de turistas los meses de verano.

Acababa de pasar delante de un bar cuando lo vio.

—¿Julian? —dijo.

—¡Celeste! —exclamó él, su rostro se iluminó con una sonrisa de sorpresa.

—¿Qué está haciendo aquí? —le preguntó Celeste, mirando el local vacío del que acababa de salir.

—¿Recuerda que quería visitar unos locales?

—Claro —contestó Celeste—. ¿Para las antigüedades? —Observó la pequeña tienda con escaparate—. ¿Algo interesante?

—Demasiado pequeño —contestó—. No cabría ni la mitad de lo que yo querría meter aquí.

—¿De verdad? Entonces, ¿cuenta con un amplio inventario?

—No tiene sentido hacer las cosas a medias, ¿verdad? —dijo Julian, sus ojos azules estaban brillantes de emoción.

—Supongo que no —dijo Celeste.

—Me alegro de verla —continuó Julian—. ¿Y usted está bien?

—Sí, gracias —confirmó ella.

—¿Y sus hermanas?

—Muy bien.

—Me alegro —dijo Julian—. Pienso muy a menudo en todas ustedes, en su mansión con foso.

—¿Sí?

Julian asintió.

—Y estaba a punto de llamarla para comentarle algo sobre el Fantin-Latour —dijo—. Podría haber encontrado un…

—¿Julian? —los interrumpió una voz que se oyó detrás de Celeste.

—Ah, aquí estás, Miles —dijo Julian—. No te encontraba.

—Lo siento —dijo el hombre—. Tenía que atender una llamada. —Guardó su móvil en el bolsillo de la chaqueta.

—Celeste —dijo Julian—, te presento a mi hermano, Miles.

—Ah —dijo Miles, con una gran sonrisa en su rostro al estrecharle la mano a Celeste—. Entonces usted es la *verdadera* razón por la que mi hermano pasa tanto tiempo en Suffolk últimamente, ¿no?

Celeste notó su rostro enrojecer por esa suposición y vio que a Julian le estaba pasando lo mismo.

—Celeste es una clienta —le dijo Julian.

—¿Así es como se llama actualmente? —Soltó una carcajada, guiñándole un ojo a Celeste.

Celeste lo observó. Miles era más alto y corpulento que Julian, pero se parecían bastante y su pelo también era de color caoba. Y distinguió algo intrínsecamente distinto, Celeste no logró definirlo.

—Déjeme que le ayude con el peso —dijo Miles señalando las dos bolsas que llevaba Celeste en su mano izquierda.

—Oh, no —contestó esta—. Estoy bien. No tengo que ir muy lejos.

Pero Miles ya se las había quitado de las manos.

—¿Dónde tiene su vehículo?

—Cerca de la iglesia —dijo, y los tres se pusieron en marcha hacia allí subiendo la colina.

—No recordaba que Suffolk tuviera tantas mujeres guapas —dijo Miles, enviándole una sonrisa a Celeste mientras caminaban.

—Bueno, yo no sé nada de eso —dijo Celeste, intentando cruzar la mirada con Julian, pero vio que su marchante tenía la mirada clavada en el horizonte.

—¿Nunca ha considerado dejar Suffolk para mudarse a la ciudad? —le preguntó Miles.

—No, nunca —dijo Celeste con sinceridad.

—Le podría enseñar los mejores sitios de Londres —dijo—. Los conozco todos. Restaurantes, bares, teatros… Y sería divertido.

Celeste no pudo evitar una sonrisa al ver a Miles inclinando su cabeza hacia un lado para escuchar su respuesta.

—¿No la atrae? —preguntó.

—La verdad es que no —contestó Celeste al llegar a su coche.

—No sabe lo que se pierde —dijo Miles con voz cantarina.

Celeste negó con la cabeza, sonriendo.

—Gracias por cargar con mis bolsas —le agradeció.

—Ningún problema —dijo Miles—. Para eso tengo estos músculos.

A Celeste le sorprendió esa declaración.

—Tú no vas al gimnasio, ¿verdad, Julian? —le preguntó a su hermano, mirándolo después de haber dejado las bolsas en el asiento trasero del Morris Minor de Celeste.

—Ya sabes que no —contestó Julian—. Prefiero caminar a sudar en un gimnasio.

—Sí, pero caminar no desarrolla los músculos ¡y a las señoritas les encantan los músculos! —dijo Miles—. Yo entreno cuatro veces por semana, a veces más.

Celeste estaba mirando a Julian, como si le estuviera preguntando cómo era posible que la conversación hubiera llegado a ese punto, pero él se limitó a negar con la cabeza.

—Tenemos un gimnasio en nuestro edificio con lo último en aparatos. —Miles siguió, ajeno a lo que estuvieran pensando sus compañeros—. Es increíble. Por supuesto, allí, yo soy el que más está en forma. Ni los jóvenes pueden seguir mi ritmo. Toque estos bíceps, Celeste.

Celeste no creía cuanto estaba escuchando.

—¿Disculpe?

—¡Venga! *Tóquelos* —dijo, quitándose la chaqueta.

—No te quiere tocar los músculos, Miles —intervino Julian.

—¡Pamplinas! *Todas* las mujeres quieren tocar mis músculos.

—Creo que paso —dijo Celeste, desconcertada por el comportamiento de Miles.

Miles frunció el ceño.

—Tú te lo pierdes. ¡Con la cantidad de mujeres que estarían encantadas con meterme mano! —Y farfulló un poco. Las miradas de Celeste y Julian se volvieron a cruzar. Julian simplemente levantó la suya hacia el cielo.

—Creo que me voy a marchar ya —dijo Celeste, girándose para irse.

—¿Ves, Julian? —dijo Miles—. Siempre has tenido una gran habilidad para espantar a las mujeres.

—Creo que será mejor que nos vayamos también, ¿eh, Miles?

—Te encanta avergonzarme, ¿verdad? —dijo Miles de repente.

—Yo no hago tal cosa —dijo Julian tranquilamente.

—¡Sí! Sí que lo haces —continuó Miles, cambiando su sonrisa por un ceño profundamente fruncido.

—Disculpen, pero me tengo que ir —dijo Celeste.

—No, espere un minuto —dijo Julian, y Celeste lo vio girarse hacia Miles—. ¿Te importaría dejarnos un segundo?

Miles clavó la mirada en su hermano.

—Tómate todo el tiempo que quieras —dijo—. Me voy. Estoy harto de vegetar en este remanso.

Vieron a Miles bajando la colina, hacia el pueblo.

—¿Qué demonios ha ocurrido? —preguntó Celeste en cuanto Miles estuvo fuera del alcance de su oído.

—No le haga caso, mi hermano es idiota. —Julian se pasó la mano por el pelo. Parecía nervioso, Celeste no estaba acostumbrada a verlo así—. Mire, tenía pensado llamarla. Tengo buenas noticias acerca del Fantin-Latour.

—Vale —dijo Celeste.

—Entonces, ¿le va bien que pase en otro momento?

—Por supuesto —dijo Celeste.

—¿Estará mañana?

—Supongo que sí —contestó Celeste.

—¿Todavía pegada a ese escritorio suyo? —preguntó.

—Algo así.

—Vale, pues, pasaré mañana a media mañana, si le parece bien.

—Me parece bien.

—Perfecto —dijo Julian—. Entonces, será mejor que vaya a arreglar las cosas con Miles.

—Lo veré mañana —dijo Celeste, y Julian se despidió con la mano, antes de volver al pueblo.

Celeste se quedó unos minutos más viéndolo bajar. Por alguna razón, tenía el corazón en un puño y tardó un momento en caer en la cuenta de por qué. Miles Faraday le había recordado alguien. Alguien que le había hecho sentir confusión, rabia y miedo a la vez. Alguien de quien había conseguido alejarse y deseaba no volver a cruzarse con nadie parecido.

Su madre.

19

Celeste se había llevado a Frinton a dar un paseo para caminar sin rumbo por la orilla del río Stour y después cruzar el campo en dirección de Dukes Wood. Había llovido por la noche y tanto el perro como su dueña estaban encantados con los olores que había liberado la lluvia. Celeste respiró hondo, llenando sus pulmones, una y otra vez, de aire silvestre, deseosa de disfrutar de la tranquilidad propia del inicio de verano que reinaba en aquel lugar y de la tierra blanda que soportaba su paso ligero.

Dukes Wood era uno de los escondites preferidos de Celeste, desde el primer día que ella misma lo descubriera hacía muchísimos años. Su mente le trasladó al pasado, al recuerdo de cómo corrió entre los rastrojos, con sus tobillos arañados y sangrantes, huyendo hacia los árboles, sin saber adónde iba.

El bosque la había acogido con un abrazo verde y la había escondido del mundo. Se había sentado al pie de un hayedo liso y mientras el latido salvaje de su corazón iba recuperando la normalidad vio un ciervo moviéndose entre los árboles y escuchó el canto de un petirrojo en un matorral de acebo.

Volvió a pasar por el mismo sitio y recordó el consuelo que le había dado cuando estaba intentando borrar de sus pensamientos las palabras de su madre.

—¡Fuera de mi vista, niña *inútil*!

También hubo otras palabras, palabras frías, vejatorias, afiladas como cuchillas, demasiado dolorosas como para recordarlas, pero que habían dejado huella en su corazón. Celeste se había quedado sentada en el bosque hasta que el escozor se marchó, hasta que la luz se desvaneció en el cielo y el bosque quedó velado por la oscuridad.

No quería volver a casa, ¿pero a qué otro sitio podría ir una chica de trece años? Entonces, volvió a casa bajo la penumbra, con las misteriosas sombras de los árboles como única compañía.

—¿Dónde has estado? —gritó Evie en cuanto Celeste abrió la puerta principal—. ¡Te has perdido la cena! Había tarta de melaza de postre.

Gertie parecía más preocupada.

—¿Estás bien? —había preguntado, y Celeste había asentido.

—Me he despistado —mintió.

—¡Aquí estás, cariño! —voceó su madre—. Creía que te habías ido para siempre esta vez. Iba a alquilar tu habitación a un amable estudiante.

Celeste observó el rostro sonriente y perplejo de su madre. Parecía haberse olvidado por completo del incidente y seguramente esperaba que Celeste hiciera lo mismo, pero no pudo... ¿Cómo iba a olvidar aquella escena? Y tampoco podía hablar del asunto. Y, así, incapaz de transformar sus sentimientos en palabras, incluso si hubiera sido capaz de enfrentarse con su madre o confiarse a sus hermanas, sintió dolor y confusión.

Lo recordó esa noche, paseando por el bosque con Frinton. Era curioso comprobar cómo los lugares estaban teñidos por el pasado. Para ella, Dukes Wood siempre estaría vinculado a esa noche solitaria cuando solo era una adolescente.

Levantó la mirada hacia el verde brillante de las hojas de los hayedos, pensando en cuánto tiempo había pasado desde aquella noche y en que todavía llevaba esa niña adolescente en su interior. Allí seguía la joven Celeste, escondida detrás de los recuerdos que había ido coleccionando desde entonces, pero solo hacía falta rascar la superficie para volver a encontrarla.

Quizá el encuentro con el hermano de Julian le había recordado aquel incidente tan remoto, pensaba. Había visto en Miles la misma cualidad fría y cruel característica de su madre. También la misma franqueza y la misma falta de empatía. Ver todo aquello en otra persona la había alterado.

En este momento, Frinton estalló en un ataque de ladridos hacia el pie de un enorme roble donde se había escondido una ardilla. Celeste lo vio saltar, sus orejas alerta como si la pobre criatura pudiera caer del árbol directamente en sus fauces en cualquier momento. Se rio. Ojalá hubiera tenido un fox terrier de pequeña. Poseían el don de vencer las desgracias en un solo segundo.

Celeste se alegró al ver el MG de Julian por el camino, justo al volver de su paseo. De alguna manera, su presencia la tranquilizaba. Tenía la habilidad particular de alejar la melancolía y levantarle la moral, no conocía a mucha gente capaz de lograrlo. Sería una pena no volver a verlo después de que hubieran vendido los cuadros, pensó. Julian era un buen hombre.

—Hola —lo llamó mientras avanzaba hacia él.

—Buenos días —la saludó con alegría, agachándose para hacer lo mismo con Frinton, que había cruzado el camino como una bala para darle la bienvenida—. ¿De paseo?

—Por el bosque.

—Bien —dijo Julian—. Un día perfecto, ¿verdad?

—He estado evitando hábilmente el estudio toda la mañana.

—Bien hecho —la felicitó.

—¿Una taza de té? —dijo Celeste.

—Gracias —dijo él, y los dos se pusieron en marcha para

entrar en la casa segundos más tarde.

Celeste sirvió el té en el comedor y entonces Julian se lanzó.

—Sí, creo tener buenas noticias.

—¿Se trata del comprador de Estados Unidos?

Julian asintió.

—Tiene muchas ganas de hacerle una oferta por el Fantin-Latour.

—¿Y cree que sería mejor vendérselo directamente sin pasar por la subasta?

—Bueno, depende de si necesita el dinero urgentemente o no.

—Urge bastante.

—Eso es lo que supuse —comentó Julian.

—Sí, estamos a punto de recibir el presupuesto de la obra y creo que la cifra será para echarse a llorar.

—Ya me lo imagino —dijo Julian—. Bueno, me dijo que quería ese cuadro y, cuando Kammie Colton quiere algo de verdad, el importe no tiene mucha importancia. Usted prácticamente puede decidir el precio.

—¿De verdad? —dijo Celeste, todavía pensando en el presupuesto—. No estaría nada mal tener algo de dinero en la cuenta.

—He estado investigando bastante sobre Fantin-Latour y los precios que han alcanzado sus obras en estos últimos años y no van a perder nada por no entrar en la subasta. Las subastas también tienen sus riesgos, uno depende mucho de la suerte del día, de manera que parece mucho más interesante resolver el asunto fuera de la sala de subastas.

Celeste asintió.

—Aprecio mucho todos sus consejos.

—Todo ello forma parte de mi trabajo —dijo Julian—. Es un cuadro especial y me gustaría que hiciera un buen negocio. Sé lo mucho que representa para usted.

—Gracias —contestó Celeste.

—Solo queda un pequeño asunto por aclarar.

—¿Ah sí?

—La señora Colton viene al Reino Unido la semana que viene y vendrá a Londres para ver el cuadro. Al parecer ha estado haciendo sus propias averiguaciones sobre su familia y ha expresado su interés en conocerlas a todas y ver la mansión y los jardines.

—¿De verdad? —preguntó Celeste confusa.

—Creo que solo quiere saber un poco más sobre la historia del cuadro. Un cuadro de rosas que pertenece a una familia de cultivadores de rosas que vive en una mansión medieval con un foso parece haber despertado su imaginación. Es estadounidense. Allí no cuentan con nada semejante. Estaba muy ilusionada con la posibilidad de visitar Little Eleigh Manor.

—¿La ha invitado a visitar la mansión?

—Sí —dijo Julian—. Le dije que pensaba que no habría problema, pero que tenía que hablar con usted primero. Entonces, ¿qué opina?

Celeste dejó una pausa antes de contestar.

—Para decirle la verdad, no estoy muy segura —dijo, muy nerviosa de repente.

—¿No? —dijo Julian—. Solo será un par de horas y la visita significaría mucho para ella. Vuela desde Estados Unidos solo por el cuadro y, por lo que tengo entendido, es toda una anglófila. La visita la haría muy feliz. Y yo la acompañaría, por supuesto, usted no estaría sola con ella en ningún momento.

Celeste asintió, comprensiva.

—Pero puedo entender que no quiera recibir a una desconocida en su casa —siguió Julian—. Si usted me lo dice, le comunicaré que no es posible.

Celeste se mordió el labio. Sentía haber comentido una injusticia.

—Claro que puede venir —dijo finalmente—, haremos sándwiches de pepino y un bizcocho, si cree que le gustará.

—¿De verdad? —dijo Julian—. Seguro que estará encantada.

—Y yo seguiré pensando en su talonario —bromeó Celeste.

Julian se rio.

—Entonces, ¿voy fijando el día y la hora de la visita?

Celeste asintió.

—¿Y cómo acabaron las cosas en Lavenham? —preguntó—. ¿Encontró un buen local para la tienda de antigüedades?

—Me temo que no —dijo Julian—. Siempre faltaba algo.

—¿Va en serio con el tema?

—Pues claro —dijo Julian—. Ya va siendo hora, ¿sabe? Y usted me inspiró.

—¿*Yo*, inspirarlo? —dijo sorprendida.

—Con su valentía al decidir vender sus cuadros y seguir adelante.

—Pero eso no era valentía, ¡solo era pánico!

Julian sonrió.

—Da igual, me hizo pensar en mi futuro y en empezar a mirar hacia delante.

—Bueno, me alegro por usted. Creo que le irá bien.

—¿De verdad?

Celeste asintió.

—Tiene la personalidad adecuada.

—¿En serio? —Julian parecía asombrado.

—Le gusta la gente. Tiene buen trato. Seguro que estarán haciendo cola para visitar la tienda.

—Gracias —dijo algo avergonzado.

Celeste dejó una pausa antes de seguir hablando.

—¿Julian?

—¿Sí?

—Su hermano…

—Sí, le debo una disculpa si le ofendió ayer. Puede ser un poco… —Julian se detuvo— insensible.

Celeste estaba observando a Julian, pensando si tendría el valor para decir lo que quería comentarle.

—Quería preguntarle algo acerca de él —empezó tímidamente—. Me recordó alguien.

—¿De verdad?

Asintió.

—¿A quién? —insistió Julian.

Celeste respiró hondo.

—Mi madre —le dijo.

—Ah —dijo Julian—. ¿Tenía un trastorno de personalidad?

Celeste frunció el ceño.

—¿Qué quiere decir?

—Miles, mi hermano, sufre de un trastorno de personalidad, aunque me daría una paliza si yo le sugiriera tal cosa. Se llama trastorno narcisista de la personalidad, por decirle su nombre completo. Se trata de un trastorno de espectro con una gran variedad de características, algunas más visibles que otras. En resumen, cien veces peor que la persona más egocéntrica que uno se puede imaginar. Le resulta imposible empatizar con otras personas y, si no le das lo que quiere, se puede encender sin aviso previo.

Celeste parpadeó.

—Todo eso me suena increíblemente familiar —dijo—. ¿Dice que se trata de un trastorno reconocido como tal?

Julian asintió.

—Se pueden encontrar toneladas de información sobre el tema en internet, incluso pruebas para comprobar si alguien se ajusta a ese diagnóstico. Es fascinante —dijo—. Antes de encontrar esa información, me volvía loco. No podía entender por qué

Miles decía las cosas que decía ni por qué actuaba de las maneras más imperdonables para, al minuto siguiente, volver a comportarse como si no hubiera pasado nada.

Celeste soltó una carcajada, para taparse la boca enseguida, avergonzada.

—¿Sabe a lo que me refiero?

—Bastante bien —dijo Celeste, mirando el suelo, con recuerdos dándole vueltas por la cabeza. Se levantó y cerró la puerta del salón, consciente de cómo las confidencias de Julian la estaban intrigando y ansiosa por saber y compartir más con él.

—Mi madre —empezó mientras se volvía a sentar— consideraba la más mínima ofensa a su orgullo como razón suficiente para amenazar con repudiarme e ignorarme durante días, a veces semanas. Y, después, volvía a actuar como si no hubiera pasado nada. Y eso me dejaba confusa. Con ella siempre debía ir con pies de plomo, preguntándome cuándo volvería a estallar. *Cuándo*, no *si*... Porque esa era la única certidumbre: volvería a pasar.

—Justo como con Miles, entonces —dijo Julian.

—Entonces, ¿no es solamente orgullo, vanidad o egoísmo? —preguntó Celeste.

—No, no. Es algo mucho más profundo y, me temo, no tiene fácil arreglo. No hay una pastilla o una cura mágica. Este tipo de trastorno está tan arraigado que es casi imposible que la persona cambie. Una de las razones por las que son incapaces de cambiar es que se creen siempre con razón. Son perfectos, ¿entiende?, y, si uno se atreve a desafiarlos, dirán que el mundo entero está equivocado.

—Sí —dijo Celeste, asintiendo—. Exactamente eso.

—Más de una vez he intentado hablar de estas cosas con Miles para decirle que ese comportamiento es inaceptable y que no lo soportaré más tiempo y, a veces, creo que me entiende, pero no es así. Puede haber un periodo tranquilo en nuestras vidas en el que somos capaces de interactuar como personas normales, casi creo entonces que ha cambiado, que me ha hecho caso y ha entendido mis palabras, pero entonces estalla la siguiente explosión y me doy cuenta de que no ha cambiado en absoluto y que nunca lo hará.

Celeste escuchó sin interrumpirlo, observando a Julian sentado en el borde del sofá, sus manos juntas sobre las rodillas. Lo estaba comentando todo tan tranquilamente, pero Celeste no podía dejar de pensar que, en su interior, Julian estaría igual de nervioso que ella.

—¿Nunca ha tenido la tentación de huir de todo eso? —le preguntó ella.

—He pensado muchas veces que sería más fácil romper la relación que tengo con él —contestó— y dejarlo todo atrás, pero no podría soportarlo. No me parece correcto, aunque parezca la solución más cuerda, porque es un ciclo interminable de abusos emocionales. —Se detuvo—. ¿Se encuentra bien?

Celeste asintió, consciente de las lágrimas que brotaban de sus ojos. Nunca había hablado con nadie de aquel tema, por lo menos en una conversación de verdad. Sus hermanas sabían alguna cosa sobre lo que había pasado entre Penélope y ella, pero habían estado demasiado cerca de todo y eran incapaces de ayudarla. Saber que no era la única persona que había vivido una situación similar supuso un gran alivio para ella.

—Nunca lo había visto como un abuso emocional —le comentó a Julian.

—Me temo que lo es —dijo este, con una sonrisa tímida— y lamento saber que usted también lo ha vivido. A veces, pienso que sería preferible que Miles me pegara y punto. Creo que sería menos doloroso a largo plazo y, por lo menos, la gente entendería lo que pasa, pero este tipo de abuso, bueno, la gente no lo entiende de verdad, a no ser que lo hayan vivido también...

Celeste miró la chimenea fijamente, su vista borrosa por las lágrimas.

—Siempre pensé que era un defecto mío lo que la hacía actuar de esa manera.

Julian negó con la cabeza.

—Nunca ha sido culpa suya, Celeste.

—Pero todas las cosas que me dijo.... ¿De dónde venían?

Julian suspiró.

—Miles a veces también dice cosas muy vejatorias y se guarda otras , cosas triviales, a menudo de hace años. Parece que se van acumulando en su cerebro y, de repente, salen en una avalancha repugnante y abusiva. A veces, siento que me ha atropellado un camión y que es un milagro que haya salido vivo.

Celeste levantó la mirada hacia él.

—Nunca sabía qué hacer o decir cuando mamá se ponía así. No encontraba las palabras adecuadas y, entonces, no decía nada. Intenté quitármelo de la cabeza y decirme a mí misma que me lo había imaginado y que no podía haber dicho esas cosas de verdad, pero, luego, volvía a pasar exactamente lo mismo.

Estuvieron allí sentados en silencio unos instantes, como si estuvieran midiendo las palabras que intercambiaban y los recuerdos que compartían.

—Me gustaría ser capaz de borrar las cosas que me dijo, pero no puedo —dijo Celeste—. Lo intenté. *Realmente* lo intenté, pero siguen estando ahí, siempre preparadas para salir a la superficie y volver a dejarme destrozada.

—Pero tiene que seguir intentándolo —le dijo Julian—. Tiene que dejarlo pasar. Para mí, ahora que somos mayores, me resulta más fácil lidiar con Miles. No tenemos que vernos si no queremos, pero, cuando éramos niños, era muy diferente.

—¿Ya era así de niño?

Julian asintió.

—Y, en aquel momento, no había escapatoria. Mamá y papá

solo pensaban que era un poco inoportuno y egoísta, pero esos rasgos empeoraron con el tiempo. Sabía que algo raro le pasaba, pero solo caí en la cuenta el día que leí un artículo online sobre su condición. De repente, todo tenía sentido. Repasé la lista de características del trastorno narcisista de la personalidad y mi hermano prácticamente se ajustaba a todas. No podía creer lo que estaba leyendo. Ahora lo observo como si fuera un objeto de investigación en vez de un ser humano. Es extraño.

—¿Y nunca ha querido cortar con él? —dijo Celeste.

—A veces, sí, pero no me sentiría bien —contestó—. Siempre hay días, algunos días geniales, en que parece tan normal y vivaracho que es imposible *no* quererlo. Pero, después, vuelven a aparecer las grietas y sale el verdadero Miles y la otra persona de la que acabas de ver un destello se desvanece. —Julian tomó un sorbo de té—. Seguro que usted también ha tenido días buenos con su madre, ¿verdad?

Celeste se rio.

—Está todo tan mezclado en mi cabeza que los momentos buenos están, de alguna manera, siempre conectados con los malos.

—¿Como cuál? —preguntó.

Celeste se detuvo un instante a pensar.

—Como el día que me compró esta muñeca de trapo. Yo tenía unos ocho años. Recuerdo haberla visto en una tienda en la ciudad y que no podía apartar la mirada de ella. Bueno, mamá entró en la tienda y me la compró. ¡Me encantaba esta muñeca! La solía sentar en el pie de mi cama y hacerle ropita. Pero siempre recordaré lo que dijo mamá cuando me lo compró. «¿Tu padre no te compra regalos como este, verdad?» Me pareció un comentario muy extraño por parte de mi madre, no lo entendí en aquel momento, pero ella solía decir cosas así muy a menudo. Era como si se quisiera medir contra los demás.

—¿Como si tuviera que ser la mejor? —sugirió Julian.

—Exacto.

—Miles también es así. Un día, íbamos a una fiesta juntos para celebrar el cumpleaños de un amigo. En realidad, era un amigo de Miles, pero habíamos coincidido un par de veces y me caía bastante bien. Bueno, le pregunté a Miles si tenía alguna idea sobre algún detalle que le pudiera regalar. Me habían dicho que le gustaba el *whisky* y Miles me dijo «Cualquier botella irá bien. No te gastes mucho». Bueno, acababa de pedir una hipoteca para mi piso en Londres y no tenía un céntimo, pero, al final, encontré una botella bastante decente. Entonces, llegué a la fiesta y me quedé perplejo al ver a Miles regalarle la botella de whisky puro de malta más cara que había visto en mi vida. Ya se puede imaginar mi vergüenza cuando le di mi botella.

—Eternamente competitivos —reconoció Celeste—. Eso me volvía loca. Mamá siempre tenía la necesidad de compararse con los demás. Decía cosas del estilo «Tu tía Louise no sería capaz de hacer mi trabajo» o «La tía Leda está perdiendo pelo. ¿Has visto? No lo tiene tan fuerte y reluciente como yo». Como si a mí me importaran esas cosas.

Julian sonrió comprensivo.

—También era capaz de ser encantadora con la gente —siguió Celeste—. Yo la podía estar mirando con estupefacción mientras ella los entretenía. Se transformaba en una criatura alegre y deslumbrante que tenía a la gente fascinada con sus historias, mientras yo intentaba conectar a la persona que tenía delante con la otra que conocía tras las puertas cerradas.

Julian asintió, como si la comprendiera.

—También podía desplegar ese encanto para hacer amigos. Y la vi mostrarse encantadora muchísimas veces. Tenía mucha facilidad para trabar amistades, pero ninguna para mantenerlas. Tarde o temprano, algo en ella se encendía. Siempre ocurría así.

Los únicos amigos que conseguía mantener eran los que no veía muy a menudo. Esos tenían la suerte de esquivar las explosiones. Por eso sabía que tenía que alejarme —dijo Celeste— y por eso también me precipité con mi matrimonio. Fue un error, pero, en ese momento, me pareció una manera maravillosa de escapar. Intenté construir algo para mí, una nueva vida, pero, en realidad, no hice más que cambiar un problema por otro. —Cerró los ojos.

—Mire… —Julian se levantó del sofá—. La he cansado con todo eso.

Celeste también se levantó, bruscamente.

—No, no —dijo—. Bueno, solo un poco... Lo que pasa es que no acabo de entenderlo todo.

—Es porque hay demasiadas cosas que entender —dijo Julian—, pero yo podría ayudarla a procesar todo lo ocurrido en el pasado. Por lo menos, para ayudarla a entender que nada de todo aquello fue culpa suya. Yo tardé siglos en comprenderlo, me volvía loco intentando entender lo que podría haber hecho para cambiar la situación. Eso es lo que no debe hacerse a sí misma, Celeste. Es usted buena persona. Una buena persona de verdad. —Tenía una expresión dulce y amable en sus ojos, Celeste se sintió muy emocionada con esa muestra de afecto.

—Gracias —dijo—. Todo eso es tan… tan increíble. —Esbozó una pequeña sonrisa—. Pero me ha gustado mucho hablar con usted. Nunca he tenido la posibilidad de hablarlo con Gertie y Evie.

Julian la entendía.

—Y si, algún día, le apetece hablar más, hablar de cualquier cosa, ya sabe dónde encontrarme —dijo.

Celeste asintió.

—Cuídese —dijo Julian, estirando una mano para apretarle el hombro, un gesto sencillo que hizo que los ojos de Celeste brillaran con lágrimas.

20

Gertie estaba hundiendo una estaca donde sujetar un rosal fabuloso de flores color rosa llamada *Summer Blush*. Aquella rosa era uno de los éxitos comerciales de las Hamilton, pero en esa época del año, con tanta flor abierta, necesitaba un poco de ayuda. Gertie se tomó su tiempo, la sujetó con cariño y clavó su nariz en una de las flores más espectaculares, cuyo aroma hizo del mundo un lugar mejor al instante.

Suspiró, deseando que las rosas tuvieran el poder de eliminar todas las preocupaciones. James había estado inalcanzable, le había estado enviando mensajes con una excusa tras otra, explicándole por qué no se podían ver y cortando sus breves conversaciones cuando Gertie intentaba hablar de su futuro.

Desde la gran sesión de bollería de madrugada, había intentado evitar la conversación con Celeste, se decía que no era el momento adecuado para hacerle confesiones de ningún tipo. Estaba desesperada por hablar con alguien de la situación en la que se encontraba, pero le preocupaba lo que pudiera pensar su hermana mayor. Celeste nunca había sido una persona que juzgara a la gente, pero Gertie temía la reacción que pudiera tener al enterarse de su relación con un hombre casado. Las reacciones de una persona nunca eran completamente previsibles, ¿verdad? Y Gertie temía que Celeste pudiera menospreciarla.

Una y otra vez, Gertie se maldecía a sí misma por el problema en el que se había metido. «¿Por qué, *por qué* no podría haber conocido a otro? ¿*Cualquier* otro?» Pero era una locura dar vueltas a una cosa sobre la que no tenía ningún control. Gertie era una de esas personas que se dejaban guiar por su corazón e intentar razonar sobre el asunto no la ayudaría nada. Estaba enamorada, cosa que no cambiaría por un par de palabras de reproche que se hiciera a sí misma sobre la moralidad de la situación.

Justo cuando había terminado de colocar la rosa *Summer Blush* en su sitio, vio a un joven cruzando el puente sobre el foso. Alto y con cabello rubio despeinado que le tapaba parte de la cara, llevaba una mochila enorme.

—¿Lukas? —gritó Gertie, encantada con la sorpresa.

Este levantó una mano para saludar y se estrecharon las manos cerca del arriate redondo, delante de casa.

—¿Qué tal, señorita Hamilton?

—¡Gertie! Tienes que llamarme Gertie. Y yo estoy muy bien, gracias. ¿Y tú? No sabía que volverías.

—Bueno —dijo Lukas, mirando sus enormes botas de marcha—, no estaba muy seguro acerca de mis planes pero... me gusta este sitio. Lo he echado de menos

Gertie asintió, ella sabía exactamente a lo que se estaba refiriendo: Lukas había echado de menos a Evie.

—Entonces, ¿cómo está todo el mundo? —continuó Lukas.

Gertie respiró hondo.

—Creo tener malas noticias.

—¿Vuestra madre?

—Sí. Falleció en mayo.

—Vaya, lo siento mucho. ¿Cómo lo estáis llevando? ¿Cómo se lo ha tomado Evie?

—Muy mal —dijo Gertie—. Tiene sus días buenos y otros menos buenos.

Lukas asintió.

—Me habría gustado estar aquí con ella.

—Creo que ha sido mejor que no estuvieras —le dijo Gertie—. De todos modos, mira, hablemos de otra cosa. Dime, ¿qué tal… *dónde* dijiste que querías ir?

—Por todas partes —contestó—. Viví en Cornualles una temporada y pinté en St. Ives. Luego me cambié al Distrito de los Lagos y finalmente a Londres para visitar las galerías.

—¿Y ahora has vuelto a Suffolk?

Lukas sonrió.

—Es un buen lugar para un artista.

—Sí que lo es —confirmó Gertie, recordando conversaciones que habían mantenido en el pasado sobre Gainsborough y Constable.

—¿Y… está Evie? —preguntó tímidamente Lukas.

Gertie asintió.

—Creo que está plantando en el cobertizo. Sígueme.

Cruzaron el jardín hacia la fila de cobertizos donde guardaban todo tipo de herramientas y artilugios necesarios para el cultivo de rosas.

—¿Evie? —llamó Gertie—. ¡No te imaginas quién ha venido!

Por la puerta asomó la cabeza rubia de Evie, quien se quedó boquiabierta por la sorpresa, con sus ojos oscuros como platos.

—¿Lukas?

—Hola, Evie —dijo este, acercándose para plantarle un beso en la mejilla, antes de que ella pudiera protestar.

—¿Qué haces aquí?

—He venido a verte —dijo, apartándose el flequillo rubio que le había tapado los ojos.

Hubo un silencio molesto, mientras los dos se quedaron

mirándose el uno al otro, cada uno esperando que el otro dijera algo. Gertie rompió aquel momento embarazoso.

—¿Y no le vas a invitar a tomar un té o a comer algo? —preguntó a su hermana.

—Supongo que sí —dijo Evie, visiblemente molesta con el hecho de que un joven muy apuesto y afable hubiera interrumpido sus faenas.

21

Evie estaba rompiendo macetas mientras Lukas intentaba hablarle.

—Deja que te ayude —le dijo.

—No necesito tu ayuda —le respondió Evie.

—¡Pero si quiero ayudar!

—No podemos permitirnos el lujo de volver a contratarte — dijo Evie, evitando su mirada.

—¿Crees que he venido por trabajo?

—¿No es así?

—No —le contestó—. Ya te lo he dicho: he venido para verte.

—Bueno, entonces, ha sido un placer volver a verte, pero ahora tengo que volver al trabajo. —Evie le dio un empujón al tratar de pasar para ir hacia los arriates de flores, podadera en mano.

—Había pensado en quedarme aquí como hice la última vez —sugirió Lukas, siguiéndola.

—¿Qué? —estalló Evie.

—¿Quedarme aquí?

—Imposible —dijo bruscamente.

—¿Por qué?

—Porque estamos haciendo reformas en la casa y ya hemos acogido a otra persona.

—¿En mi antigua habitación? —preguntó Lukas.

Evie no contestó. Se sintió injusta, porque quedaban muchas habitaciones que Lukas podría utilizar, pero no estaba segura de cómo soportaría su presencia continua. Todavía se estaba recuperando del impacto de su regreso.

—Ayudaré con las tareas —añadió Lukas.

—No estoy segura de que eso sea una buena idea, ¿vale? —El tono de voz de Evie hizo que Lukas se estremeciera y se echó atrás.

—Vale —dijo.

Evie suspiró.

—Mira, Lukas, no sé a qué has venido aquí, pero me temo que puedes haber hecho el viaje en vano.

—Eso lo tendré que decidir yo, ¿no?

Evie se detuvo un momento, en contra de su voluntad.

—No hay nada entre nosotros —dijo en voz baja.

Lukas inclinó su cabeza hacia un lado.

—Pero había algo, ¿no es cierto? —dijo, con una mirada confusa.

Suerte que Evie tenía las manos metidas en el compost hasta los codos, así pudo ocultar su temblor.

—Necesito un poco de espacio, Lukas —dijo.

—¿Espacio? Pero si he estado lejos durante meses —protestó Lukas.

—Por favor... —continúo Evie, con sus ojos transformados en dos pozos de vulnerabilidad.

—Escucha —dijo Lukas—, siento mucho lo de tu madre. Sé que la querías mucho y es horrible tener que pasar por eso, pero no tienes que hacerlo sola, porque yo no pienso abandonarte, Evie —argumentó—. No sé lo que está pasando aquí, pero sí que sé que teníamos algo bonito. ¡Algo *realmente* bonito! ¿Evie? ¿Me estás escuchando?

Evie negó con la cabeza.

—No —dijo—, y creo que será mejor que te vayas.

—Vale —dijo Lukas—. Me iré. De momento. Pero esto no ha terminado, ¿sabes? No voy a abandonar tan fácilmente.

Metió las manos en los bolsillos y Evie lo vio girar para marcharse, los hombros caídos y con el paso de un pretendiente rechazado. Evie se quedó mirándolo, mordiéndose el labio inferior por los nervios, preguntándose si no acababa de cometer un error tremendo.

El mismo día por la tarde, Evie estaba limpiando el polvo en la habitación de Esther, el trapo volando por las superficies como si estuviera poseída. Cuando llegó a la colección de estatuillas, Esther ladró desde su butaca.

—¡Prefiero limpiar esas yo misma, gracias!

—¿Quiere que la ayude o no? —preguntó Evie, el ceño muy fruncido.

—No cuando estás de mal humor.

—¿Qué mal humor? ¡Yo no estoy de mal humor!

—Claro que no.

Evie se detuvo, plumero en mano.

—Solo es que… que…

—¿Qué?

—Ha vuelto Lukas —se le escapó sin pensar.

—¿Quién es Lukas, un gato errante? —preguntó Esther.

—No. Un hombre errante.

—Ah… —dijo Esther.

Evie suspiró.

—Estuvo aquí a principios de año, haciendo algunos trabajos en el jardín mientras mamá estaba enferma y yo tenía que cuidarla. Es un estudiante de arte y ha estado trabajando en muchas zonas de Inglaterra buscando… lo que sea que estén buscando los artistas.

—Y te ha puesto el ojo encima, ¿verdad?

—Algo así.

—¿Pero él a ti no te gusta?

Evie torció el plumero amarillo en sus manos, como si estuviera estrujando el cuello de alguien.

—Me gustaba —dijo—, pero no pensé que lo volvería a ver. No le pedí que volviera.

—Entonces, dile que se vaya. Si no estás interesada, tendrá que hacerte caso —dijo Esther.

Evie hizo como si no hubiera escuchado las palabras de la anciana.

—Yo no le pedí nada —dijo—. Le dije que se fuera.

—¿Qué quieres decir? —dijo Esther, girando su butaca y observando detenidamente a la chica— ¿Evie? ¿Por qué eso te está perturbando tanto?

Pero Evie no contestó. Se limitó a negar de la cabeza y dejó la habitación, plumero en mano.

22

En una casa tan amplia como Little Eleigh Manor, con apenas tres personas viviendo allí, uno podría pensar que sería fácil salir sin que nadie lo advirtiera, pero la experiencia le había demostrado todo lo contrario a Gertie.

Solo había cruzado la mitad del pasillo cuando escuchó la voz de Evie desde el salón.

—¿Adónde vas tú?

—¿Y por qué crees que me voy? —dijo Gertie, deteniéndose un instante.

—Porque andas con la zancada con la que sueles marcharte.

—Si quieres saberlo, me voy a dar un paseo.

—¿Te puedo acompañar? —Evie ya se había levantado y había salido al pasillo y estaba observando a su hermana.

La cabeza de Gertie daba vueltas como loca, buscando excusas, pero su hermana la compadeció.

—Venga, vete entonces —dijo—. Llévate tu volumen de poesía o lo que sea que te leas bajo la sombra de alguna ruina.

Gertie notó que se sonrojaba.

—Nos vemos luego.

Salió de la casa, inquieta al temer que Evie decidiera seguirla porque, efectivamente, iba en dirección de una ruina, la pequeña ermita situada en la otra orilla del río. Por suerte, Evie no le había preguntado por el vestido. Gertie había escogido su vestido preferido, le encantaba su tela, muy fina, y el color, exactamente igual que el de las nuevas campánulas azules.

La tarde era cálida y una luz dorada inundó el valle del río Stour, transformando el río en un destello maravilloso. Una ligera brisa hizo susurrar las hojas de los sauces y a Gertie le impresionó su sombra interminable.

Después de la escapada romántica a Cambridge, tendría que haber estado más contenta, pero, desde entonces, solo había visto a James un par de veces y ambos encuentros habían sido terriblemente breves. Y en los mensajes que le había escrito se había limitado a explicar lo ocupado que estaba él o lo necesitada que estaba Samantha.

«Perdóname, Gertie xxx»

¿Cuántas veces le había perdonado ya? Y, de verdad, ¿tenía ella alguna otra opción desde la posición en que se encontraba? No tenía ningún derecho a exigirle nada, pero, aun así, no podía dejar de sentirse enormemente decepcionada, cada vez que le había fallado. ¿Acaso verlo de vez en cuando era pedir demasiado? Lo único que quería era estar con él, para que la abrazara y la besara. Cuánto echaba de menos esos besos. Todas las noches, sola en su cama individual, imaginaba cómo sería tener a James allí con ella. Cómo sería revolcarse en una cama doble y besar sin prisas al hombre que amaba. Y más sabiendo que la mujer con la que él estaba compartiendo la cama en ese momento no lo quería cerca de ella.

«Pero —pensaba mientras buscaba su camino entre vacas negras y blancas—, hoy, por lo menos, lo veré.» Enormes cabezas levantadas observaron su progreso un instante y también en un instante decidieron que no merecía la pena y volvieron a su cena. Aquello parecía una escena de una novela de Thomas Hardy y Gertie no podía evitar sentirse como una de sus heroínas malditas, enamorada del hombre equivocado en el momento equivocado, preguntándose cómo terminaría la historia.

«No pierdas la esperanza —se repitió a sí misma—. Está de camino deseoso de verte.»

No estaba segura de cómo ni tampoco de cuándo pero, algún día, James sería suyo y podrían ir a vivir a su pequeño pueblo italiano, para crear su propia familia. Gertie se había agarrado a este sueño durante los meses oscuros de la enfermedad de Penélope. Ese sueño había sido lo único que le había permitido seguir cuerda, el único pequeño atisbo de luz en un mundo oscuro.

Pero, al llegar a la ermita en ruinas, allí no estaban ni James ni Clyde. Comprobó la hora en su reloj. ¿Había llegado antes? No. Cruzó la hierba alta y amarilla, admirando unas scabiosas azules, y encontró un pequeño muro donde sentarse. Las piedras ásperas la arañaron a través del delicado tejido de su vestido. Debería haberse puesto una chaqueta. La tarde refrescaba rápidamente.

Gertie contempló los antiguos terrenos de la ermita. Más allá de las briznas rosadas de las pequeñas adelfas había dos manzanos, con sus frutos pequeños y duros como una pelota de golf. Gertie no pudo evitar preguntarse si todavía estaría viéndose con James en secreto cuando los frutos estuvieran maduros. Había pasado un año desde su primer encuentro. Un año entero de citas secretas y promesas de que, un día, formarían una pareja normal, pero, con el paso del tiempo, le costaba cada vez más creer que ese día llegaría.

Con la luz del cielo apagándose, Gertie llegó a la conclusión de que James no aparecería. Había mirado su teléfono una docena de veces, pero no había ningún mensaje, cuando, de repente, se acordó de su escondrijo secreto. Se bajó del muro y fue caminando por el antiguo portal arcado de la iglesia, acercándose así a lo que, un día, había sido el altar. Allí, a unos quince centímetros del suelo, medio oculto por las malas hierbas, había un hueco y en su interior encontró un gran pedernal. Gertie lo sacó y encontró un trozo de papel. Lo abrió.

> *No tenía cobertura, así que pensé en dejarte una nota en nuestro escondrijo secreto. Vine pronto, esperando que estuvieras aquí. S. no se encuentra bien hoy, así que no me puedo quedar. Te echo mucho de menos. Te quiero. J xx*

La decepción dejó a Gertie destrozada. Después de haber esperado ese día durante tanto tiempo, no lo vería. Cerró los ojos y, cuando los volvió a abrir, ya se estaba haciendo de noche y se dio cuenta de que no le quedaba mucho tiempo para llegar a casa sana y salva.

Dejó atrás aquellas ruinas y debería haber ido directo a casa, pero algo hizo que cogiera un camino a través del campo, en dirección al pueblo, sus pies andando inestablemente sobre las huellas que había dejado un tractor.

«¿Qué te crees que estás haciendo?», preguntó una vocecita en su cabeza.

—Solo quiero verlo —se contestó.

«No seas tonta. ¡Vete a casa! »

Pero una necesidad loca que sentía en sus entrañas hizo que caminara hacia la granja reformada del otro lado del pueblo. Las luces estaban encendidas e iluminaban los alrededores de la casa a través de los enormes ventanales. Gertie se acercó poco a poco. A través de un hueco que encontró en el seto trasero de la casa, podía ver bastante bien, la sombra la mantenía oculta. Aquello era ridículo, pero no era capaz de parar. Necesitaba verlo, aunque fuera solo un destello.

Ahogó un grito cuando lo vio sujetando una fuente de cerámica llena de lechuga, que dejó encima de la mesa antes de acercar a Samantha en su silla de ruedas. Gertie observó la escena con asombro y envidia y vio a James tomar asiento. Estaba mirando en dirección de la ventana y Gertie deseó con todo su corazón que pudiera notar su presencia, allí fuera bajo el crepúsculo.

Los estuvo observando mientras comían. James estaba sonriendo. ¿Por qué sonreía cuando no estaba con ella?, se preguntó. Siempre decía que era infeliz en casa.

«A lo mejor, está pensando en ti», dijo la vocecita en su cabeza. Entonces, ella también sonrió, sin poder evitar sentirse herida porque James estaba con Samantha en vez de con ella.

Y entonces ocurrió: Gertie lo contempló como si estuviera pasando con cámara lenta. James se inclinó en su silla y extendió la mano para coger la de su esposa y acariciarla con sus largos dedos, con un gesto tan dulce y romántico que a Gertie se le saltaron las lágrimas. ¿Un hombre que ya no estaba enamorado de su mujer actuaba así? ¿Un hombre que estaba pensando en *dejarla* se comportaba de ese modo?

Gertie se giró, con la cabeza nublada y confusa y las lágrimas recorriéndole el rostro. ¿Qué estaba pasando? La quería a *ella*, ¿verdad? A Samantha no. Eso era lo que siempre le había dicho . Que Samantha era una cruel manipuladora. Que le agotaba toda su energía. Se lo había contado una y otra vez.

«Estoy enamorado de ti», le solía decir, pero, al verlo con Samantha en la intimidad de su casa, ya no estaba tan segura de creer aquellas palabras suyas.

Celeste había estado escondiéndose en el estudio, con la puerta bien cerrada y la radio puesta, en un intento de tapar el ruido de golpes producido por el señor Ludkin y su hijo, quienes habían tomado el ala norte por asalto. Empezar con la reforma antes de haber vendido los cuadros era un poco arriesgado, pero ya no podían esperar más y había que frenar aquello: la enorme brecha del techo y los daños que podía producir la lluvia la forzaron a decidirlo así. Además, Julian parecía bastante convencido de que estaban a punto de hacer un buen negocio con el Fantin-Latour, lo cual significaba que entraría dinero en la cuenta en breve.

Justo cuando estaba pensando en buscar información en internet sobre trastornos de la personalidad, Evie entró como un huracán.

—Entonces, ¿qué vamos a hacer? —preguntó la hermana pequeña, sin ningún tipo de preámbulo. Evie solía actuar así, siempre esperaba que la gente pudiera leer sus pensamientos y seguir su razonamiento.

Celeste frunció el ceño.

—¿Hacer de qué?

—¡Del *cuadro*!

—¿Qué cuadro?

Evie suspiró y se puso las manos en las caderas, en señal de frustración ante la incapacidad de Celeste para entender de lo que estaba hablando.

—¡El cuadró que Simone nos robó!

—Ah, ese cuadro —reaccionó Celeste.

—No me digas que se te había olvidado —dijo Evie antes de entrar en el estudio y sentarse en la antigua silla de su madre.

Celeste tragó saliva con dificultad. Ella nunca se había atrevido a sentarse ahí, y Evie lo había hecho con toda tranquilidad.

—La verdad —dijo Celeste—, no he pensado mucho en ese asunto. ¿Dónde está Lukas?

—¿Qué tiene que ver Lukas con esto? —dijo Evie, y Celeste advirtió que su hermana se había sonrojado.

—Gertie me dijo que había vuelto. Me gustaría verlo.

—Bueno, se ha vuelto a ir, ¿vale?

Después de una pausa incómoda, Evie continuó.

—Entonces, ¿vas a dejar que se salga con la suya, es eso?

—¿Con qué?

—¡Con el *cuadro*!

—No se trata de dejar o no que salga con la suya —dijo Celeste.

—¡No! Ya sé cómo eres. ¡Harías *cualquier* cosa para evitar tener que enfrentarte con ella y eso está *muy* mal, Celly!

—Entonces, ¿qué es lo que propones? No podemos llevárnoslo sin más y no creo que papá nos creyera si se lo contamos. Negaría saber nada del tema y todo el asunto nos dejaría con mal sabor de boca. Ya sabes cómo es Simone, sería capaz de torcerlo todo, y dejarnos a *nosotras* como las culpables.

Evie negó con la cabeza.

—No puedo creer que se lo vayas a dejar.

—No creo que tengamos una alternativa.

—Pero ese cuadro era de nuestros abuelos —dijo Evie, sabiendo que era el punto débil de su hermana.

Efectivamente, Celeste soltó un suspiro de rendición.

—Tú quieres recuperar ese cuadro tanto como yo —siguió Evie—y, si tú no quieres hacer nada para tenerlo aquí de vuelta, ya me encargo yo.

De camino a la casa de Gloria Temple para mantener una reunión con la organizadora de la boda, Evie todavía estaba furiosa. Sabía que Celeste estaba lidiando con muchos asuntos a la vez en este momento, pero también pensaba que un cuadro robado merecía que se le diera un poco más de prioridad y más sabiendo en cuánto se habían tasado los otros cuadros. Negó con la cabeza mientras conducía por el paisaje sinuoso, reduciendo la velocidad para adelantar un caballo antes de entrar en el inmaculado camino que llevaba a la entrada de Blacketts Hall. Se tomó un par de minutos para tranquilizarse, pasándose los dedos por el cabello que todavía lucía un espantoso matiz rubio.

Abrió la puerta de la furgoneta, bajó del vehículo y entonces vio a un joven de espaldas junto al gran seto de tejo. Aun así, Evie lo reconoció enseguida.

—¿Lukas? —dijo.

El chico se giró.

—¡Evie! —dijo, visiblemente emocionado con ese encuentro. No se podía decir lo mismo de Evie.

—¿Qué *demonios* estás haciendo aquí? —le dijo, intentando evitar mirar sus fuertes brazos bronceados, un intento que falló estrepitosamente.

—Colgué un anuncio en unas tiendas del pueblo y la señora Temple me contrató —dijo, con una gran sonrisa demasiado encantadora como para que ella pudiera ignorarla.

—Creía que habías dejado Suffolk —dijo Evie.

—¿Qué te ha hecho pensar eso?

Pero Evie no tuvo la oportunidad de contestar porque apareció Gloria Temple.

—¡Ah, Evie! ¿Estoy interrumpiendo algo? —Su mirada pasaba de Evie a Lukas—. ¿Os conocéis?

—Sí —dijo Lukas.

—No —respondió al tiempo Evie.

—¡Ah —dijo Gloria, uniendo sus manos cargadas de diamantes —, qué confusión! Bueno, empecemos, ¿vale? Carolina está aquí y te quiere hacer unas preguntas acerca de tus hermosas flores.

Siguió entonces una hora intensa con la organizadora de la boda que había contratado Gloria. Durante la hora entera, con Carolina taladrando todos los detalles planeados para el gran día de Gloria, Evie se sintió como la última sirvienta.

Evie estaba sentada en un gran sofá de cuero negro que daba a la ventana desde donde se podía ver el camino de entrada y no pudo evitar que su mirada se desviara hacia Lukas, a media altura de unas escaleras, podando el follaje de la parte delantera del jardín. Él también estaba pendiente de Evie y la miraba y le hacía señales con la mano. Evie apartó la mirada enseguida.

—¿Evelyn? —dijo Gloria.

—¿Disculpe? —dijo Evie, volviendo a prestar toda su atención a la reunión.

—¿No te gusta la sugerencia de Carolina?

—Oh, ¡no! —dijo—. Quiero decir: no, no es que no me guste.

—¿Qué? —exclamó Gloria.

—¿Qué? —le sirvió de eco Carolina.

—¡Una bóveda de globos es una idea fantástica! —dijo Evie y vio cómo los rostros de las dos mujeres se relajaban. Evie suspiró. Reconocía que no era una gran aficionada de los globos. Los veía como algo barato, vulgar y pueril. Por lo menos, eso era lo que su madre solía decir, pero no tenía la intención de revelarlo, así que se limitó a sonreír—. ¡Globos! —dijo—. ¡Pongámoslos por todas partes!

Después de la reunión, Gloria acompañó a Evie hasta la puerta.

—Carolina es fantástica, ¿no crees? —comentó Gloria—. ¡No habría sido capaz de organizar nada sin ella!

—Yo sí —dijo Evie entre dientes—, con mucho gusto.

—Me alegro de que os hayáis conocido. Así me siento más tranquila. Por supuesto, también estará aquí el gran día, así que asegúrate de hablarlo todo con ella.

—Me apetece muchísimo trabajar con ella —contestó Evie, pensando que un relámpago podría fulminarla allí mismo por mentir, mientras estrechaba la mano de Gloria—. La veré en su gran día.

Gloria se rio.

—¿Te puedes creer que volveré a ser la novia?

Evie sonrió. Claro que se lo creía. También se estaba preguntando si volvería a llamar a Rosas Hamilton para la boda que, según las casas de apuestas, seguiría a esta dentro de dos o tres años.

Cuando Evie salió, Lukas todavía rondaba por allí de esa

manera suya tan persistente que la sacaba de quicio.

—Me gusta tu pelo así —dijo a media altura de la escalera.

—A mí no —dijo Evie—. Ha sido un error.

—Te pareces a Marilyn Monroe —le dijo, volviendo a la tierra. Ella le regaló una sonrisa sarcástica.

—¡Es verdad! —insistió Lukas.

—Bueno, ya te puedes despedir de mi pelo rubio, porque me lo voy a teñir de otro color.

Lukas hizo un gesto de despedida y Evie se desesperó. Entonces, una idea le pasó por la cabeza.

—¿Serías capaz de poner una escalera como esta encima de nuestra furgoneta?

—¿Por qué? —preguntó el chico.

—Solo te lo estoy preguntando.

—No veo por qué no —contestó Lukas—. Lleva una baca.

Evie asintió y frunció sus labios.

—¿Me harías un favor, Lukas?

Este dio un paso hacia ella.

—Ya sabes que haría cualquier cosa por ti —dijo.

—Bien, entonces —dijo Evie—, quizá tenga un trabajo para ti.

23

En uno de esos días perfectos de verano inglés, Kammie Colton decidió visitar Little Eleigh Manor. Julian había llamado con tiempo suficiente para que Celeste pudiera tenerlo todo preparado. Después de dar una última vuelta para asegurarse de que todo estuviera perfecto o lo más parecido a ello posible, teniendo en cuenta que al ala norte le faltaba medio techo y que había polvo por todas partes, dio un paseo por el jardín.

Las rosas estaban en el momento más álgido y Celeste se detuvo cerca de un arriate redondo de *Rosa Mundi* que estaban floreciendo como si de ello dependieran sus vidas, abriendo completamente sus pétalos rosas, con rayas en dos tonos, para permitir que sus estambres dorados bebieran la gloriosa luz del sol. El verano era la temporada más espectacular y Kammie Colton no podía haber escogido un día mejor para ver los jardines, pensó Celeste, arrancando de un pellizco un capullo marchito entre la uña de su dedo y su pulgar con un gesto rápido y sencillo que era capaz de hacer de manera instintiva y casi sin pensar mientras estaba paseando por el jardín. Sin embargo, se maldijo a sí misma un minuto más tarde por haber salido del sendero para pellizcar otro capullo marchito y terminar con el vestido atrapado en una espina malvada de una rosa Portland. Después de haberse planchado aquel vestido de lino rosa oscuro la noche anterior y de haberlo dejado colgado en una habitación donde Frinton tenía prohibida la entrada, se lo acababa de estropear.

Consiguió liberarse de las espinas del arriate y confió en que aquel pequeño roto no se viera. Ya era demasiado tarde para cambiarse de ropa, porque al volver hacia la casa, vio el pequeño MG de Julian recorriendo el camino que llevaba hacia la mansión. Había bajado la capota del coche y Celeste pudo vislumbrar brevemente a su pasajera, con un pañuelo azul pálido en la cabeza y un par de enormes gafas de sol. Audrey Hepburn en medio de los campos de Suffolk, pensó Celeste antes de entrar en casa deprisa para poder saludar a la visita según las normas y asegurarse de que Frinton estuviera bien encerrado.

Unos minutos más tarde, Julian llamó a la puerta.

—Encantadísima de conocerte por fin —dijo Kammie Colton después de que Julian hubiera hecho las presentaciones. Se estrecharon las manos, imposible que Celeste no viera el enorme anillo de esmeralda que lucía Kammie. Estaba envuelta en una nube de perfume profundamente sensual que había sobrevivido milagrosamente a la experiencia en el descapotable.

—Entren —dijo Celeste, acompañándolos al salón, donde sirvió el té al cabo de unos minutos. Kammie se había quitado el pañuelo de la cabeza, revelando un peinado perfecto de un cabello del mismo color rubio platino que Evie había intentado imitar esas últimas semanas. Celeste calculó que había superado los cuarenta y advirtió el estilo cómodo y sofisticado a la vez propio de la gente muy viajada.

—Qué encantador es todo —dijo Kammie, inclinándose hacia delante para coger una taza de té de porcelana, cubierta de minúsculos capullos—. ¡Qué tazas más exquisitas!

—Aquí, todo está cubierto de rosas —añadió Julian—. Es una de las primeras cosas que me llamó la atención. —Cruzó la mirada con Celeste y le sonrió mientras Kammie escogió un sándwich perfectamente cortado para ponerlo encima de un plato a juego con las tazas.

—¡Y este *salón*! —siguió, entusiasmada— ¿Cuántos años tiene esta casa?

—Algunas partes se construyeron en el siglo XV —le contó Celeste—. Luego se la mostraré.

—Me *encantará* —se lo agradeció Kammie.

Fiel a su palabra, Celeste organizó una visita guiada de la casa después del té, evitando la habitación en la que estaba encerrado Frinton y la habitación donde residía ahora Esther Martin. Habría sido muy mala idea molestar a cualquiera de los dos.

Después, durante el paseo tranquilo que dieron por la propiedad, Kammie Colton no paraba de exclamar, visiblemente impresionada.

—Sabe, en Estados Unidos, este es el típico lugar con el que soñamos cuando pensamos en Inglaterra.

—Tenemos mucha suerte —dijo Celeste.

—Me encanta. Me encanta *todo*. Con excepción de esa espantosa ala norte, por supuesto —siguió Kammie.

Celeste la observó, preguntándose si era buena idea comentar algo sobre lo que acababa de decir Kammie, cuando esta se echó a reír.

—Es verdad que está un poco tocada —dijo Julian, acompañando a Kammie en las risas.

—Supongo que vuestra mala suerte es mi buena fortuna —dijo esta, con la falta de delicadeza que se suele asociar a todo estadounidense.

—Supongo que sí —admitió Celeste con una vaga sonrisa.

—Bueno, ¿qué os puedo decir? Me encanta todo, pero, sobre todo, el cuadro, ¿verdad, Julian?

—Yo espero que así sea —replicó Julian.

—Ya hemos hablado del tema y me gustaría poner las cosas en

marcha antes de volver a casa.

—Eso no supondrá ningún problema —le aseguró Julian.

—Bien —dijo Kammie, adoptando bruscamente un tono propio de una reunión de negocios—. Escúchame. Me alejo para esperar en el coche. Así tendrás la oportunidad de hablar con la señorita Hamilton, ¿vale?

—Por supuesto.

—¿Señorita Hamilton? Ha sido un verdadero honor conocerla y le agradezco muchísimo que me haya enseñado su hermosa casa.

—Ha sido un placer —dijo Celeste, estrechando la mano que le ofreció mostrándole así aquel enorme anillo de esmeralda.

Celeste y Julian vieron a Kammie caminar hacia el coche, buscando sus enormes gafas de sol en su bolso.

—¿Vamos al estudio? —sugirió él.

Celeste asintió, con el alma en vilo por la expectación.

Una vez estuvo la puerta del estudio cerrada, Julian empezó a hablar.

—Bueno, ¿quiere escuchar su oferta? —preguntó— Deberíamos sentarnos primero,¿ no? —Celeste vio que Julian se sentó en su silla y, como no quería ocupar la silla de su madre, se sentó en el borde del escritorio.

—¿Entonces? He estado en ascuas desde hace horas. ¿Va a dejarme impresionada? —preguntó Celeste.

—Eso espero. Kammie Colton está dispuesta a pagar medio millón.

—¿De dólares?

—¡No! Medio millón de libras.

—¿Medio millón de *libras*? —dijo Celeste escandalizada.

Julian asintió y se rio.

—Es una buena oferta. Cuadros de tamaño similar se pueden vender por unos cientos de miles, pero creo que el suyo vale claramente más y Kammie no quiere problemas. Es una mujer, bueno, ya la ha visto, que sabe lo que quiere y solo piensa en cerrar el trato y, si eso significa que tiene que pagar un poco más de lo que le podría costar en una subasta, lo paga tan contenta. En su opinión, vale la pena. Le encanta el cuadro. Me dijo que ha estado esperando un buen Fantin-Latour desde hace años y también que está encantada con toda la historia sobre vosotras y el negocio de las rosas.

—No sé qué decir —dijo Celeste, meneando la cabeza lentamente.

—Si yo fuera usted, diría que sí ¡antes de que se vaya de compras por Hatton Garden y descubra una joya que le guste más que su cuadro!

Celeste se rio de repente.

—¡Sí! ¡*Claro* que diré que sí!

Julian sonrió.

—Me alegro muchísimo por usted, Celeste.

—Gracias —le contestó—. Gracias por contactar con ella.

—Forma parte de mi trabajo —dijo Julian, abriendo las manos en un gesto que produjo una sonrisa en Celeste—. Pondré en marcha el papeleo. Por supuesto, nuestra comisión se deduce del precio negociado.

—Por supuesto —dijo Celeste—, la cuestión es poder pagarle algo al señor Ludkin este mes.

—¿Cómo va eso?

—Lenta, ruidosa y costosamente —le respondió Celeste.

—Dios mío —comentó Julian.

—Pero, por lo menos, las cosas van avanzando.

—¿También van a reformar esta estancia? —preguntó Julian, levantándose de la silla.

—No, ¿por qué?

—Es un poco sombría, ¿no? —comentó Julian.

—Pero, comparado con el ala norte, está en buen estado —argumentó Celeste.

Julian asintió.

—Solo necesita unos pequeños cambios. No va nada con usted, ¿no cree? —Se giró para observarla y ella no pudo evitar sonrojarse bajo su mirada.

—Esta estancia era el estudio de mi madre. Ella lo redecoró después de que el abuelo se jubilara y hace años que no se ha hecho ningún cambio.

—Ya me lo imaginaba. Usted debería decorarlo a su gusto —dijo Julian.

Esta afirmación dejó a Celeste visiblemente desconcertada.

—Pero si es el estudio de mi madre —repitió.

—Ya no —dijo Julian—. *Usted* es la que trabaja aquí ahora. Y, estando usted al mando, ¿por qué no trabaja en una estancia que diga algo sobre *usted*?

—Yo...

—Creo que ese cambio la ayudaría a seguir adelante —siguió Julian—. Si no le importa que se lo diga.

—No me importa —dijo Celeste.

—Entonces, ¿cómo están las cosas desde nuestra última conversación? Tenía muchas cosas que procesar.

—¿Se refiere al trastorno de la personalidad?

Julian asintió.

—¿Ha tenido tiempo para investigar un poco?

—He estado leyendo algunas cosas por internet —admitió Celeste.

—¿Y la información le ha sido de ayuda?

Celeste respiró hondo.

—De momento, mi mente parece un gran laberinto de recuerdos, del que estoy intentando salir, pero, sí, algunas de las páginas internet me están ayudando a darme cuenta de que otras personas han pasado por lo mismo.

Sus miradas se enlazaron, como si sus ojos estuvieran compartiendo algo que las palabras no podrían expresar, Celeste sentía que aquel hombre comprendía por lo que ella estaba pasando.

—De acuerdo —dijo finalmente Julian, dejando que sus manos cayeran sobre sus rodillas antes de levantarse.

—Tendré que volver con Kammie. Prometí llevarla a cenar a The Swan, en Lavenham, después de hacer una pequeña excursión por la costa.

—Le encantará —dijo Celeste, pensando en el precioso hotel del siglo XV de aquel pueblo.

—Y querrá comprarlo —bromeó Julian.

—Bueno, no me importaría, pero asegúrese de que compra el cuadro primero.

Julian asintió.

—A usted la tendré que invitar allí también algún día —dijo con una sonrisa que produjo destellos en sus ojos. Hubo un breve silencio entre los dos—. Oiga, odio tener que despedirme así, deprisa y corriendo. Me gustaría hablarle de mil cosas más. La llamaré, ¿de acuerdo?

—De acuerdo —dijo Celeste, sonriendo, como si se estuviera dando cuenta de que le encantaba la idea de volver a verlo. Siguió a Julian mientras salía del estudio y cruzaba el pasillo hacia la puerta principal.

—¿Ese joven es tuyo? —dijo Esther Martin mientras atravesaba el vestíbulo, con una taza de té entre sus manos pálidas.

—No —contestó Celeste.

La respuesta no pareció convencer a Esther, pero no tuvo la oportunidad de seguir con el interrogatorio, porque Celeste volvió rápidamente al estudio y cerró de golpe la puerta.

Evie había quedado con Lukas al final del camino que llevaba a Little Eleigh Manor esa noche a las diez, no quería que sus hermanas supieran lo que estaba tramando. También sabía que ese era el mejor momento para poner en marcha su plan.

—La escalera está allí —dijo cuando llegó Lukas, señalando el muro donde la había dejado.

—Buenas noches para ti también —dijo Lukas, cuya sonrisa la sacó de quicio en menos de dos segundos.

—No hay tiempo para mucha cortesía —le dijo Evie—. ¿Me quieres ayudar o no?

—Claro que quiero —dijo Lukas, y se alejó para buscar la escalera. Minutos más tarde, Evie lo estaba ayudando para atarla encima de la furgoneta.

—¿Qué vamos a hacer? No querrás robar en una casa, ¿verdad?

—Dijiste que me ayudarías —dijo Evie—. Dijiste que harías cualquier cosa por mí.

—No te dije que no te haría ninguna pregunta.

—Bueno, preferiría que no lo hicieras.

Lukas suspiró.

—Puedes llegar a ser agotadora, Evelyn Hamilton —dijo.

—Tú, súbete al coche —dijo esta.

Evie condujo el vehículo por el paisaje bajo la oscuridad. Encendió la radio para evitar tener que hablar, pero Lukas se negó a callar.

—Recorrí el Distrito de los Lagos durante un tiempo y visité Brantwood. ¿Tú has estado ahí? Era el hogar de John Ruskin y muchos de sus cuadros están allí. ¡Y tendrías que ver las vistas! — Silbó, dejando a Evie desconcertada—. Te encantaría, Evie. Deberíamos dar una vuelta por ahí algún día.

Evie le clavó la mirada.

—No tengo ninguna intención de abandonar Suffolk —dijo.

—¡Pero deberías salir de aquí! Todo el mundo tendría que viajar.

—Un día, fui a Norwich y no me gustó mucho —contestó

Evie, con cara de póquer—. Sudbury en un día de mercado ya me sobrepasa.

Lukas se rio.

—No le veo la gracia. Estoy contenta aquí —le riñó Evie—. Suffolk es mi casa. Es donde han vivido tres generaciones de mi familia. ¿Por qué tendría que ir a otro sitio?

Lukas asintió.

—Es maravilloso y te envidio por ello. Yo nunca he tenido un hogar. Mis padres siempre se estaban mudando, por el trabajo de mi padre, y nunca tuve la oportunidad de echar raíces en ningún lugar. Cada vez que voy a visitarlos, tengo que preguntarles su dirección.

Evie no dijo nada, pero no podía dejar de pensar en su querida habitación en la mansión, donde había estado durmiendo desde que nació. «Debe ser extraño y confuso no tener un hogar, un hogar de verdad, donde siempre poder volver», pensaba. Incluso cuando estaba estudiando, iba a dormir a casa todas las noches. No se podía imaginar estar lejos de casa, por eso se inquietó tanto cuando Celeste empezó a hablar de la posibilidad de vender la mansión.

Girando hacia el pueblo, Evie frenó la marcha y entró en el camino que llevaba a Oak House.

—¿Y qué estamos haciendo aquí? —preguntó Lukas, mientras estaban sentados en la oscuridad, después de apagar el motor.

—Mi padre y su mujer han salido esta noche —dijo Evie.

—Entonces, ¿supongo que no querías verlos?

—No precisamente —confirmó Evie.

—De acuerdo —dijo Lukas, respirando hondo—. Estás empezando a asustarme.

—No hay nada de qué preocuparse —dijo Evie, bajando del coche—. Es una casa completamente independiente.

Lukas se unió a ella, detrás del coche.

—Evie, dime qué está pasando.

—Coge la escalera.

—Solo si me cuentas lo que vas a hacer —dijo él con firmeza, su rostro iluminado a medias por la luz de una farola.

Evie parecía molesta, pero sabía que se lo tendría que contar tarde o temprano.

—Necesito entrar en una de las habitaciones de arriba —dijo, colocándose una enorme mochila en la espalda.

—¿Por qué?

—Porque ahí está algo que pertenece a nuestra casa. Una cosa que la mujer de mi padre nos robó.

—¿Y por qué no se lo cuentas a tu padre?

—Porque no me creerá, defenderá a Simone. No la conoces, ella es muy astuta. Manipula a la gente. Yo estoy decidida a recuperar ese cuadro. Papá siempre deja la ventana de su habitación abierta. Entro y vuelvo a salir con el cuadro en un abrir y cerrar de ojos.

—¿Estás loca? ¡No puedes hacer eso!

—¿Y por qué no? Es nuestro cuadro.

—¿Y qué pasa si tu padre llama a la policía o algo parecido cuando vea que ya no está?

—Él ni se enterará y Simone no se atreverá a llamar. Sabrá lo que ha pasado y no montará ningún escándalo.

Lukas negó con la cabeza.

—Esto está mal, Evie. Ya lo sabes, ¿verdad?

—No está mal. Yo estoy *corrigiendo* un mal y, si no quieres ayudarme, ya lo haré yo sola —dijo Evie, cargando con la escalera.

—Oh, ¡Dios mío! —espetó Lukas, poniéndose en marcha—. Déjame a mí.

Cargó él con la escalera y Evie rodeó la casa hacia la parte trasera, donde se encontraba la ventana del dormitorio. Los vecinos no tenían vistas al jardín, que estaba sumergido en la oscuridad más completa, con excepción de una minúscula fuente de luz de una lámpara que habían dejado encendida en una de las ventanas de la planta baja.

—¿Ves?, la ventana está abierta —dijo Evie mientras Lukas apoyaba la escalera contra la pared.

—Es demasiado arriesgado —dijo—. Creo que deberías olvidarte de todo esto.

—Ni hablar —dijo Evie—. Ese cuadro estará decorando la pared de nuestro salón antes de medianoche.

Lukas se pasó la mano por la cara y observó el jardín detenidamente, como si estuviera esperando que un policía saliera de las sombras en cualquier momento.

—Bueno, si tienes que seguir con esto, déjame hacerlo a mí.

Evie negó con la cabeza.

—No, quiero hacerlo yo. Es idea mía. Tengo que hacerlo yo. Tú mantén la escalera estable. —Metió la mano en el bolsillo para sacar un pequeño gorro negro—. Soy demasiado rubia para ser un ladrón —dijo antes de ocultar su cabello al ponérselo. Su mano volvió a su bolsillo otra vez, esta vez para sacar una linterna que encendió antes de pasársela a Lukas.

—¿No te dan miedo las alturas? —preguntó este.

—Estoy bien —le aseguró Evie, trepando la escalera como una profesional.

Una vez alcanzada la ventana, extendió la mano y empujó el cristal. Tuvo suerte, se trataba de una de esas ventanas grandes y modernas de fácil entrada, pero no se había acordado que justo al lado estaba el tocador y terminó chocándo con una de las esquinas.

—¿Estás bien? —Lukas gritó entre dientes desde fuera.

—¡Estoy bien! —contestó Evie susurrando, asomando la cabeza por la ventana. Volvió a la habitación y encendió una lámpara antes de cruzar el dormitorio hacia la pared donde se encontraba el cuadro—. Tú te vienes a casa conmigo —dijo Evie, descolgándolo de la pared y envolviéndolo en una bolsa de cáñamo que había traído, antes de meterlo en la mochila y volver hacia la ventana. Izó la mochila en su espalda y apagó la luz.

—¿Lo tienes? —susurró Lukas desde abajo.

—Sí, ahora mantén esta escalera estable —dijo Evie, saliendo ya por la ventana, esta vez con más cuidado para no darse con el tocador.

Cuando miró hacia abajo empezaron los problemas.

—¡Oh! —exclamó.

—¿Evie?

—Me… estoy… mareando…

—¡Aguanta! —dijo Lukas, tirando la linterna, y Evie escuchó el ruido de sus pasos subiendo la escalera.

—No me encuentro muy bien —dijo.

—No pasa nada. Ya te tengo —dijo Lukas al cabo de un momento, ella notó que la agarró entre sus brazos—. ¿Te puedes mover?

—No estoy segura —respondió sincera.

—Intentémoslo poco a poco. Yo te sujeto. No te preocupes.

Bajaron al ritmo más lento imaginable, la respiración nerviosa de Evie se podía oír perfectamente en la noche silenciosa.

—Casi estamos —dijo Lukas, cuando sintió la tierra firme debajo de sus pies, y ayudó a Evie a bajar de la escalera—. ¿Estás bien?

Evie asintió.

—No sabía que tenía vértigo —dijo—. Al subir no tuve ningún problema.

Lukas cogió la linterna y la encendió y Evie vio la sonrisa que le estaba ofreciendo.

—Qué susto me has dado —dijo Lukas y, en este momento, se desmayó.

24

Celeste estaba en el salón de Little Eleigh Manor cuando oyó golpes en la puerta principal. Frinton, tumbado boca arriba cerca de sus pies y roncando fuertemente, se sobresaltó y corrió hacia el vestíbulo como una bala. Celeste miró el reloj. Las once pasadas. Quizá Evie hubiera vuelto a olvidarse la llave, aunque no solía volver tan pronto después de una noche de juerga.

Cruzó el vestíbulo para unirse con Frinton, esperando en la puerta.

—¿Evie? —preguntó a través de la madera.

—Sí —contestó una voz masculina, después de lo cual, Celeste abrió la puerta.

—¿Quién eres? —gritó enseguida, al ver a su hermana desplomada contra un joven. Hizo callar a Frinton, que estaba ladrando furiosamente contra la visita nocturna.

—Soy Lukas.

—¿Qué le ha pasado a Evie? ¿Está borracha?

—Se ha desmayado —explicó Lukas—. ¡Se ha desmayado!

—Oh, Dios mío, ¡*Evie*! —Celeste corrió hacia su hermana, agarrándola por los hombros.

—Fue a coger el cuadro —intentó explicar Lukas, mientras llevaban a Evie dentro.

—¿Qué? —dijo Celeste—. ¡CALLA, Frinton!

—El cuadro, en casa de su padre, le dije que estaba loca por montar ese numerito, pero ella insistió en llevar a cabo su plan.

—Pero si me contó que iba a Colchester para ver a una amiga —dijo Celeste.

—No iba a ir a Colchester —contestó Lukas.

—¡Evie! —Celeste estaba echando pestes—. Te llevamos a la cama, donde deberías estar ya a estas horas de la noche.

—¿Qué está pasando? —dijo Gertie, que había hecho su aparición en el vestíbulo. Llevaba una larga chaqueta roja sobre su camisón y parecía haberse despertado hacía unos segundos—. ¿Qué le pasa a Evie?

—¡Se ha desmayado! —repitió Lukas, y le contó a Gertrude lo que había pasado esa noche.

—¿Vértigo? No sabía que tenía vértigo —comentó Gertie.

—Ella tampoco hasta que se encontró encima de la escalera, justo antes de empezar a bajar —dijo Lukas—. No he pasado tanto miedo en mi vida. Cuando pienso en lo que podría haber pasado... —Su voz flaqueó.

—Llevémosla arriba —propuso Celeste.

—Puedo subir sola —dijo Evie. Esas fueron las primeras palabras que pronunció desde que habían llegado a casa, pero Celeste no estaba convencida de que su hermana pudiera caminar sola.

—Estás débil y conmocionada —insistió Celeste—. Gertie, ¿puedes calentarle un poco de leche... con un chorrito de aguardiente?

Gertie asintió y los dejó.

Cuando finalmente llegaron a la habitación de Evie, la ayudaron a quitarse los zapatos y a meterse en la cama.

—¿Mejor? —preguntó Celeste.

—Tengo el cuadro, Celly —dijo Evie, en un susurro, con sus ojos claros entrecerrados por la luz de la lámpara.

—Ya hablaremos de eso por la mañana —le dijo Celeste.

—¿No estás contenta?

—Estoy contenta porque no te has roto el cuello —contestó Celeste.

Evie cerró los ojos y Celeste se giró hacia Lukas. El joven todavía estaba pálido y tembloroso, su cabello rubio despeinado en picos muy raros alrededor de su rostro, como si lo hubieran electrocutado.

—Creo que un chorrito de aguardiente te sentaría bien a ti también —dijo Celeste.

—No lo voy a rechazar —aceptó Lukas, instalándose en una vieja butaca, al lado de la ventana. Igual que la habitación de Celeste, esa habitación tenía un suelo con tablones irregulares, cubiertos con una antigua alfombra deshilachada. Las paredes estaban cubiertas con paneles de roble y las cortinas, quizá fueran de buena calidad, pero había pasado hacía años su momento de gloria. La habitación llevaba la firma de Evie, sus toques personales se podían distinguir fácilmente, desde los ositos de peluche hasta las viejas muñecas de trapo, sentados juntos encima de un baúl en un batiburrillo feliz, pasando por la fila de frascos de maquillaje y tinte de pelo en el tocador.

Gertie entró en la habitación con un tazón de leche caliente.

—Solo he puesto un poquitín de aguardiente —dijo, sentándose en el borde de la cama y pasándoselo a Evie, que estaba sentada contra los cojines que Celeste había dispuesto sobre su espalda.

—¿Está Esther? —preguntó Evie.

—¿Esther? —dijo Celeste, sorprendida.

—Quiero verla.

—¿Para qué demonios quieres verla? —preguntó Celeste— Seguro que está en la cama. Ya es muy tarde. —Como Evie no contestó y se limitó a dar sorbitos a la leche caliente, Celeste abandonó la habitación—. Tenla vigilada —le avisó a Gertie—. E iré a buscar un poco de aguardiente para ti —le dijo a Lukas.

Celeste bajó las escaleras, con Frinton siguiéndola de cerca.

—No puedes venir conmigo —le dijo al perro, y lo mandó al salón, donde se acurrucó a regañadientes con un juguete medio comido como única compañía.

—¿Esther? —Celeste llamó, tocando suavemente la puerta de su nueva compañera de casa.

—¿Quién es?

—Soy Celeste. Evie pregunta por ti. No se encuentra bien.

Al cabo de un momento, la puerta se abrió y allí estaba Esther, con su pelo blanco suelto hasta los hombros y su rostro del mismo color. Llevaba una chaqueta enorme de lana marrón que la hacía tan pequeñita que parecía un osito de peluche.

—Espero no haberla despertado —dijo Celeste.

—¡Bah! —dijo Esther—. Yo nunca me duermo antes de la una. A ver qué le pasa a Evie—. Salió disparada hacia las escaleras. Cuando quería, aquella mujer era capaz de moverse con una velocidad sorprendente.

—¿Qué habitación es? —espetó cuando llegó al descansillo.

—A la izquierda —la guio Celeste—. La puerta está abierta.

Celeste la siguió hacia dentro.

—¿Esther? —dijo Evie desde la cama, abriendo los ojos y esbozando una pequeña sonrisa.

—Estoy aquí —dijo la anciana, ocupando el sitio de Gertie en la cama. Gertie intercambió una mirada con Celeste. «¿Qué está pasando?» parecían decirse las dos. ¿Por qué su hermana había preguntado por Esther? Ni siquiera le caía bien, ¿o sí? Dijo que le daba miedo.

—¿Lukas? Ven aquí y tómate este aguardiente —dijo Celeste—. Creo que yo también me tomaré uno.

Lukas se levantó.

—¿Ya estás mejor? —le preguntó a Evie.

Evie asintió.

—Gracias —dijo, y Lukas le regaló una sonrisa, antes de abandonar la habitación con sus dos hermanas.

Evie y Esther estaban a solas.

La anciana se inclinó para coger la mano de Evie, justo como la joven sabía que haría, un gesto sencillo pero profundamente tranquilizador, y Evie se sintió en paz inmediatamente.

—Te has metido en un buen lío, ¿verdad? —dijo Esther—. ¿Qué ha pasado?

Evie respiró hondo y le contó lo que había pasado esa noche.

Esther meneó la cabeza.

—¿Y has arriesgado tu vida por un cuadro?

—No he arriesgado la vida —dijo Evie chasqueando la lengua.

—¿No? ¿Qué te crees que habría pasado si te hubieras caído de esa escalera?

Evie se encogió de hombros.

—Supongo que me habría hecho daño, pero no estaba preocupada por mí —dudó durante un instante—. Me preocupaba el bebé.

—¿Estás embarazada? —preguntó Esther.

Evie asintió.

—*Por favor* ¡no digas nada! —dijo de repente, incorporándose y agarrando la mano de Esther con las suyas—. Todavía no se lo he contado a nadie.

—Ni se me ocurriría —dijo Esther—. Es suyo, ¿verdad? ¿De ese chico que está fuera?

Evie asintió.

—Bueno, parece un chico decente. Seguro que te apoyará, seguro que hará lo correcto.

—Pero yo no quiero que haga lo correcto. ¡Es *mi* bebé! —dijo Evie, dejando caer las manos en sus piernas.

Esther parecía confusa.

—Pero también es suyo.

Evie negó con la cabeza.

—No tiene por qué implicarse.

—¿No crees que tendrías que dejarle tomar esta decisión a él?

—No estará aquí mucho tiempo —dijo Evie.

La expresión en el rostro de Esther Martin cambió y, de repente, volvió a tener el aspecto de la anciana severa que había perseguido a la pequeña Evie por el jardín con una escoba. Confusa, Evie se preguntó por qué la había invitado a subir a su habitación y a sentarse sobre su cama.

—¡Ahora, escúchame, Evelyn Hamilton! *Tienes* que contárselo al chico y dejarle a él tomar su propia decisión. Un bebé no es un juguete que puedas guardar para ti sola, un bebé es una persona que vive, piensa y siente y, algún día, ese bebé se hará mayor y te preguntará dónde está su padre y por qué tuviste la necesidad de ocultárselo. Entonces, ¿qué harás? ¿Cuál será tu excusa? Porque, déjame que te diga, si no has permitido a un hombre decente que cuidara de un ser de su propia sangre, nada de lo que puedas inventar valdrá.

Evie observó el rostro serio y sorprendentemente pálido de Esther. Aquella era probablemente la primera vez en su vida que una persona mayor le había dado un consejo tan desinteresado y honesto, pero no sabía cómo reaccionar. Su madre nunca le dio consejos de ningún tipo. En todas las ocasiones en que Evie había intentado mantener una conversación con ella, su madre siempre acababa dando la vuelta a la situación para hablar de sí misma, como cuando Evie había roto con su primer novio en el instituto. Tenía el corazón hecho pedazos y estaba llorando, pero, cuando se lo contó a su madre, la riñó y dijo que se olvidara de él. Eso fue todo. «*Olvídate de él.*» Aquello fue lo único que había dicho sobre el asunto y, por supuesto, aquello era exactamente lo único que una adolescente era incapaz de hacer.

Evie no pudo recordar ni un solo consejo útil de su madre y probablemente, por esa razón, la diatriba de Esther la había confundido tanto.

—Pero yo…

—¡No hay peros! —dijo Esther, levantando un dedo severo al aire—. Tienes una responsabilidad, tanto con el padre como con la criatura.

Estuvieron sentadas en silencio durante un momento, con Evie intentando absorber las palabras de Esther. Intuitivamente, sabía que Esther solo estaba pensando en su bienestar y que la escucharía, la escucharía *de verdad*, si tuviera algo más que decir.

—Yo quería algo solo mío —dijo finalmente.

Esther frunció el ceño.

—¿Qué quieres decir?

Evie suspiró y sus estrechos hombros se hundieron un poco.

—No te lo sé explicar —dijo.

—Inténtalo —dijo Esther, y Evie vio aquellos ojos azules examinándola tan detenidamente que casi le dolió. El hecho de crecer en una casa llena de mujeres había producido en ella la sensación de ser fácilmente ignorada. Su madre siempre había estado tan obsesionada con el éxito de Rosas Hamilton y Celeste siempre había tenido muchas ocupaciones también, al trabajar, igual que Gertie con su madre, que Evie siempre tuvo la sensación de haber crecido más o menos sola.

—No me malinterpretes —dijo—. Adoro a mis hermanas y estoy segura de que, si quisiera algo, solo tendría que pedírselo, pero siempre estaban tan ocupadas que tuve la impresión de que nunca tenían tiempo para mí. Siempre me sentí tan… tan *joven*. Siempre estaba molestando. «Vete a jugar a otro sitio, Evie», me solían decir, o «Ahora no tengo tiempo, vuelve más tarde». Y mamá siempre estaba trabajando de día y de fiesta por las noches. Nunca tuve a nadie con quién estar. —Se detuvo.

—¿Quieres decir que tendrías un bebé solo para dejar de estar sola? —preguntó Esther.

—No —protestó Evie—. Bueno, un poco, pero es más que eso. Siento que tengo mucho amor dentro de mí. A veces, me da miedo y sé que mis hermanas no lo necesitan. Celeste siempre ha sido una solitaria, siempre se ha cuidado a sí misma a su propia manera. Y Gertie buscaría respuestas en una novela romántica antes de pedirme consejo a mí. Pero este bebé, este bebé…

—Nunca podrá ser un sustituto de cuanto te falta en la vida —dijo Esther suavemente.

—Ya lo sé —contestó Evie—, pero sé que puedo ser una buena madre. ¡Sí, lo *sé*! Y no necesito a nadie más.

Esther negó con la cabeza.

—Siempre necesitas a alguien. No vayas por la vida pensando que puedes con todo tú sola. Claro, podrías hacerlo durante un tiempo, pero esa sería una vida muy solitaria, te lo puedo asegurar.

Evie miró a Esther.

—¿Cómo pudiste seguir adelante cuando falleció tu marido?

—No pude…. Me derrumbé. Después de haber perdido a Sally, su muerte me superó. Nunca me gustó tenerme a mí por toda compañía...

Evie frunció el ceño.

—Pero has estado sola tantos años.

—No tuve muchas alternativas.

—Podrías haber venido a vivir con nosotras antes —siguió Evie.

—¿Con tu *madre*?

El tono de horror en la voz de Esther hizo sonreír a Evie.

—Ah, sí. Eso podría haber sido todo un reto. —El silencio se volvió a instalar entre ellas y, finalmente, Evie soltó un pequeño suspiro—. Nunca había hablado con nadie así.

—¿Ni siquiera con tu madre? —preguntó Esther.

Evie se carcajeó.

—¿Estás de broma?

Esther frunció el ceño. Sabía fruncirlo muy bien.

—¿Qué te habría dicho sobre todo este asunto?

Evie se quedó pensativa y después se encogió de hombros.

—No creo que se lo hubiera contado. Tendría que haberme ido de casa antes de que ella me echara. Siempre dejó muy claro que no permitiría que ninguna de nosotras la avergonzara. —El recuerdo hizo que Evie negara con la cabeza—. Me parecía tan raro que por aquel entonces me contara esas cosas, yo tenía justo catorce años y ni siquiera había besado a ningún chico todavía. «¡No me avergüences!», solía decirme. Supongo que su reacción habría sido justa.

Esther Martin clavó su mirada en Evie.

—¿Echarte de casa te habría parecido *justo*?

—Por supuesto —dijo Evie—. Por haberla avergonzado.

Esther negó con la cabeza en señal de desacuerdo.

—De todos modos, nunca habría sido capaz de hablar así con ella —continuó Evie—. Jamás me escuchó. Tampoco yo me abrí ante ella ni nada por el estilo. Mi madre siempre estaba muy ocupada y no me gustaba molestarla. No habría sido correcto. Solía mimarme haciéndome regalos y, cuando eres pequeño, eso es fantástico, ¿no? Piensas que eso es amor. Pero también necesitas a alguien que te escuche. Necesitas a alguien que te cuide. —Soltó otra risita en absoluto cargada de alegría, como si acabara de aceptar el verdadero carácter de su madre—. Una vez, intenté hablar con ella sobre un chico del que me había enamorado, pero cambió la conversación para contarme cuando *ella* se había enamorado por primera vez y yo… renuncié a contarle nada.

Esther volvió a coger las manos de Evie.

—Pero *tú* sabes escuchar muy bien —le dijo Evie.

—Poco más puedo hacer a mi edad —comentó Esther.

—¿Y tú escuchabas a tu hija?

Esther pareció confusa.

—Por *supuesto* —contestó—. Solíamos hablar horas y horas.

—¿*Horas y horas*? —dijo Evie, incrédula.

—Pues claro. —Los ojos de Esther se nublaron mientras recordaba—. Solíamos caminar por la orilla del río, charlando de todo y de nada. Hablar y hablar. Me gustaría recordar de lo que hablábamos, pero últimamente la memoria me está fallando un poco.

—Ni siquiera me puedo imaginar lo que tiene que ser… —dijo Evie—. Sí te imagino a ti hablando con tu hija, pero no puedo imaginar cómo sería hablar con mi madre.

Esther no dijo nada, pero su rostro hablaba por ella y, de repente, Evie empezó a llorar.

—Ven aquí —dijo Esther, cogiendo a Evie entre sus brazos—. Yo estoy aquí y escucharé *todo* lo que me quieras contar.

Abajo en la cocina, Lukas estaba dando vueltas.

—Ha sido culpa mía —dijo—. ¡Nunca tendría que haberla dejado subir a esa escalera!

—No ha sido culpa tuya —intentó tranquilizarlo Celeste.

—Exacto —coincidió Gertie—. Cuando a Evie se le mete algo en la cabeza, nada ni nadie puede detenerla.

—Bueno, por lo menos, se encuentra bien —añadió Celeste—. Si se hubiera caído, esta noche podría haber terminado en el hospital. Lo que me molesta es… ¿qué está haciendo Esther ahí arriba? ¿Por qué Evie ha preguntado por ella?

Gertie negó con la cabeza.

—No tengo ni idea.

—A ti no te ha comentado nada sobre Esther, ¿verdad?

—No. Ni una palabra —dijo Gertie—. Pensaba que solo le daba una rápida limpieza a la habitación de Esther una vez a la semana y que después intentaba evitarla, pero algo está pasando, obviamente.

Celeste dejó de andar y tomó un trago de su aguardiente. Parte de ella quería subir las escaleras para descubrir lo que se estaba cociendo entre Evie y Esther, pero tenía que reconocer que la anciana todavía la impresionaba un poco. A Evie también le pasaba lo mismo, ¿no?

—¿Qué *demonios* está pasando? —preguntó Celeste, sin que nadie le pudiera dar una respuesta.

25

El ruido que estaban produciendo Ludkin e hijo mientras trabajaban en el ala norte era ensordecedor. Celeste se había levantado antes de lo normal, le era imposible dormir después de toda la historia de Evie y Esther. Primero, había intentado amortiguar el alboroto con tapones y suavizarlo con la radio, antes de renunciar y salir del estudio. Frinton, capaz de roncar a pesar del ruido durante toda la mañana, la siguió, deseoso de dar un paseo con su dueña. Había encontrado un conejo medio devorado, cerca del río y estaba desesperado por volver a allí.

Justo cuando estaban entrando en el vestíbulo, Celeste vio a Evie.

—¡Evie! —exclamó—. Espera un segundo.

Evie se detuvo al lado del barómetro que indicaba *cambio*.

Otra vez. A lo mejor, *sí* que estaba atascado, pensó Celeste, recordando el ofrecimiento de Julian para arreglarlo, pero, en ese momento, no tenía tiempo para preocuparse por el barómetro.

—¡Hola! ¿Estás bien? —le preguntó a su hermana que tenía el rostro pálido.

—Estoy bien —contestó Evie.

—¿Estás segura? —Celeste no parecía muy convencida. Después de que Esther hubiera salido de la habitación de su hermana, había asomado la cabeza por la puerta, para encontrar a Evie durmiendo o fingiendo dormir, no había manera de estar segura—. He estado muy preocupada por ti —le dijo—. Todos hemos estado muy preocupados.

—No hay razón por la que preocuparse. Solo me di un pequeño susto, nada más.

—¿Has llamado a Lukas esta mañana? Quiere hablar contigo.

—Tendrá que esperar —contestó Evie.

—Bueno, acuérdate, ¿vale?

Evie suspiró.

—Me acordaré.

—Entonces, ¿de qué querías hablar con Esther? —preguntó Celeste. Había tenido la intención de ser un poco más sutil, pero Evie ya tenía la mano en el pomo de la puerta, a punto de darse a la fuga.

—¿Qué quieres decir?

—Anoche preguntaste por Esther y después estuvisteis una eternidad hablando.

—¿Y?

Celeste frunció el ceño.

—No sabía que erais amigas.

—Bueno, somos amigas —dijo Evie, con el rostro imperturbable.

—Ah —dijo Celeste, perpleja—. No lo sabía.

—Hay muchas cosas que no sabes —siguió Evie.

—¿Qué quieres decir con eso?

—Quiero decir que no lo sabes todo, ¿verdad?

—¿Cómo se puede suponer que yo lo sepa todo y más cuando la gente me va ocultando cosas? —dijo Celeste, visiblemente molesta con el rumbo que había tomado la conversación.

—Si hablaras más conmigo, sabrías unas cuantas cosas más —dijo Evie, y Celeste observó cómo sus ojos se estaban llenando de lágrimas.

—Evie —le dijo suavemente, extendiendo una mano hacia su hermana y echándose atrás cuando vio que esta se apartaba.

—Siento mucho no haber estado atenta contigo, pero ya sabes el jaleo que hemos tenido desde mi regreso.

—Aquí siempre hay jaleo —le remarcó Evie—. Tienes que *hacer* tiempo. Esther hace tiempo para mí.

—Esther está jubilada. *Tiempo* es todo lo que tiene —se defendió Celeste, empezando a estar agobiada—. Evie, ¿qué está pasando?

—No está pasando nada —le dijo su hermana pequeña.

—Bueno, algo te preocupa. Venga, cuéntame.

Evie miró a su hermana y, por un instante, Celeste creyó que estaba a punto de decir algo, cuando, de repente, se oyó un estruendo colosal de yeso o madera o techo cayendo, quizá una combinación de los tres a la vez, desde el ala norte, seguido de un torrente de palabrotas. Celeste se sobresaltó y no sabía si salir corriendo para ver lo que había pasado o quedarse ahí con su hermana. Ganó el ala norte.

—No te vayas de aquí —dijo, levantando un dedo a su hermana, pero, cuando Celeste se marchó, Evie abrió la puerta principal y desapareció tras un portazo lleno de recriminaciones. A Celeste se le cayó el corazón a los pies, sentía que le había vuelto a fallar.

Era tan injusto que no hubiera nadie para contestar al teléfono y apuntar los pedidos. Tan injusto y tan típico, pensó Gertie cuando escuchó la voz afectada al otro lado del teléfono.

—¿Hola? Soy Samantha Stanton.

Gertie sabía perfectamente quién era y su corazón se puso a cien por hora mientras escuchaba la voz de la esposa de James.

—Buenos días, señora Stanton. Soy Gertrude. ¿En qué la puedo ayudar? —preguntó, muy educadamente, mientras se clavaba sus uñas cortas en la palma de su mano.

—Me gustaría pedir unas rosas en maceta para entregar en casa. Creo que con cinco sería suficiente. ¿Sería posible traerlas hoy mismo? Viene el jardinero y me gustaría que las pudiera plantar. No soy muy tiquismiquis con el tipo de rosa, alguna que esté floreciendo en este momento. Rojo, si posible.

«Rojo, sí», pensó Gertie. Rojo por ira. Rojo por peligro. Rojo por la sangre que a Gertie le gustaría derramar.

Meneó la cabeza, disipando sus pensamientos negativos.

—Por supuesto —dijo—. Se las mando de inmediato.

Estaba temblando cuando colgó el teléfono y se quedó quieta un instante en el vestíbulo fresco y oscuro, esperando que sus pulsaciones volvieran a un ritmo normal.

«Vale —se dijo a sí misma—, tú puedes con esto. Samantha Stanton es solo una clienta más y quiere unos rosales. Los escogerás y los llevarás y con eso se acabó.» Al salir al jardín, no pudo dejar de desear que esa tarea no le hubiera caído a ella.

Gertie escogió cinco fabulosos rosales Hamilton rojas, llamados *Constable*, una planta que heredó su nombre del famoso artista que había estado pintando el valle Stour entero. *Constable* era una gran planta sana, con las flores voluptuosas de rosa Bourbon, tan exitosas en el siglo XIX. También producía una fragancia perfecta de rosa antigua y era una elección muy popular entre las floristas por sus tallos largos y rectos. Efectivamente, en ocasiones especiales, la mansión estaba decorada con jarrones llenos de esas rosas.

Maldiciendo la ausencia de sus hermanas cuando más las necesitaba, Gertie cargó la furgoneta con cinco macetas de rosales, condujo la pequeña distancia que había hasta el pueblo y la casa de los Stanton y aparcó delante de la casa en el camino de asfalto inmaculado. Se quedó en el vehículo, ordenando sus pensamientos. «¿James sabrá algo de este pedido?» se preguntó. Probablemente no; si no, se habría ofrecido a recogerlo él mismo y arreglar así un encuentro en la mansión. ¿O sí estaría al tanto del mismo? Después de haber sido testigo de la escena tierna entre él y su mujer, Gertie no sabía lo que todavía podía esperar de James. Lo único que sabía era que quería hablar con él y que él no estaba contestando sus mensajes, cosa que hacía dudar por primera vez a Gertie de su relación. ¿Qué estaba pasando? Necesitaba verlo desesperadamente para salir de dudas. Solo la idea de que él pudiera haberla utilizado durante todo ese tiempo, sin pensar ni una sola vez en su futuro juntos, la ponía más nerviosa de lo que quería reconocer. No quería aceptarlo en absoluto. Todavía no. No mientras quedara alguna esperanza de que ella pudiera recibir noticias suyas.

Respiró hondo, intentando apagar la rabia que llevaba dentro. Tenía que pensar en la tarea pendiente y acabar cuanto antes.

La granja reformada era bastante impresionante, con sus enormes ventanales y su entramado de madera negra. A Gertie no le gustaban mucho esas construcciones, pero le reconoció un cierto atractivo a aquella. James le había contado que la casa no era más que un gran espacio alto con muchas corrientes de aire y que le apetecía comprar una casa minúscula con ella algún día, un sitio cálido y acogedor, donde poder acurrucarse juntos... Y esta era la imagen que Gertie tenía en la cabeza cuando llamó a la puerta principal y esperó a que alguien le abriera.

Samantha tardó un momento en llegar a la puerta y la abrió desde su silla de ruedas.

—Ah, Gertrude, ¿verdad? —dijo, con su voz nítida, levantando sus ojos verdes brillantes hacia Gertie.

—Sí —dijo Gertie, observando la figura en la silla. No podía negar que era una mujer guapa. Con una melena de cabello rubio que recordó a Gertie, cómo no, el pelo de un caballo. Tenía los rasgos y la piel impecables, como los que la mayoría de las mujeres solo podían soñar.

—Deje las rosas ahí contra el muro y entre, le extenderé un cheque.

Gertie volvió hacia el coche, sacó las rosas y regresó a la casa. El vestíbulo era enorme y las losas del suelo resonaban a su paso.

Entró en el salón, donde encontró a Samantha y, casi de inmediato, el galgo Clyde se levantó de su cesta y atravesó el salón corriendo para saludarla.

—Parece que le cae bien —dijo Samantha con una sonrisa amable.

Gertie sintió como se sonrojaba, confiaba en que el galgo no la estuviera delatando.

—Tenemos un perro en la mansión —dijo—. Supongo que Clyde lo puede oler.

Samantha miró a Gertie examinando la estancia, deteniéndose en una fotografía, tamaño poster, de Samantha, montando a caballo en una playa, con las patas del caballo salpicando en la espuma de las olas.

—Ese es el bruto que me tiró —dijo de manera pragmática.

—Oh —dijo Gertie—. Lo siento.

—Y yo —dijo con un suspiro—. Solo viviendo, uno aprende, ¿no cree?

—Sí —dijo Gertie.

—¿Ha montado alguna vez? —preguntó Samantha.

—No. Nunca.

—Bien —dijo Samantha—. A James tampoco le gusta. —Se rio—. Sí que lo intentó, pero nunca estuvo cómodo sobre un caballo. —Al hablar de James, se le enterneció la mirada y Gertie tragó saliva con dificultad—. Entonces, ¿pongo el cheque a nombre de Rosas Hamilton?

Gertie asintió, contenta de haber vuelto a los negocios.

—Gracias.

Gertie volvió a ojear aquella estancia diáfana, mientras Samantha extendía el cheque. Observó los enormes sofás y alfombras de colores neutros. Todo aquello era tan luminoso y moderno como Little Eleigh Manor oscuro y pasado de moda. A Gertie no le gustaba. «Nunca podría estar cómoda aquí», pensó.

Entonces, sus ojos se clavaron en una mesilla de cristal, en la que había como una docena de marcos con fotografías. Desde donde estaba, pudo ver una foto de James con Samantha, abrazándose el uno al otro, en algún sitio cálido y soleado, con el que Gertie solo podía soñar. En otra foto, aparecían los dos en un barco, en medio de un océano color turquesa. Eso recordó a Gertie lo poco que había visto del mundo. Apenas había salido de Anglia Oriental, pero ¿cómo iba a poder viajar cuando su madre necesitaba su ayuda en todo?

—¿No me dejarás, verdad, Gertie? —Penélope se lo había suplicado tantas veces que Gertie había perdido la cuenta—. Te necesito aquí.

—Claro que no te dejaré —le había prometido Gertie, notando el peso de su culpabilidad, solo por haber contemplado sus propias necesidades. Pero no se iba a quedar en Little Eleigh para siempre, porque James la llevaría a Francia o Italia o algún otro sitio espectacular, ¿no?

Gertie se sonrojó por tener esos pensamientos sobre el marido de otra mujer, en cuya casa se encontraba en ese preciso momento. Volvió a mirar a Samantha y se preguntó cómo sería estar atrapada en una silla de ruedas.

De repente, Samantha se estremeció.

—¿Está bien? —Gertie estaba a su lado al instante.

—¿Me puede dar esas pastillas, por favor? —señaló con la cabeza hacia una mesilla donde Gertie encontró un pequeño frasco, y se lo dio.

—¿Le puedo traer un poco de agua?

Samantha asintió.

—Por favor. —Su mano señaló la cocina y Gertie salió del salón. Igual que el resto de la casa, la cocina era luminosa y moderna y contaba con todo lo último. Gertie encontró un vaso y lo llenó con agua, antes de regresar con Samantha. La observó mientras tomaba dos de aquellas enormes píldoras.

—Se me olvidó tomármelas esta mañana —dijo Samantha—. Bueno, no es del todo cierto. Estoy intentando dejarlas. Odio meterme estas cosas en el cuerpo, pero, si no lo hago, es la agonía total.

—¿Siempre tiene dolor?

Samantha asintió.

—Bastante —dijo—. Algunos días son peores que otros. Suelo tomármelas desayunando con el pobre James. —Cerró sus ojos un instante, antes de suspirar.

—¿Le puedo traer alguna cosa más?

—No, gracias —dijo, volviendo a abrir sus preciosos ojos verdes.

—¿Usted es la hermana mediana, verdad?

—Sí —dijo Gertie.

—Creo que James la mencionó el otro día. Dijo que la había visto en el pueblo mientras estaba paseando a Clyde. Parece que la conoce.

Gertie se dio cuenta de que el perro se había sentado cerca de sus pies y ella esbozó una sonrisa incómoda.

Se sostuvieron la mirada un momento y Gertie no pudo dejar de preguntarse lo que estaría pasando por la cabeza de Samantha. Se sintió desnuda y vulnerable bajo esta mirada verde, como si Samantha pudiera ver dentro de su alma y descubrir todos sus secretos y los planes que había estado haciendo con James.

—Bueno, aquí tiene —dijo Samantha finalmente, arrancando el cheque del talonario y dándoselo a Gertie. Esta vio la elegante alianza y el solitario, cuya belleza parecía estar burlándose de ella, como si le estuviera contando que James nunca le haría un regalo así.

—Espero que le gusten las rosas —dijo Gertie.

—Seguro que triunfarán —dijo Samantha—. Gracias por venir

tan rápido.

Gertie asintió y Samantha le regaló una sonrisa cálida y sincera, lo que hizo que Gertie se preguntara si realmente era una persona tan difícil como James le había contado.

Estaba a punto de marcharse cuando sus ojos se quedaron clavados en el cuello de Samantha.

—¿Se encuentra bien? —preguntó Samantha—. Se ha puesto pálida.

—Estoy… bien —le aseguró Gertie, su mano derecha ajustándose el pañuelo de gasa que llevaba en el cuello—. Será mejor que me vaya. No hace falta que me acompañe.

—Adiós —dijo Samantha.

Gertie estuvo temblando durante el corto trayecto de regreso a la mansión, sus dedos en el medallón de plata que le había regalado James.

Samantha llevaba exactamente el mismo medallón.

—Está todo podrido, ¿lo ve? —dijo el señor Ludkin, apuntando hacia las vigas que había descubierto en una de las habitaciones del ala norte. Había montones de yeso en el suelo y el aire estaba cargado de polvo.

—Sí, lo veo —confirmó Celeste, mirando la vieja madera que tenía delante.

—Una suerte haberlo encontrado ahora, si no, toda la pared podría haberse hundido, y el tejado también.

—Pensaba que el tejado ya se había hundido —remarcó Celeste.

—No, no. Solo el techo —dijo él—. Dentro de lo que cabe, han tenido suerte.

—Suerte...

—Sin embargo, esto hará que se alargue la obra. Tendré que llamar a un técnico.

—Sí… —dijo Celeste, imaginándose el dinero del cuadro Fantin-Latour evaporándose incluso antes de llegar a la cuenta bancaria—. ¿Pero se puede salvar?

—Todo se puede salvar, si tiene el dinero para gastárselo —dijo el señor Ludkin.

Celeste respiro hondo.

—Ya me temía que iba a decir eso —contestó.

26

Gertie estaba furiosa. Furiosa y confusa. Desde que se despidiera de Samantha, había llamado varias veces a James y le había mandado como mínimo una docena de mensajes, antes de conseguir que se pusiera en contacto con ella y acordaran verse en la ermita esa misma tarde.

Cruzando los campos con Frinton, con la excusa perfecta de sacarlo a pasear, Gertie no podía dejar de preguntarse si James estaría allí, después de haberla dejado colgada la última vez. «¿Estará intentando darme largas?», se preguntó. ¿Y qué le diría sobre el colgante?

Pero, en el momento en que lo vio, apoyado en la ruina del muro de piedra de la ermita, iluminado por los últimos rayos del sol, su corazón se derritió. Era imposible, absolutamente imposible, estar enfadada con un hombre tan guapo y lo maldecía por ello.

—¡Cariño! —le dijo, envolviéndole la cara con las manos y plantándole un beso en la boca.

—Tengo que hablar contigo —le dijo Gertie al cabo de un minuto, decidida a mantener fría su cabeza y contarle todo.

—*Nada* me gusta más que hablar contigo —le dijo James—. Bueno, hay *una* cosa que me gusta más. —Le pellizcó suavemente el trasero, pero ella lo apartó.

—¡James! —gritó.

—¿Qué? —le devolvió el grito—. ¿Qué he hecho? —Su mirada herida la hizo sentirse culpable al instante, pero, entonces, recordó lo mal que ella lo había pasado por su culpa…una y otra vez.

—Hoy he visitado a Samantha —dijo Gertie.

—¿Qué? —exclamó James, horrorizado.

—Había pedido unos rosales —le dijo enseguida, sacándolo de su sufrimiento—. ¿Qué, pensabas que había ido allí para revelarme como tu amante o algo así?

James se pasó la mano por el cabello rubio.

—Bueno, yo…

—Yo no haría semejante cosa, James, sabes que no.

Él soltó un suspiro de alivio.

—Ya lo sé —dijo.

—Pero debería, sí, debería…

James se acercó a ella y le acarició la mejilla.

—Se lo voy a decir yo. En cuanto llegue el momento adecuado.

—¿Cuánto tiempo he estado escuchando ese discurso? —gritó Gertie—. El momento adecuado nunca llegará, ¿verdad? Entonces, ¿qué pasa con mi momento? ¡*Mi* momento adecuado ya ha llegado! Ahora que mamá ya no está, ya no tengo que quedarme en la mansión. ¡Puedo marcharme cuando quiera! Y me quiero marchar, James, ¡*quiero* marcharme!

James intentó callarla con un beso, pero ella lo empujó.

—¡Gertie!

—Escúchame —le dijo.

—Estoy escuchándote.

—Lo he visto —le dijo Gertie.

—¿De qué estás hablando?

—El colgante —dijo—. El medallón de plata.

James parecía confuso, pero los dedos de Gertie sacaron su medallón de detrás de su pañuelo.

—¡No me puedo creer que me hayas comprado el mismo collar

que a tu mujer!

James palideció un poco.

—Te lo puedo explicar —le dijo, como suelen hacer los hombres cuando están arrinconados.

—¿*Puedes*? —Gertie no parecía muy convencida.

James respiró hondo.

—Escucha, compré el medallón para ti, pero lo dejé en el bolsillo de mi chaqueta. Cuando Samantha estuvo buscando la prescripción de su medicina, encontró la caja y la abrió, pensando que era para ella. Tenía que decirle que era para ella, ¿no? Pero como no quería estropear la sorpresa para ti y sabía cómo te apetecía tener un medallón, decidí no dejar que Samantha lo echara todo por tierra y te compré otro.

Gertie frunció el ceño. ¿Estaba contando la verdad? Era difícil saberlo teniendo en cuenta que le estaba lanzando su mejor sonrisa y... también quería creerlo.

—No me crees, ¿verdad? —preguntó, acercándose a ella, con sus largos dedos para tomar el colgante y acariciarle suavemente el cuello.

Gertie lo observó detenidamente, con sus grandes ojos marrones llenos de dolor, preguntándose si era buena idea mencionar la noche en la que los había visto juntos, a él y a Samantha, y si tenía una explicación para eso también. Debía de haber alguna, decidió. James le diría que había malentendido la escena. Eso le contaría. Por esa razón, no mencionó aquello de momento. En lugar de eso dijo:

— A veces, haces que me vuelva loca.

—No es mi intención —se defendió James—. Quiero hacerte feliz.

—Y yo también quiero que me hagas feliz —le replicó Gertie—. Quiero que estemos juntos.

Él asintió y se inclinó hacia ella para besarle la frente.

—Tienes calor —le dijo en un susurro que Gertie sintió bailar sobre su piel. Estaba tan perdida en el momento que no advirtió que James estaba intentando cambiar de tema o evitarlo por completo y dejó que la besara y, cuando sonó el teléfono y James le dijo que tenía que volver a casa, dejó que se fuera sin decir nada más.

Celeste estuvo más de diez minutos dando vueltas por el estudio antes de llamar a Julian.

—¿Y la subasta? —le preguntó, sin más preámbulos.

—¡Hola, Celeste! ¿Cómo está? —le preguntó Julian.

—Estoy bien —dijo ella—, pero necesito saber lo que pasará con el resto de los cuadros.

—Bueno, los catálogos acaban de volver de la imprenta y se mandarán hoy. Tengo que decir que las imágenes son fantásticas, hacen honor a los cuadros. Pasaré a dejarle uno cuando suba este fin de semana, ¿vale?

—Entonces, ¿la subasta es dentro de dos semanas? —preguntó Celeste.

—Exacto —respondió Julian—. ¿Vendrá a Londres para verla?

Celeste estaba jugando con un mechón de su pelo oscuro.

—Todavía no estoy segura —dijo.

—Ya sé que no le gusta Londres —le dijo—, pero podría ser divertido. Después de la subasta, podría invitarla a cenar para celebrarlo.

—Si vendemos los cuadros —dijo Celeste, pragmática .

—Venderemos los cuadros —le aseguró Julian—. No debería preocuparse por este asunto.

Pero, cuando Celeste colgó, no podía negar que estaba preocupada… y no solamente por los cuadros, también por todo lo demás.

Otra vez, Celeste se despertó en medio de la noche. No estaba segura de lo que la había perturbado en esa ocasión, pero le estaba ocurriendo bastante últimamente y había aprendido a aceptarlo.

Encendió la lámpara de la mesilla de noche, lo que hizo que Frinton se moviera a los pies de la cama. Su mirada se detuvo en su vieja copia de *El castillo soñado* de Dodie Smith, y no pudo evitar una sonrisa irónica. Cassandra Mortmain era una de sus heroínas preferidas, seguramente ella sabía que la vida en un antiguo edificio en el centro de Suffolk era todo menos romántica. La primera vez que leyó aquel libro, había sentido una conexión inmediata con aquella heroína resistente aunque había fruncido el ceño al verla enamorarse a los dos segundos o temblando ante la idea de nadar en un foso. N i ella ni sus hermanas habían hecho nada tan atrevido en su vida.

—Tú sí que lo hiciste, ¿no? —le dijo a Frinton. Apuntó una de sus orejas al sonido de la voz de Celeste, pero el animal solo suspiró y volvió a dormirse.

Celeste se levantó de la cama, se calzó y se puso un jersey de algodón. Esa noche, no le apetecía leer, daba igual lo reconfortante que pudiera ser el intercambio de sus propias preocupaciones por las de Cassandra Mortmain. En vez de leer, bajó por las escaleras, acompañada por Frinton, que pensaba que no era mal negocio cambiar el sueño por un tentempié.

Tras abandonar el santuario de su dormitorio, se aventuró por el pasillo que conectaba todas las habitaciones. Siempre dejaban una pequeña lámpara encendida para iluminar el pasaje oscuro por si se levantaban por la noche, pero con los paneles de madera, seguía dando una impresión fantasmagórica.

Justo cuando pasaban por delante de la habitación de Penélope, Celeste vio que la puerta se había quedado entreabierta. Frinton, con su olfato de terrier, también lo había notado.

—¡No! —gritó Celeste cuando el perrito desapareció en la oscuridad. Desde la noche que había encontrado a Evie allí, Celeste no había vuelto a entrar en ese dormitorio y gruñó porque no le apetecía nada hacerlo en ese momento — ¡Frinton! —lo llamó suavemente—. *Sal* de ahí. —Pero, como ya se esperaba, el perrito no contestó. Negando con la cabeza y maldiciendo entre dientes el día en el que esa pequeña bola de travesura entró en su vida, encendió la luz y cruzó la puerta. Frinton estaba al lado de la cama, comiendo algo parecido a una galleta Jammie Dodger que él mismo seguramente había subido allí.

Tragando saliva con dificultad, se tomó un momento para observar la habitación. La gran cama de caoba en forma de trineo todavía estaba hecha con su ropa de cama de Toile de Jouy rosa y blanca y, encima de la mesilla de noche, estaba el marco de fotos de plata que ya había visto cuando estuvo en aquella habitación con Evie. La foto de Penélope. La habitación estaba llena de fotografías de su madre, con su precioso rostro observando la habitación desde cada uno de los marcos. Celeste notó que las lágrimas le estaban nublando la vista.

Nadie podría entender jamás cómo una mujer tan guapa podía llegar a ser tan cruel, pero esos grandes ojos marrones y esos labios sensuales ocultaban muchísima maldad y las miradas que había sido capaz de lanzar y las cosas que había sido capaz de decir hicieron que Celeste todavía temblara de miedo y tuviera que salir de la habitación.

—¡Frinton! —llamó, con voz helada—. Venga. —El perrito levantó la cabeza, lamiendo las últimas migas de la Jammie Dodger y la siguió hacia el pasillo, muy consciente de que no era momento de desafiar a su dueña cuando lo estaba llamando con ese tono de voz.

Al bajar las escaleras, oyó voces al avanzar por el pasillo hacia la cocina.

—¿Qué estáis haciendo aquí las dos? —preguntó al ver a Gertie y Evie cuando entró en la cocina.

—Lo mismo que tú, supongo. Yo no podía dormir —dijo Evie desde el banco al lado de la mesa. Gertie estaba removiendo algo con limón en una gran cazuela de plata—. Gertie está preparando un pastel y yo puedo chupar todas las cucharas y todos los boles, ¿verdad? Así que, ni se te ocurra colarte, porque yo he llegado antes.

Celeste se sentó enfrente de Evie.

—Tienes una pinta horribles, Celly —dijo Gertie, girándose hacia ella desde el horno.

—¡Muchas gracias! —contestó Celeste—. En plena madrugada supongo que no estoy obligada a parecer una supermodelo .

Gertie negó con la cabeza.

—Es algo más. ¿Te pasa algo?

Celeste suspiró.

—¿Habéis echado un vistazo al ala norte hoy?

—Yo evito entrar ahí —reconoció Gertie—. ¿Por qué? ¿Tan mal está?

—Es una manera suave de decirlo...

—Pero eso ya se sabía, ¿no? —dijo Gertie, vertiendo la masa espesa de la tarta de la cazuela en un molde—. Hace años que sabemos que las cosas allí están bastante mal.

—Ya lo sé, pero verlo todo tan abierto y expuesto me ha impactado bastante. Estoy muy preocupada: si algo más se desploma en esta casa, no sé si tendremos dinero para arreglarlo.

—Solo tendremos que hacer lo que podamos —dijo Gertie—. Nadie te pide que lo hagas todo de golpe. Un problema detrás de otro.

Celeste escondió la cabeza entre las manos y cerró los ojos, se limitó a oír a Gertie moviéndose por la cocina y trastear con los cacharros.

—¿Dónde has guardado el cuadro desaparecido, Celly? —preguntó Evie al cabo de un momento.

Celeste volvió a abrir los ojos y miró a su hermana, en el otro lado de la mesa.

—De momento, lo he dejado en el estudio.

—No lo irás a vender, ¿verdad? —Los ojos de Evie se estrecharon acusatorios.

—No estoy segura de qué hacer con él —reconoció Celeste—. Creo que sería mejor no hacer nada hasta que las cosas se hayan calmado un poco.

—¿Qué cosas? Ni papá ni Simone no han llamado, verdad?

—No —reconoció Celeste.

—¿Entonces? Creo que tendríamos que colgarlo en el salón. Ponlo en el hueco que dejó el Fantin-Latour. Odio ese hueco. Me ha dejado un vacío dentro.

Celeste sabía exactamente lo que quería decir Evie. Cada vez que entraba en aquella estancia, sentía que el hueco de la pared la estaba observando de tal modo que se preguntaba si había tomado la decisión correcta al desprenderse de él.

«Pero no te has desprendido de él —dijo una vocecita en su cabeza—. Vais a cobrar casi medio millón de libras por él.»

—A lo mejor tienes razón, podríamos colgarlo ahí —dijo finalmente.

—Será bonito —dijo Evie—. Tendríamos que celebrar su regreso a casa.

Celeste advirtió el cambio que se había producido en el rostro de Evie, con esos ojos preciosos suyos mirando hacia abajo, parecía melancólica.

—¿Evie? —empezó Celeste, recordando su conversación interrumpida en el vestíbulo y que no había tenido otra oportunidad para hablar con su hermana desde entonces—. ¿Estás bien?

Evie suspiró pero no levantó la mirada.

—¿Por qué todo el mundo sigue haciéndome esa pregunta?

—A lo mejor porque sabemos que algo te pasa —dijo Celeste.

—¿Y cómo lo sabes? —respondió su hermana, desafiante.

Celeste levantó las manos.

—Por tus comentarios, hechos exactamente en este tono de voz

—explicó.

Evie gruñó.

—Y por gruñir —añadió Celeste— y por andar por la casa abatida y el rostro pálido.

—No tengo el rostro pálido y no he estado andando abatida por ninguna parte.

—Y por hablar con Esther en secreto —siguió Celeste.

—¡Ah! —exclamó triunfal Evie—. Ahora sale la verdad. Crees que algo me está pasando por tener una conversación perfectamente normal con Esther, en vez de hablar contigo. ¿Es esto?

—No, no es por eso en absoluto.

—¿No? Porque todavía pareces molesta por ello —dijo Evie de manera provocativa.

—No estoy molesta. Solo quiero ayudar.

—No hay ayuda que prestar —insistió Evie.

—Entonces, ¿de qué estuviste hablando con Esther?

—¿ Acaso importa?

—A mí me importa —dijo Celeste—. Soy tu hermana mayor.

—Exactamente —dijo Evie.

—¿Qué insinúas con esto?

—Que eres mi hermana. No eres mi madre.

—No estoy intentando ser tu madre —objetó Celeste—. ¿Por eso has acudido a Esther? ¿Como madre suplente?

Los grandes ojos de Evie se llenaron de miedo.

—Eso es un disparate.

—¿Pero es cierto?

—No necesito una madre suplente. ¡Tengo veintiún años! —dijo Evie—. De todos modos, nadie podría sustituir a mamá.

—¡Vale, vale! —intentó calmarla Celeste—. Solo estoy intentando entender lo que está pasando.

—¿Y por qué? Nunca has mostrado ningún interés por nada.

—¡Evie! —exclamó Gertie, girándose desde el fregadero.

—¿Qué? —saltó Evie—. Tú dijiste lo mismo.

La mandíbula de Celeste casi tocó el suelo.

—¿Qué habéis estado diciendo sobre mí?

—Nada —dijo Gertie—. Yo no he dicho nada.

—¿De verdad? —preguntó Celeste, sin estar convencida de que aquello fuera cierto—. No suena así... ¿Qué habéis estado hablando, las dos?

—Déjalo, Celly —dijo Evie—. Ya puedes volver a tu estudio.

Un silencio horrible se instaló en la cocina.

—Entonces, ¿es eso? —preguntó Celeste al cabo de un momento—. ¿Crees que me estoy encerrando allí por *diversión*? ¿Creéis que os estoy dejando fuera de todo, verdad?

—Bueno, ¿acaso no es cierto? —dijo Evie.

—No trabajo por gusto —dijo Celeste con una voz apenas audible—, pero habéis sido vosotras las que me pedisteis que volviera, las dos me *suplicasteis* que volviera.

—Queríamos que volviera nuestra hermana —dijo Evie.

—Y ya he vuelto, pero también sabíais cómo estaba de abandonado todo en el estudio. ¿Qué se supone que debo hacer?

—¿*Hablar* con nosotras?

—¡Es lo que estoy intentando *ahora*! —espetó Celeste, desesperada.

—No lo entiendes, ¿verdad?

—¿Entender qué? Dime lo que no estoy entiendo, porque quiero saberlo.

—No puedes llegar aquí, después de tres años, pensando que nos vamos a abrir delante de ti así porque sí. ¡Las relaciones no funcionan así, Celeste! —dijo Evie—. Conseguiste escapar y no estuviste aquí al final ni tienes idea de cómo fue aquello. Te habías marchado con tu sofisticado marido a tu nuevo hogar, ¿verdad?

—¿Crees que mi matrimonio fue una salida fácil? —preguntó Celeste, con la respiración cortada—. Pues no lo era. Aquello fue el mayor error de mi vida, solo lo hice para poder salir de aquí. En ese momento, pensé que era buena idea. Estaba desesperada y sabía que no podía seguir viviendo aquí.

—Eso ya lo sabemos —dijo Gertie, intentando calmar las cosas entre Celeste y Evie—. No te estamos culpando por haberte marchado.

—¿No la estás culpando? —alucinó Evie—. No hables por mí, porque *yo* sí que la culpo.

Celeste meneó la cabeza.

—No digas eso, Evie. No me estás culpando.

—¿Por qué dices eso? ¿Por qué las dos siempre me estáis metiendo ideas en la cabeza y palabras en la boca? No *sabéis* lo que pienso o siento. —En pocos segundos, el rostro de Evie había cambiado del blanco de una rosa *Boule de Neige* al rojo de una *Munstead Wood*.

—Solo estoy intentando entender lo que está pasando aquí —dijo Celeste—. Con las dos. Ninguna de vosotras me habla de las cosas que realmente os importan. Sé que algo te está molestando, Evie, pero no me quieres dar una oportunidad, y Gertie también me está ocultando algo.

—¿Qué quieres decir? —preguntó Gertie.

—Has tenido muchas de estas sesiones tuyas de pastelería nocturna y sueles tenerlas cuando algo te está alterando. Me gustaría que me dijeras qué te inquieta.

Gertie tenía los labios apretados y se negó a cruzar la mirada con su hermana.

—Ya *sé* que paso poco tiempo con vosotras —dijo Celeste— y me duele saber que os haya hecho daño, pero, *por favor*, habladme. De verdad, os necesito.

—No, no es verdad —dijo Evie—. Nunca has necesitado a nadie. Solo te vas aislando de todo el mundo, ¿no es cierto? Eres tan fría, Celeste. Nunca he conocido a nadie tan frío como tú.

—¡*Déjalo*, Evie! —gritó Gertie—. Siempre te pasas ocho pueblos.

En este momento, entró Esther.

—¿Qué creéis que estáis haciendo, gritando así en plena noche?

—No te metas, Esther —dijo Celeste.

—¡Ni se te *ocurra* hablarle así —la defendió Evie.

—Esto no tiene nada que ver con ella, Evie —dijo Celeste, con un tono de aviso en su voz—. Esto va entre tú y yo.

—Te crees que esto lo puedes decidir tú, ¿verdad? —replicó Evie— Bueno, estoy harta de ti, crees que me puedes decir lo que tengo que hacer todo el rato. Ya no lo permitiré más.

Esther escuchó las palabras que las dos hermanas se estaban lanzando y levantó una de sus minúsculas manos huesudas.

—¡Chicas! —dijo. Su voz tranquila consiguió que dejaran de pelear un momento y se giraron para mirarla—. A ver —dijo finalmente—, no sé lo que ha podido provocar esta pequeña escena, pero creo tener una idea de lo que podría ser la causa.

—Bueno, me alegro de que alguien lo sepa —dijo Celeste con sarcasmo.

Esther clavó su mirada en Celeste un instante y, después, volvió a centrar su atención en Evie.

—Creo que tendrías que contárselo, Evie —dijo—, ¿no lo crees tú también?

27

—¿Contarnos qué? —preguntó Celeste—. Si tienes algo que contar, lo mejor sería soltarlo ya de una vez por todas.

—Sí, ¿qué es lo que está pasando? —dijo Gertie. Se había acercado a la mesa y vio a Esther sentada al lado de Evie, las dos se estaban mirando la una a la otra durante un largo momento de silencio.

—Venga, niña —dijo Esther, dando palmaditas en la mano de Evie.

La mirada de Celeste iba saltando del rostro de Esther al de Evie, no pudo evitar sentir algo de envidia por aquella complicidad. «¿Cuándo había pasado todo aquello?¿Y cómo era posible que no se hubiera dado cuenta de su creciente amistad?»

Evie respiró hondo varias veces.

—Estoy embarazada —dijo finalmente, encogiéndose de hombros, como si hubiera confesado haber olvidado sacar la basura.

—¿Embarazada? —dijo Gertie—. ¿Estás segura?

—Claro que estoy segura —contestó Evie—. Hace tiempo ya que estoy segura. Salgo de cuentas en Navidad.

—¿Un bebé para Navidad? —dijo Gertie, y Evie asintió.

—¡Dios mío! —siguió Gertie, esbozando una pequeña sonrisa, pero Evie no sonrió porque Celeste todavía no había reaccionado.

—¿Celeste? —Esther rompió el silencio.

Celeste se mordió la lengua para no empezar a gritar. No iba a gritar. Eso era lo que habría hecho Penélope y no sería como ella, ¿verdad?

—¿Y lo vas a tener? —preguntó Celeste finalmente.

Evie se quedó boquiabierta, sus ojos expresando incredulidad.

—*Por supuesto* que lo voy a tener. ¿Por qué no lo iba a tener?

—Solo es que… —Celeste se detuvo, ¿qué quería decir exactamente?—. Me cuesta creer que quieras traer un bebé a esta familia disfuncional.

Nada más pronunciar esas palabras, Celeste se dio cuenta del error que acababa de cometer. Tres pares de ojos la miraron, pero nadie se atrevió a decir una palabra.

—No puedo creer que hayas dicho eso —dijo Evie, al cabo de un momento, su voz reducida a un suspiro glacial.

—No quería que sonara así —dijo Celeste, negando con la cabeza. Se giró hacia Gertie, como si estuviera esperando unas palabras de apoyo de su parte, pero la mirada herida en sus ojos dejaron muy claro a Celeste que no iba a recibir ningún respaldo por parte de su hermana.

—Entonces, ¿qué es lo que *sí* que querías decir? —preguntó Gertie.

—Quería decir… quería decir… ¿estás segura de que esto es lo mejor para ti, para la familia?

—Para *ti*, ¿quieres decir? No estás preocupada por mí, ¿verdad? —dijo Evie—. Estás preocupada por la posibilidad de que te pudieran caer más responsabilidades a *ti*.

—No he dicho eso —se defendió Celeste.

—No hace falta —dijo Evie—. ¡Lo tienes escrito en la cara!

—Evie —dijo Esther, su voz todavía tranquila y su mano apoyada en la de Evie—. Deja que Celeste termine.

Evie giró su mirada hacia Esther, dejando claro que se sentía traicionada por la anciana.

—Solo es que… supongo que no me cabe en la cabeza que

alguien desee traer un hijo a esta casa… después de todo lo que hemos vivido con mamá —dijo Celeste. Ya lo había dicho. Por fin le había salido. Las hermanas nunca habían hablado de aquello entre ellas. Siempre había estado allí presente, con cada una de ellas pensando cosas y sintiendo emociones que nadie nunca expresaba.

—¿Y eso por qué eso debería importarme a mí? —dijo Evie.

Celeste estudió el rostro joven de su hermana, asombrada por su inocencia.

—¿No te da miedo? —le preguntó.

—¿El qué? ¿Dar a luz?

—No —dijo Celeste—. Convertirte en mamá.

Evie frunció el ceño.

—Yo quería mucho a mamá —dijo—. Ya sé que tuvo sus defectos. Todo el mundo los tiene. Y sé que tú tuviste problemas con ella, pero ¿por qué esto me tendría que afectar a mí ahora? De todos modos, si alguna de nosotras corre el riesgo de convertirse en mamá, serás tú, no yo.

—No digas eso —contestó Celeste.

—Pero si eres exactamente como ella, pasas horas y horas en el estudio, sin saber nunca lo que realmente nos pasa a nosotras.

—¡Evie! —avisó Gertie, pero ya era imposible parar a Evie.

—¿Qué?

—Yo *no* soy como mamá —dijo Celeste, sus ojos oscuros de repente llenos de lágrimas, y su voz vacilando, como si algo en su interior se hubiera roto bruscamente—. ¡No me vuelvas a decir eso jamás!

—Pero dijiste…

—¡No tienes ni *idea* de lo que yo tuve que sufrir con ella! —gritó Celeste— ni de lo que *todavía* estoy sufriendo. Ni la más mínima idea. Me hizo sentir tan…

—¿Qué? —dijo Evie, su voz todavía llena de ira.

—Inútil —contestó Celeste, las lágrimas corriendo por su cara—. Nunca podía hacer nada bien. Siempre, *siempre* hice las cosas mal y me duele tanto tener que escucharte ahora, diciendo que ahora también os estoy fallando.

—Pero yo no he dicho eso —se defendió Evie.

—Siempre me estás criticando, Evie.

—Celly, no es cierto. Solo es que… no me gusta que te aísles de nosotras. Siempre lo has hecho y nunca me ha gustado.

—Porque eso es lo que solía hacer mamá conmigo —explicó Celeste, secándose los ojos con un pañuelo que le había dejado Gertie—. Nunca me dejó acercarme a ella. Nunca quiso conocerme de verdad.

El silencio volvió a instalarse en la cocina. La primera en hablar fue Evie.

—A mí tampoco me quiso conocer —dijo.

Celeste frunció el ceño.

—Pero si fuisteis íntimas —replicó.

Evie se encogió de hombros.

—No —dijo—. Íntimas, no. Pensaba que sí, pero eso no era intimidad, exactamente. Eso era otra cosa.

—¿Qué, entonces? —preguntó Gertie.

—Su vanidad, creo —dijo Evie—. Adoraba vestirme y hacerme desfilar. Yo era su muñeca. Una niña guapa para mimar. Pero nunca fue amor. Ahora estoy empezando a entenderlo. —Se giró hacia Esther un segundo. La anciana le sonrió y le dio unas palmaditas en la mano.

Celeste observó a Evie y las dos hermanas intercambiaron una mirada. Por fin, una nueva manera de comprenderse parecía estar naciendo entre las dos.

—Nos hizo la vida bastante imposible a todas —concluyó Gertie.

Esther, que había estado contemplando la escena, carraspeó y, apretando la mano de Evie, empezó a hablar.

—Vuestra madre era una mujer de convivencia extremadamente difícil—les contó—. Era ambiciosa y cabezota y, sí, era capaz de ser cruel. Yo también fui víctima de esa lengua cruel suya más de una vez y no puedo imaginar lo que Celeste y vosotras habréis tenido que soportar, pero también creo que os quería. A su manera.

—¿De verdad? —dijo Celeste, todavía con lágrimas en los ojos.

Esther asintió.

—Sí.

—Yo no estoy tan segura —dijo Celeste, con voz sombría—. Yo nunca lo sentí.

Gertie extendió su mano al otro lado de la mesa, y cogió la de Celeste.

—Lo siento —dijo Evie—. No era mi intención hacerte llorar. —Había lágrimas en sus ojos también ahora.

—No pasa nada —dijo Celeste.

—Supongo que nunca sabremos exactamente lo que tuvimos que soportar con mamá —concluyó Evie.

—Lo sabremos si hablamos más del tema —la contradijo Celeste.

Evie esbozó una pequeña sonrisa.

—Me gustaría poder hablarlo.

Celeste respiró hondo.

—No era mi intención parecer tan crítica acerca de tus planes con el bebé. Estoy muy emocionada por ti. De verdad. Solo es que…

—¿Qué? —preguntó Evie, con voz amable esta vez.

—Solo es que no me lo puedo imaginar con ese optimismo tuyo… —dijo Celeste— después de todo lo que hemos vivido como familia.

—Bueno, a lo mejor, este bebé arregle algunas cosas —contestó

Evie simplemente—. Puede ser que haya llegado la hora de hacer las cosas bien.

Todas intercambiaron miradas, llenas de ternura esa vez. Ya no tenían ganas de discutir.

—¿Quieres decir ser un familia feliz? —preguntó Celeste.

—¿Y por qué no? Sería un cambio a mejor, ¿no lo crees? —dijo Evie.

Celeste se había quedado sin argumentos para contradecirla, pero todavía no había absorbido la enormidad de la situación. *Un bebé.* ¿Little Eleigh Manor estaba preparado para acoger a un bebé? ¿Un niño pequeño, gateando por aquellas viejas habitaciones y asomándose al foso? Y los bebés costaban dinero, ¿no? Las tres solas apenas se las arreglaban, pero Celeste tuvo el sentido común de no expresar esas dudas.

—¿Sabes quién es el padre? —preguntó Gertie.

—Pues *claro* que lo sé —dijo Evie, lanzando una mirada de indignación a su hermana.

—Es Lukas, ¿verdad? —dijo Gertie—. Ya he visto cómo te mira.

—Hasta *yo* he visto cómo te mira ese chico —dijo Esther, y todas se echaron a reír, aliviadas con el cambio de humor.

—¿Él lo sabe? —preguntó Celeste.

—No —dijo Evie, clavando su mirada en la mesa de la cocina y dibujando un pequeño círculo alrededor de un nudo en la madera con la punta de su dedo.

—Entonces, ¿solo se lo habías contado a Esther? —preguntó Celeste.

—No empieces otra vez… —se defendió Evie.

—No estaba empezando —dijo Celeste—. Solo quiero tener las cosas claras, nada más.

—Creo que debería contárselo —dijo Esther, y todas se giraron hacia ella—. Ya sé que no soy de la familia…

—Para *mí*, tú eres de la familia —dijo Evie y, otra vez, las dos mujeres intercambiaron una mirada que hizo que Celeste se sintiera excluida.

—Pero se lo debes contar a él —terminó Esther.

Las cuatro mujeres alrededor de la mesa se miraron las unas a las otras.

Gertie asintió.

—Es un chico dulce —dijo—. Necesita saberlo. —Entonces, giró su mirada hacia Celeste, igual que Evie y Esther.

Celeste carraspeó.

—Estoy de acuerdo —dijo—. Está claro que debe saberlo.

Evie suspiró.

—No era lo que yo quería —dijo.

—¿Qué es lo que tú querías? —preguntó Gertie, inclinándose ligeramente, como si estuviera intentando acercarse a la verdad.

—Quería algo mío. Algo que nadie me pudiera quitar.

—¿Crees que intentará quitarte el bebé? —dijo Gertie.

Evie se encogió de hombros.

—Estás pensando en Betty, ¿verdad? —dijo Celeste.

—¿Quién es Betty? —preguntó Esther, y Celeste no pudo evitar una pequeña sensación de superioridad por saber algo de su hermana que Esther ignoraba.

—Betty era la gatita de Evie. Una monada. Completamente blanca, con una pequeña mancha negra en su ojo izquierdo —contó Celeste—. Uno de los jardineros se la regaló a Evie, creo. Su gata había tenido gatitos y estaba desesperado por encontrar hogares para todos ellos. Bueno, como mamá siempre había odiado los gatos, decidimos no contárselo y esconderla en el ala norte.

—Lo hicimos muy bien —se hizo oír Gertie—. Le dábamos de comer y la dejábamos salir al jardín cuando sabíamos que nadie podía verla.

—Pero, un día, al volver del colegio, vi que había desaparecido. Buscamos por todas partes y finalmente se lo tuvimos que preguntar a mamá —contó Evie—. Siempre recordaré su mirada triunfal cuando dijo que había descubierto nuestro pequeño secreto y que nos había castigado por no decírselo. Yo no pude entenderlo.

—Pero esto es de locos —dijo Gertie—. No puedes no decir a un padre que tiene un hijo solo porque mamá se deshizo de tu gatita hace mil años. Lukas no es mamá, para empezar.

—¿Pero cómo puedo estar segura de que no intentará quitármela?

—¿Es niña? —preguntó Celeste.

Evie asintió.

—Creo que sí —dijo—. No estoy segura, pero siempre pienso en *ella* —dijo, poniendo una mano encima de su vientre—. De todos modos, no es solamente por la gatita. Mamá entraba en mi habitación a todas horas. A veces, cogía cosas también.

Esther frunció el ceño.

—¿Como qué?

—Como un pequeño jarrón de cristal que me compré en la fiesta de la iglesia con mi paga. No era muy especial, de verdad, pero era de un color verde increíble, casi luminoso. Me gustaba mucho. Bueno, a mamá también, obviamente, porque un día, lo descubrí encima de la mesa del vestíbulo, con unas rosas dentro. «Eres egoísta por no querer compartirlo.»», me dijo «Ahora, todo el mundo puede disfrutarlo.» Nunca me lo devolvió —dijo Evie—. Con ella nunca sentí que nada pudiera ser mío. Siempre volvía a casa preguntándome qué podría haber desaparecido esta vez o en qué habría metido mamá sus narices.

Las dos se giraron hacia Celeste.

—¿Alguna vez te quitó algo a ti? —preguntó Evie.

Celeste respiró hondo.

—¿Mi cordura? ¿Mis ganas de vivir? —dijo, y todas le sonrieron.

Gertie le apretó la mano.

—¿Sabéis que tenía un trastorno? ¿Un trastorno de la personalidad? —dijo Celeste.

Gertie adoptó un aire pensativo.

—Ya sospechaba yo algo así.

—Julian me lo comentó y he estado leyendo en internet sobre el tema. Su hermano tiene lo mismo —dijo, girándose hacia sus hermanas.

—¿No era simplemente rara?

—Algunas formas de rareza se pueden diagnosticar y, cuanto más leo, más consciente soy de que hay mucha gente con la que nunca podremos llevarnos bien, pero sí que podemos intentar entenderla un poco —explicó Celeste—. Creo que es importante ser consciente de que la culpa no es nuestra y de que poco podríamos haber hecho para cambiarla.

Evie tenía los ojos llenos de lágrimas.

—Siento mucho haberte dicho todo eso antes, Celly.

Celeste asintió.

—No pasa nada —dijo, levantándose de la mesa—. Mira, ya es tarde. Tendríamos que irnos a la cama, especialmente tú, Evie. Ahora tienes que dormir por dos.

Evie esbozó una pequeña sonrisa.

—Buenas noches. Disculpe las molestias, Esther.

—No os preocupéis —dijo la anciana—. No me lo habría perdido por nada en el mundo. —Y, entonces, le regaló a Celeste la primera sonrisa que había recibido la joven de su parte. Celeste no se lo podía creer. Y ya hora de irse a la cama.

—Celly —dijo Gertie al cabo de un minuto, mientras seguía a su hermana y Frinton por el pasillo.

—¿Sí? —Celeste se dio la vuelta para verla.

—Lo que dijiste antes... sobre nosotras convirtiéndonos en

mamá. Eso te preocupa, ¿no?

—Más que nada en el mundo —confesó Celeste.

—A mí también —dijo Gertie.

—¿De verdad?

—Por supuesto —contestó—. ¿A qué hija no le preocupa convertirse en su madre? ¡A todas!

Celeste sonrió.

—¿Cuándo lo supiste?

—¿Qué? ¿Que mamá tenía un problema? —preguntó Gertie—. No estoy muy segura. Creo que poco a poco. Descubrir esas cosas es difícil, ¿no? Cuando eres pequeña, todo en tu familia te parece normal, pero al leer libros, libros sobre familias felices, empecé a preguntarme si nuestra situación era normal. Entonces, papá se marchó. En aquella época, pensé que la culpa era suya, pero, luego, poco a poco, me di cuenta de que a él se le había hecho imposible soportar a mamá más tiempo. Dios sabrá lo que sufrió con ella y ya sé que no lo pagó conmigo como lo hizo contigo, pero hubo una cosa, un incidente, que me hizo consciente de que tenía un problema.

—¿Qué pasó?

—El día en el que desapareciste —explicó Gertie.

—¿Te acuerdas?

—Claro que me acuerdo —dijo—. ¿Adónde te fuiste?

—Al bosque —dijo Celeste—. Quería quedarme allí toda la noche, pero tenía frío y estaba incómoda.

Gertie meneó la cabeza.

—Ojalá lo hubiera sabido. Habría ido a buscarte.

—No quería que nadie me encontrase —replicó Celeste.

—Recuerdo lo que mamá dijo en ese momento —dijo Gertie, al cabo de un segundo.

—¿Qué dijo?

—Que era imposible llevarse bien contigo —dijo Gertie— y

que eras rencorosa y egoísta.

Celeste tragó saliva con dificultad. Había oído esas palabras de la boca de su madre cientos de veces, pero saber que también las había pronunciado ante sus hermanas la dejó helada.

—Entonces supe que algo pasaba con mamá. Escuchar a mamá mintiendo así fue como ser arrollada por un tren. No me lo podía creer, pero tuve la prueba delante de mis ojos. ¡Mi propia madre me estaba contando un montón de mentiras y, además, esperaba que yo le diera la razón! —Gertie soltó una carcajada hueca—. Y creía que yo me pondría de su lado, en tu contra.

—Me alegro de que no lo hicieras —le agradeció Celeste.

—Sé que tú te llevaste la peor parte del trastorno de mamá —dijo Gertie—. Evie también lo sabe, pero, a veces, se le olvida. Creo que todavía está confusa con los sentimientos que tiene hacia mamá. Hay tantas emociones mezcladas, pero de una cosa estoy segura… las cosas que te echó en cara esta noche, no las piensa de verdad.

—¿Tú crees?

—No, por *supuesto* que no.

—Pero, ¿y si tiene razón? Yo conozco mis defectos, Gertie. No soy abierta ni cálida ni…

—¡Para ya! —la frenó Gertie, cogiéndola entre sus brazos—. Eres la persona más cálida que conozco. ¿Quién más habría venido corriendo para sacarnos de este lío?

Se abrazaron la una a la otra, ahí en la sombra del silencioso vestíbulo, con el reloj contando los minutos de plena noche.

—¿Por qué no hablamos así años atrás? —dijo Gertie finalmente.

—No lo sé —confesó Celeste—. Podría habernos ayudado a lidiar mejor con todo lo que sufrimos con mamá.

Gertie asintió.

—Yo creía que su comportamiento era culpa mía —dijo—. Era

difícil pensar lo contrario cuando te estaba gritando.

—Yo también —dijo Celeste.

Durante un momento largo, sus miradas se quedaron fijas la una en la otra.

—¿La querías? —preguntó Gertie finalmente y Celeste sintió las lágrimas.

—Nos lo puso muy difícil para que la quisiéramos —dijo, y Gertie asintió.

—Ya lo sé.

—Creo no haber sabido nunca cuáles eran mis sentimientos hacia ella —dijo Celeste.

—¿Crees que ella nos quiso en algún momento? —preguntó Gertie, su rostro parecía el de una niña, dulce y vulnerable—. Quiero decir, ¿si *realmente* nos quiso?

Celeste suspiró.

—No lo sé. No estoy segura de que fuera capaz de querer a nadie. Hubo momentos en que sintió orgullo, cuando conseguíamos cosas que podían dejarla bien a ella, pero eso no es amor de verdad, ¿no? Y, obviamente, no tuvo ni la más remota idea de lo que es el amor incondicional. Este es el amor verdadero de un padre, ¿no? ¿Querer a sus hijos independientemente de lo que dicen o consiguen?

Gertie asintió.

—¿O lo que llevan?

Celeste gruñó.

—Exactamente. Vámonos a la cama —dijo—. Estoy hecha polvo.

—Sí, las revelaciones de secretos familiares, como hermanas embarazadas, siempre me dejan hecha polvo a mí también —comentó Gertie, y se rieron las dos.

—No puedo creer que Evie vaya a ser madre —dijo Celeste, subiendo las escaleras, con Frinton adelantándolas corriendo.

—¡Voy a ser tía! —dijo Gertie.

Cruzaron el pasillo juntas, pasando por delante de la habitación de su madre.

—¿Qué crees que hubiera dicho mamá? —preguntó Gertie.

Celeste respiró hondo.

—Creo que habría dicho algo dañino y ofensivo, antes de echar a Evie de casa.

Gertie asintió.

—Seguro.

28

La mañana siguiente, el teléfono sonó temprano. Demasiado temprano para tres hermanas que habían estado discutiendo y haciendo las paces hasta las tantas. Gertie fue la primera en llegar al teléfono y se arrepintió enseguida de su presteza al escuchar la voz de la mujer de su padre, Simone, de mal humor.

—¡Creéis que yo no sé quién lo ha hecho! —gritó dejando el oído izquierdo de Gertie medio sordo.

—No sé de qué me estás hablando, Simone —dijo Gertie con tono inocente.

—¡Y un cuerno no lo sabes! No sé quién de vosotras ha sido. Probablemente las tres juntas. Carne y uña sois ¡y ladronas también! Bueno, os no vais a salir con la…

Gertie extendió el teléfono en dirección a Celeste.

—¡No lo quiero! —gritó Celeste, pero Gertie se lo lanzó igualmente.

—¡Nunca he conocido a chicas tan mentirosas y rencorosas como vosotras! —decía Simone—. Tu padre no se sabe ni la mitad. ¡Y eso después de todo lo que he hecho por vosotras!

Celeste se carcajeó, provocando así unos ladridos violentos por parte de Frinton.

—¿Quién es? —dijo Evie, entrando el vestíbulo.

—Es para ti —dijo Celeste, pasándole tranquilamente el teléfono.

Evie se lo cogió y palideció enseguida al oír la voz furiosa al otro lado de la línea.

—¿Perdona? —dijo—. ¿*Cómo* me acabas de llamar?

Celeste y Gertie intercambiaron miradas confundidas.

—¿*Tú* vas a llamar a la policía? —continuó Evie—. Seremos *nosotras* las que llamaremos a la policía y les contaremos cómo robaste el cuadro de Little Eleigh Manor, junto con un montón de otras cosas que están repartidas por tu casa.

—¿Qué otras cosas? —preguntó Gertie. Simone obviamente hizo la misma pregunta, pues Evie continuó.

—Como los candelabros del comedor —dijo Evie— y la pequeña fuente de cristal en el vestíbulo. ¿De verdad pensabas que no nos íbamos a dar cuenta, vieja estúpida? Mira, no vuelvas a llamar aquí, ¿de acuerdo? —Y, con eso, Evie colgó el teléfono bajo una tormenta de aplausos por parte de sus hermanas y una serie de ladridos de Frinton.

—¿Te encuentras bien? —preguntó Gertie, una vez vuelta la calma—. No deberías ponerte tan nerviosa estando embarazada.

—¡Es verdad! —dijo Celeste—. ¡Y lo que podría haber pasado si te hubieras caído de esa escalera!

—Tenía que hacerlo —dijo Evie.

—Ya lo sé —dijo Celeste—, pero no vuelvas a hacer algo similar, ¿vale? Por lo menos, no mientras tengas un bebé de camino.

—No empecéis a tratarme como a una inválida, porque no lo soy —dijo Evie, apartándose el pelo rubio de la cara y haciendo gestos—. Me encuentro bien y seguiré siendo *yo* durante todo el embarazo.

Celeste lanzó una mirada de resignación, sabiendo que nada en este mundo podría cambiar el ritmo ni las maneras de Evie, hasta que ella misma decidiera hacer las cosas con más calma. Y aún faltaba para eso.

Justo cuando estaba pensando en lo maravillosamente feliz que se sentía esa mañana y en lo bien que estaban las tres, volvió a sonar el teléfono.

—¡No! —gritó Celeste—. Será ella otra vez.

—Yo le diré *algo* por volver a *llamar* —dijo Evie, levantando el auricular—. ¿Hola? —dijo de manera abrupta—. ¡Oh, *Julian*! Disculpe, pensaba que era otra persona —se rio—. No, todas estamos bien. Sí, estamos en casa. Pásese cuando quiera.

Julian llegó al cabo de unos veinte minutos. Después de recibirlo en la puerta, Evie gritó por toda la casa para avisar a Celeste.

—Hola, Celeste —dijo Julian, con su rostro iluminado por una sonrisa cálida al verla entrar en el vestíbulo—. Le traigo el catálogo.

—Oh, qué bien —dijo Celeste, contenta por verlo otra vez. Lo guió hacia el salón—. ¿Una taza de té?

—Yo haré los honores —dijo Evie.

—Gracias —dijo Julian, mientras se sentaba en uno de los antiguos sofás, cerca de la chimenea, junto a Celeste. Puso su elegante maletín encima de la mesilla y lo abrió para sacar el catálogo Faraday de papel cuché—. Aquí lo tiene —dijo, entregándoselo a Celeste—. Sus cuadros ocupan la página cuatro y también la portada.

—¡Qué bonito! —dijo Celeste, encantada al ver el cuadro de la portada. Se trataba de la obra de Ferdinand Georg Waldmüller con el jarrón de plata desbordante de rosas de color rosa tan intenso que parecían brillar contra el fondo oscuro. Era muy luminoso y tan bonito que Celeste notó una bola subiéndole por la garganta al pensar que no volvería a ver aquel cuadro nunca más. Por lo menos, no en Little Eleigh Manor.

—Mucha gente está interesada en este cuadro —le explicó Julian. El cuadro que escogemos para la portada siempre recibe mucha atención.

—Gracias por escoger uno de los nuestros —dijo Celeste, a lo que Julian sonrió y asintió.

—No podría hacer escogido otro mejor —dijo.

Celeste abrió el catálogo con dedos temblorosos. En la primera página, una introducción, debajo de una fotografía del propio Julian. En la imagen, salía guapísimo y Celeste tuvo que mirarla dos veces. ¿Julian era realmente tan atractivo? Se giró para mirarlo.

—¡Ah, esa fotografía! —dijo—. Parezco un estudiante.

—¡No, en absoluto! —dijo Celeste sin pensar—. Bueno, quizá esa corbata con rayas le hace parecer un universitario.

—Tendría que hacerme una nueva fotografía, pero odio esos numeritos —dijo, haciendo un gesto en el aire, como si estuviera apartando toda la atención de sí.

—Es bonita. Debería dejarla.

Julian parecía sorprendido por el cumplido y Celeste se notó el rostro ardiendo. Volvió a centrar su atención en el catálogo. Las páginas dos y tres mostraban sombríos paisajes oscuros del siglo XIX, de manera que aún destacaban más los cuadros de rosas de las páginas siguientes, según Celeste. Leyó las descripciones, vio las estimaciones de sus precios y su corazón le pesó tanto que temió romper a llorar.

—Tiene que ser un poco raro, ver los cuadros así —dijo Julian, después de unos segundos de silencio por parte de Celeste.

—Me siento como si el fantasma del abuelo Arthur estuviera mirandolo todo por encima de mi hombro —le confesó Celeste.

—Seguro que le diría que está haciendo lo correcto —le aseguró Julian.

—¿Usted cree?

—Seguro que lo entendería.

—¡Aquí estamos! —voceó Evie, entrando en el salón con tres tazas de té en una bandeja que puso encima de la mesita. Se sentó en el sofá, al lado de Celeste, forzándola a acercarse a Julian tanto que sus piernas se tocaron—. ¡Cielos! ¿Esos son nuestros cuadros?

Celeste asintió y Evie le quitó el catálogo de las manos.

—Me temo que sí.

Evie se tomó un momento para ver las fotografías y después dio un resoplido.

—Ojalá pudiéramos quedárnoslos —dijo.

—Ojalá —contestó Celeste—, pero teníamos que escoger entre perder los cuadros o el ala norte. Lo sabes, ¿verdad?

—Lo sé —dijo Evie—, pero aun así me duele.

—Le puedo dejar copias de las fotografías que hicimos de los cuadros —dijo Julian—. Son muy buenas.

—No será lo mismo, ¿no? —preguntó Evie.

—Desgraciadamente, no —reconoció Julian.

Tomaron el té en un silencio agradable. Después, Celeste se levantó.

—Gracias por traer el catálogo —dijo—. Lo acompaño hasta su coche. Frinton también necesita un paseo.

Frinton, sentado sobre una alfombra, cerca de la chimenea, se levantó, meneando su cola y los tres salieron de la mansión juntos, caminando por la extensión de césped recién cortado que bajaba en pendiente hacia el río. Frinton los adelantó, impaciente por encontrar algo para oler o atrapar.

—Es un lugar tan especial —dijo Julian.

—Nos gusta —dijo Celeste— y por eso tenemos que hacer sacrificios para mantenerlo todo. Como vender los cuadros, por ejemplo.

—Ojalá pudiera hacer algo para ayudar —dijo.

—Pero si ya nos ayuda —le dijo Celeste—. No sé cómo agradecérselo, le agradezco tantísimo que haya elegido uno de nuestros cuadros para la portada y habernos puesto en contacto con Kammie.

Julian sonrió.

—Es como si este sitio formara parte de mí ahora. ¿O eso suena demasiado atrevido?

Celeste negó con la cabeza.

—Este lugar suele absorber a la gente,

—Ahora entiendo por qué —dijo Julian—. Creo que, si estuviera viviendo aquí, nunca querría marcharme.

—Bueno, eso es fácil decirlo —dijo Celeste.

—Sí, así es —dijo Julian—. Disculpe, un comentario muy poco sensible de mi parte.

—No pasa nada —dijo Celeste—. Me dolió mucho dejar este lugar, pero me habría dolido aún más haberme quedado.

—¿Está contenta de haber vuelto?

Celeste observó los campos en la otra orilla del río y una pequeña brisa sopló a través de su cabello oscuro.

—Me encanta este lugar, pero hay tantas emociones raras mezcladas aquí que, a veces, también lo odio. ¿Tiene sentido eso?

Julian asintió.

—Claro —dijo—, tiene mucho sentido. Pero el tiempo lo pondrá todo en su sitio, ¿verdad? Cuando se convierta más en su hogar, cuando haya puesto su sello en esta propiedad.

—¡Ah, el tiempo! —dijo Celeste con una pequeña sonrisa—. No estoy segura de que exista en el mundo el tiempo suficiente para borrar mi pasado, tampoco estoy muy segura de saber si puedo quedarme aquí, aunque… —se detuvo— estoy empezando a sentirme un poco más cómoda , cosa que nunca creí que ocurriría. Gertie y Evie quieren que me quede. Eso lo sé ahora. Pero no estoy segura de lo que yo quiero hacer.

Julian le lanzó una mirada tan llena de ternura que Celeste tuvo que apartar la vista.

—Tiene que dejar el pasado en el pasado, Celeste, y empezar a crear su nuevo futuro, sea aquí o en otro sitio.

—Lo sé —dijo ella—. Esa es una de las razones por las que creo que podría ser una buena idea vender la mansión.

—¿Está segura de que es la única opción? —preguntó Julian—. Parece una decisión bastante irreversible.

—Soy consciente de ello —replicó Celeste—, pero realmente necesitamos que entre mucho más dinero. El dinero que cobraremos por los cuadros nos ayudará, por supuesto, pero el precio de las obras de reparación y reforma es desorbitado, es muchísimo. Sé que Evie está haciendo un trabajo impresionante por el negocio, incluso mencionó la posibilidad de organizar bodas aquí, cosa que podría funcionar si pudiéramos dejarlo todo arreglado, pero lo que necesitamos realmente es una entrada estable que se sume a los ingresos que nos da Rosas Hamilton.

—¿Como un alquiler o algo así?

Celeste asintió.

—Evie no volvería a hablarme en la vida si tuviéramos que vender, pero creo que a Gertie podría cuadrarle. Siempre está hablando de marcharse al extranjero. Creo que vender la mansión podría animarla a dar este salto.

—¿Y qué pasaría con usted? ¿Adónde iría?

Celeste se encogió de hombros.

—Ya me las arreglaré —dijo—. Siempre lo he hecho.

Julian la estaba observando intensamente.

—Ya sabe que me puede hablar de cualquier cosa —le dijo— y creo que debería hablar de esas cosas. Además, creo que resultaría más fácil hablar conmigo que con sus hermanas.

—¿Por qué lo cree? —preguntó Celeste.

—Porque hablar con los familiares suele ser más difícil, por todos los sentimientos que hay entre ellos —se explicó.

—Sabe, anoche hablamos de algunas cosas —confesó Celeste—. Mis hermanas y yo.

—¿En serio?

—No entiendo por qué no hablamos antes —siguió Celeste—. Todas hemos ido arrastrando un gran dolor, incapaces de compartirlo con las otras.

—¿Lo ve?

—¿Qué?

—Compártalo *conmigo* —dijo Julian.

Se quedaron mirándose el uno al otro, sin que llegaran las palabras, y todo lo que Celeste podía decir fue…

—No puedo.

Julian tragó saliva con dificultad.

—Ojalá pudiera —dijo—. Me gustaría ayudarla.

—Pero si ya lo ha hecho —protestó Celeste, sinceramente desconcertada.

—Pero quiero hacer más —dijo Julian—. Me preocupo por usted, Celeste. Tiene que haberse dado cuenta de...

Celeste se puso en movimiento, alejándose del río, hacia la rosaleda.

—¿Celeste? —la llamó Julian, corriendo para alcanzarla.

Ella se detuvo y se giró para mirarlo.

—¿Qué?

Julian suspiró y se pasó la mano por el cabello color caoba.

—Si estoy insistiendo demasiado, lo siento mucho. A usted la incomoda todo esto.

—No, yo… —Celeste se detuvo.

—¿Qué? ¿Qué ocurre?

—No estoy segura de saber *cómo* hablar.

Julian ladeó la cabeza ante esa extraña confesión.

—¿Qué quiere decir?

Celeste clavó la mirada en el césped debajo de sus zapatos de cordón, prácticos más que nada, y negó con la cabeza.

—No estoy segura —dijo—. Quizá todavía no esté preparada para hablar.

—De acuerdo —la tranquilizó Julian—. Bueno, cuando lo esté, aquí estaré. Ya lo sabe, ¿verdad?

—Ya lo sé —dijo Celeste, y de repente, anhelaba extender su mano hacia él, para hacerle saber lo que significaba para ella, pero algo la estaba reteniendo y su mano se quedó donde estaba.

Los dos empezaron a caminar y llegaron a un camino que pasaba por debajo de unas bóvedas, desbordadas de rosas.

—Volví a Lavenham para ver otro local. —Julian retomó así la conversación y se detuvo para oler un ramal de rosas de color albaricoque.

—¿Para la tienda de antigüedades? —preguntó Celeste, aliviada por el giro que había tomado la conversación, por fin de regreso a un terreno más seguro.

Julian asintió.

—Un fracaso, me temo.

—¡Oh, no!

—¡Ya!

—Entonces, ¿qué piensa hacer?

—Volver a empezar.

—¿En Lavenham?

—No exactamente —dijo; pequeñas arrugas asomaron alrededor de sus ojos mientras la observaba—. De hecho, me acaba de dar una idea bastante buena.

—¿Ah?

—Sí —le dijo. Detuvieron el paso—. Celeste, le quería pedir su opinión sobre un tema, pero lo he estado retrasando porque sabía que todavía estaba pensando en vender la mansión.

—¿Y qué es?

—Bueno, si no van a vender, ¿qué opinaría de abrir una tienda de antigüedades aquí?

—¿*Aquí*?

—¿Y por qué no? —le contestó Julian—. La mansión sería el marco ideal, ¿no lo cree?

—¿Está hablando en serio?

—No hago otra cosa que hablar en serio —dijo con una sonrisa juguetona Julian—. Piénselo bien: eso podría atraer a mucha gente.

Podría representar un nuevo destino de excursión para Suffolk: ¡echar un vistazo a las antigüedades y comprar unas rosas!

Se giró en dirección de la mansión, en la otra orilla del foso, para contemplar las dimensiones del edificio. Una vista impresionante que parecía recién salida de un libro de cuentos, con su ala con entramado de madera, sus almenas y torres de vértigo.

—Pero sigo pensando en vender la mansión —le dijo Celeste—. Ya lo sabe.

—Sí, lo sé —contestó Julian— y yo no puedo dejar de pensar en ello.

—¿De verdad?

Julian asintió.

—¿Cuál era su plan para el ala norte? —preguntó—. Solo por saber.

—Bueno, yo, la verdad, todavía no lo he pensado —se sinceró Celeste—. Solo he decidido que no se vuelva a hundir.

—Sabe que no puede dejar estas habitaciones desocupadas después de todo el dinero que está invirtiendo en ellas.

—Supongo que no —dijo Celeste—. De hecho, me preocupa mucho ese tema.

—Bueno, si alquilara esas habitaciones, las estancias se mantendrían caldeadas, tendrían vida, creo que eso podría ser beneficioso, ¿no? ¿Se las imagina, llenas de piezas antiguas, objetos que solían adornar residencias similares?

—¿Quiere decir que ocuparía el *ala entera*?

—Celeste, ocuparía el estadio de Wembley si dispusiera de tanto espacio —dijo, riéndose entre dientes—. De hecho, sería una gozada imaginar esa ala llena de antigüedades.

—Lo estoy intentando —dijo Celeste.

—Y le podría ofrecer un buen alquiler, por supuesto, y una comisión sobre las piezas vendidas.

—Bueno… yo… —Se detuvo, y se le escapó una pequeña

risita—. Usted va en serio con este asunto, ¿verdad?

—Absolutamente —le aseguró Julian—. El ala norte tiene su propia entrada, ¿verdad?

—Sí, hay una puerta al fondo del patio.

—Entonces, los clientes no las estarían molestando —argumentó Julian.

—Pero estaría usted en Londres, ¿no?

Julian pasó su mano por la barbilla.

—Me encantaría tener mi base aquí, pero, para empezar, creo que sería mejor contratar a alguien e ir y venir de aquí y la sala de subastas de Londres, hasta que las cosas rodaran

—De acuerdo —dijo Celeste, ilusionada de repente con la idea de Julian y preguntándose si funcionaría. Si funcionara, Little Eleigh Manor tendría por delante un futuro completamente nuevo. Aquello podría ser una opción viable, pensó, convertir la mansión en la sede de un negocio, a la vez que permitiría a las hermanas vivir allí juntas.

—Con el bebé de Evie —susurró.

—¿Disculpe? —preguntó Julian.

Celeste levantó la mirada hacia él.

—¿Quiere echar un vistazo ahora? —preguntó.

—Me encantaría —contestó Julian.

—El señor Ludkin está trabajando, así que habrá mucho ruido y polvo —le explicó Celeste.

—Si a él no le importa, a mí tampoco.

Dejaron el esplendor perfumado de la rosaleda y cruzaron el patio para entrar al ala norte por el antiguo portón de madera.

—Es impresionante —comentó Julian—. Imagínese lo que pensarán los clientes. Ya tendrían las manos a medio camino hacia sus bolsillos.

Celeste hizo un gesto.

—¿Lo cree de verdad?

—Cuando los clientes hayan visto este lugar, querrán llevarse un trozo con ellos y entonces yo tendré las antigüedades preparadas.

Celeste adoraba su seguridad y lo guió por el largo pasillo oscuro al ritmo de un estruendo de golpes feroces.

—¿Señor Ludkin? —llamó Celeste. Girándose hacia Julian, añadió—: Creo que es mejor avisar, por si acaso tenía pensado derribar un muro.

—Bien pensado —reconoció Julian.

—¿Podemos pasar? —preguntó Celeste, llamando a una de las puertas.

—¡Sí, pase! —contestó el señor Ludkin, gritando.

—Le presento a Julian Faraday —dijo Celeste—. Está interesado en alquilar estas estancias.

—¿En serio? —dijo el señor Ludkin, sorprendido—. ¿Pero no enseguida, supongo?

—Creo que sería más inteligente esperar hasta que usted termine su trabajo —dijo Julian, extiendo su mano para estrechar la del señor Ludkin, cubierta de polvo.

—Va todo bien, ¿verdad? —indagó Celeste.

—Hoy no ha habido sorpresas —confirmó el señor Ludkin.

—Mejor —contestó Celeste.

—Pero, con esas casas antiguas, nunca se sabe —siguió el señor Ludkin—. Lo acabo de comentar con mi hijo, ¿verdad?

El hijo del señor Ludkin interrumpió su actividad, hasta ese momento estaba rascando yeso, y asintió.

—Entonces, ¿usted qué opina? —le preguntó Celeste a Julian, mientras cruzaban la habitación hacia el magnífico ventanal isabelino con vistas sobre el foso.

—Opino que es increíble —le contestó este—. Aquí podrían caber muchas cosas, sin dar la impresión de estar fuera de lugar. Tapices, camas con dosel…

—¿Camas con dosel?

—¡Imagínese!

—¡Estoy intentándolo! —dijo Celeste.

—Escuche —dijo Julian—, sé que es una decisión importantísima y no espero tener una respuesta inmediata, pero solo le pido que se lo piense, ¿de acuerdo? Considere la nueva vida que le podría dar a este lugar.

Celeste asintió.

—Lo haré —dijo.

—Y quizá pudiéramos hablarlo durante la cena después de la subasta —siguió Julian.

Celeste parecía sorprendida.

—Oh, no estoy muy segura de ir —dijo.

—¡Pero *tiene* que ir! —insistió Julian—. No se lo puede perder. Venga a Londres y le llevo a mi restaurante preferido después para celebrarlo.

Celeste respiró hondo, cosa que no era muy recomendable en el ala norte.

—No sé si podría soportar ver cómo se subastan nuestros cuadros —dijo, sus ojos llenos de desesperanza.

Julian asintió.

—Lo entiendo —dijo, extendiendo la mano para apretarle el hombro.

Justo en este momento, un trozo de pared cayó con estrepito, dándoles una ducha de polvo.

—¡Disculpen! —gritó el señor Ludkin, y los dos salieron antes de ser testigos de otro destrozo.

29

Evie estaba en el salón cuando Julian se marchó y esperó un momento antes de salir de casa para encontrar un rincón tranquilo en el jardín. Se sentó en un banquillo ornamentado blanco, debajo de una pérgola, llena de rosas de blanco cremoso, y sacó su teléfono de su bolsillo.

—¿Lukas? —dijo, al cabo de un segundo.

—¿Evie?

—¿Dónde estás?

—En casa de Gloria Temple.

—¿Podrías pasarte por aquí? —preguntó Evie.

Lukas se alertó enseguida.

—¿Estás bien?

—Sí, estoy bien —dijo Evie, con un suspiro que expresó exasperación. ¿Por qué la gente no paraba de hacerle esa pregunta?

—¿No estarás tramando algo relacionado con subirte a una escalera o algo de ese estilo, verdad?

—No, nada de ese estilo.

—¿Y tampoco te encuentras atascada encima de una escalera ahora mismo?

—¡*No*! —dijo Evie, gruñendo—. Mira, si estás demasiado ocupado...

—No estoy demasiado ocupado —la cortó Lukas—. Voy enseguida.

Evie colgó y contempló las delicadas flores blancas que había encima de su cabeza para inhalar toda su fragancia. ¿Estaba haciendo lo correcto, contándoselo a Lukas? Así lo creían sus hermanas. También Esther.

Sonrió, recordando las largas conversaciones que había tenido con Esther esas últimas semanas, pensando en el miedo que le daba primero y en cómo había odiado a Celeste por asignarle la tarea de limpiar la habitación de la anciana. Pero, poco a poco, habían empezado a hablar, compartiendo anécdotas de sus vidas, haciendo preguntas que, tal vez, nadie había hecho antes. Habían intercambiado libros, leído juntas y paseado por los jardines. Incluso Evie le había enseñado a Esther su querido cobertizo y, enseguida, Esther había empuñado una pala de jardinería.

Habría sido fácil para alguien del exterior, mirarlas y llegar a la conclusión de que Esther era la madre que Evie siempre había anhelado y nunca había tenido, pero no era así. Eran amigas, nada más. Evie no necesitaba a una madre; muy pronto, ella sería madre. Pero a nadie le podían sobrar amigos, ¿verdad?

Tras dejar la pérgola, Evie se entretuvo un momento en el cobertizo antes de volver por el camino que la llevaba a la mansión. No se sorprendió al ver el coche de Lukas, pasando por la cima de la colina, solo unos minutos más tarde. Lo observó, acercándose, con la sensación de que su vida estaba a punto de cambiar para siempre y que no lo podía controlar todo.

—Pero sí que puedo —se dijo a sí misma— y no se lo tengo que contar si no quiero. Ya veré cómo sale.

Observó a Lukas, cruzando el foso y aparcando el viejo coche de ocasión, un coche horrible, con una puerta trasera abollada y manchas oxidadas, pero tanto el kilometraje como el precio eran bajos y Lukas se había apañado con él durante sus viajes por Reino Unido, incluso había dormido en su interior un par de veces para ahorrar dinero.

—¡Hola! —dijo, bajando del coche. Llevaba unos vaqueros descoloridos, llenos de barro, y una camiseta deshilachada por el cuello y las mangas, pero aun así resultaba tremendamente atractivo.

Evie carraspeó, intentando no tener la mirada fijada en él, ni imaginando cómo sería volver a besarlo. No debía comprobar lo guapo y deseable que era su antiguo amante, se recordó a sí misma. Tenía que tratar un asunto importante y estaba muy decidida a no desviarse.

—Hola —le contestó.

—¿Entramos? —dijo Lukas, indicando la casa del guarda.

—Prefiero caminar un poco —contestó Evie.

—Claro —dijo Lukas, adaptando su ritmo al de Evie, mientras esta se volvió en dirección de la pérgola, cubierta de rosas, donde se sentaron juntos en el banco—. Qué bonito —dijo Lukas al cabo de un minuto—. ¡Muy romántico! —Sus grandes ojos y la pequeña sonrisa parecían hacer alguna insinuación a la noche en la que, probablemente, habían concebido el bebé que ella llevaba en su interior.

—Lukas… —empezó, intentando no pensar en ese día.

—¿Sí?

—Tengo algo importante que contarte.

—De acuerdo —le dijo.

Pero no podía. Simplemente no podía. Entonces, tuvo que contarle otra cosa.

—Gertie y yo hemos estado hablando y creemos que podrías ayudarnos con el jardín.

Lukas parecía sorprendido.

—¿Me estás ofreciendo un trabajo?

—Sí —le dijo.

—¿A tiempo parcial?

Evie asintió.

—Ya veremos cómo van las cosas. Eso, si te quieres quedar más tiempo en Suffolk, claro.

—Ya sabes que quiero —dijo Lukas, esbozando una ligera sonrisa.

Evie asintió.

—Vale.

—Vale —se hizo el eco Lukas.

—¿No estás contento? —preguntó Evie—. Pensaba que estarías contento.

—¡Lo estoy! —dijo Lukas—. Solo es que… ¿me has llamado por *eso*? ¿Por eso estamos aquí, sentados, rodeados de rosas?

—Me gusta sentarme aquí —dijo Evie—. Me ayuda a relajarme.

—¿Y necesitas estar relajada para ofrecerme un trabajo a tiempo parcial?

Evie asintió, pero Lukas no parecía muy convencido.

—Entonces, ¿esto *no* iba sobre nosotros? —preguntó, sus ojos estaban entrecerrados por el sol.

Evie respiró hondo.

—No. Bueno, sí. De alguna manera.

Lukas se rio.

—¿Qué demonios estás intentando decirme?

La frente de Evie se arrugó, parecía estar a punto de romper a llorar.

—Tengo otra cosa que contarte, pero no me lo estás poniendo nada fácil.

Lukas se quedó abatido.

—*Perdona*, Evie. Venga, inténtalo ahora. Te estoy escuchando.

Evie estaba aturrullada y se levantó de repente.

—¡Oh, esto es inútil! ¡Ya sabía que lo sería! Esto no era idea mía. —Se puso en marcha, caminando deprisa por el camino antes de cruzar la extensión de césped en dirección del río.

—¿Qué es lo que no era idea tuya? —Lukas le gritó.

—Decírtelo —contestó Evie.

—¿Decirme qué? —Lukas la alcanzó y cogió la mano de Evie con la suya—. ¡Evie! ¿Qué está pasando? ¿Cómo-se-llame descubrió que robaste el cuadro? ¿Te van a detener o algo así? ¿Me necesitas como testigo? —Lukas estaba bromeando, pero a Evie no le hacía ninguna gracia.

—Esto no tiene nada que ver con el cuadro. Y no lo robé. Ya era nuestro. Simone nos lo robó a *nosotras.*

—¡Vale, vale! Entonces, ¿qué es?

Evie echó la cabeza hacia atrás y observó el cielo azul, deseando ser un pajarito, para poder despegar y volar muy, muy lejos, pero era una criatura terrestre y tenía que quedarse para enfrentarse a la realidad. Entonces, miró a Lukas, de pie delante de ella, y absorbió su pelo rubio y sus ojos claros, llenos de ansiedad. En ese momento, supo que había llegado la hora de contárselo.

—Estoy… estoy…

—¿Qué?

—Embarazada.

Detrás de ellos, un mirlo asustado lanzó su canto en alarma y despegó, sobrevolando el césped. Evie no quería tomárselo como un mal presagio, pero no le recriminaría a Lukas si él también salía volando. Pero no lo hizo.

Como a cámara lenta, Lukas se acercó, tragando saliva con dificultad.

—Es mío, ¿verdad?

—Sí —dijo Evie.

—¿Cuánto hace que lo sabes?

—Desde hace tiempo —le contestó.

—¿Y por qué no me lo dijiste?

—Porque no quería que te implicaras en esto.

—Pero *estoy* implicado —dijo Lukas.

—Sí, pero solo biológicamente.

—¿Qué demonios quieres decir con eso?

—Lukas, no viniste a Inglaterra para ser padre —se explicó Evie—, y yo no te estoy pidiendo nada.

—De acuerdo —dijo Lukas—, ¿pero qué pasa si *quiero* ser padre, un padre de verdad?

—Pero yo nunca quise que lo nuestro fuera algo serio. Tú y yo, *nosotros*, todo pasó sin pensar mucho en el futuro. Sabías que mi madre se estaba muriendo y tú eras una magnífica válvula de escape de esa situación. Yo nunca pensé en que tuviéramos algo más. Entonces, cuando lo descubrí, solo podía pensar en esta nueva vida que está creciendo dentro de mí y, por muy inesperado que fuera, todo me parecía perfecto.

Lukas la miraba con mucha ternura.

—Sí que es inesperado —dijo.

—Ya lo sé, por eso me preocupaba contártelo. Ves, esta decisión es *mía*. Tú no te tienes que preocuparte por nada. Yo me ocuparé de nuestra hija.

—¿Una hija?

Evie asintió.

—Estoy segura de que es niña. Tengo ese presentimiento.

Lukas respiró hondo y soltó el aire.

—¡Vaya! —dijo.

—Por favor, no te preocupes —intentó tranquilizarlo Evie.

—Evie, no estoy preocupado —le contestó—. Estoy, estoy ¡muy feliz!

—¿De verdad?

Lukas se acercó a ella y, sin dejarle el tiempo de advertir lo que estaba pasando, plantó sus labios sobre los de Evie. Ella se había olvidado de sus besos, pero en ese momento, allí en el jardín, volvieron a ella todos los recuerdos y se dio cuenta de la locura que había sido pensar que podría vivir sin él. Había hecho todo lo posible por apartarlo de su mente y construir un muro entre él y su corazón, pero no había funcionado. Lo quería y lo necesitaba.

La respiración de Evie se hizo intensa y rápida y se sintió al borde del desmayo cuando, finalmente, la soltó.

—Por favor, no me digas que no querías que te besara —dijo Lukas.

Evie negó con la cabeza.

—No lo haré —dijo—, porque quería que lo hicieras.

—¡Dios, Evie! —dijo con un suspiro de exasperación— ¿Por qué no me lo contaste todo antes?

Evie también suspiró.

—No lo sé —reconoció—. Supongo que siempre tengo que intentar hacer las cosas yo sola.

—Pero no tienes que hacerlo sola. *¿Por qué* ibas a querer hacerlo todo sola? —Lukas extendió su mano para acariciar la mejilla de Evie—. Estoy aquí para ti. Siempre lo he estado, desde el minuto en el que crucé el foso y te vi, en medio de esa enorme pila de abono de caballo.

Evie se rio.

—Vaya momento escogiste para decir hola.

Lukas esbozó una sonrisa y cogió el rostro de Evie entre las manos.

—Siempre quise estar aquí para ti, pero no dejaste que me acercara.

—Lo sé —admitió Evie—. Y lo siento de verdad. Quería ser... —se detuvo.

—Sea lo que sea, no digas *independiente* —la avisó Lukas.

—¿Y por qué no? ¿Qué tiene eso de malo?

—Para empezar, porque ser del todo independiente te hace estar solo.

Evie sonrió.

—Supongo.

—No creo que la gente esté hecha para vivir sola, ¿tú sí?

—Pero yo *no* estoy sola.

—Bueno, ya sé, *ahora* no. Tienes a tus hermanas y este sitio y a esa anciana tan rara.

—¡*Esther*!

—Sí, Esther —dijo Lukas—. ¿Pero qué pasaría si se mudaran?

Evie entrecerró sus ojos.

—No van a ir a ninguna parte.

—¿Puedes estar segura de eso?

—No podemos estar seguros de nada, supongo —reconoció Evie—. Ni siquiera de si será posible vivir aquí todas juntas mucho tiempo más… si Celeste se sale con la suya. Y yo voy a tener a este bebé, pase lo que pase. De todos modos, ya puedes hablar tú… abandonas tu hogar y tu familia para viajar por el Reino Unido solito.

Lukas se rio.

—Sí —dijo—, pero es una vida muy solitaria y sabes que no quería marcharme después de haberte conocido.

—Lo sé —dijo Evie.

—Pensé en ti todos los días. A todas horas.

Evie le lanzó una mirada incrédula.

—¡Ya!

—¡De verdad! Recibiste mis mensajes, ¿no?

—¡Me saturaste el teléfono!

—Porque te eché muchísimo de menos.

El rostro de Evie se suavizó.

—Yo también te eché de menos. —Lukas le acarició el rubio suave de su pelo—. Entonces, este trabajo a tiempo parcial que me estás ofreciendo… ¿es porque me quieres tener aquí, o solo porque crees que estarás incapacitada durante un periodo?

—¡*No* voy a estar incapacitada! —exclamó Evie—. Gertie y yo habíamos pensado que sería buena idea tener un par de manos extra, mientras yo me ocupo del bebé.

Lukas hizo una mueca.

—Ya veo.

—¿Entonces? ¿Vas a aceptar el trabajo o seguirás tocándome el pelo todo el día?

Lukas se rio.

—¡Voy a aceptar el trabajo, boba! —dijo.

—No me llames boba —dijo Evie—. Estoy hablando en serio.

—Ya lo sé —contestó Lukas— y yo también estoy hablando muy en serio… acerca de ti. Quiero estar contigo para siempre.

—¿Pero qué pasa con tus estudios? ¿Tu arte? No puedes tirar todo por la borda —argumentó Evie.

—Puedo seguir estudiando —dijo—, solo que también te tendré a ti y a esta pequeñaja en mi vida.

—No quiero que te arrepientes de nada —protestó Evie.

—No lo haré.

—Lo dices ahora, pero podrías cambiar tu opinión rápidamente y quiero que sepas que no me importará. Podrás marcharte.

—Evie, no me marcharé.

—Solo estoy diciendo que podrás marcharte cuando quieras…

—No querré.

Evie respiró hondo.

—No me crees, ¿verdad? —preguntó Lukas.

—Ya no sé qué creer —dijo Evie—. Creo que te quiero y no había dicho eso a nadie en toda mi vida.

—¿Y te crees que me voy a marchar para alejarme de todo esto? —Se acercó un poco más a ella y Evie notó el calor de su cuerpo contra el suyo—. ¿De *esto*? —Puso su mano ancha sobre su vientre y Evie suspiró y puso su mano sobre la de Lukas.

—Te creo —le dijo, reposando su cabeza en el hueco de su hombro—. Te creo de verdad.

30

El día de la subasta llegó demasiado rápido para Celeste, era una sensación extraña, porque creía que lo más duro había sido tomar la decisión de vender los cuadros. Pero, al subir al tren de Londres, no podía calmar los nervios pensando en ser testigo de la venta de sus queridos cuadros. Todavía ignoraba cuál sería su reacción, pero se veía capaz de empezar a pujar ella misma o darle al postor ganador un buen derechazo.

En la estación de Liverpool Street, tomó el metro hasta la estación más cercana a las salas de subastas Faraday. La luz del sol inundaba la ciudad y la cegó al subir a la superficie. Parpadeando, empezó a caminar en la dirección que esperaba fuera la correcta, pasando por delante de una fila nítida de *boutiques* y una floristería que vendía rosas que solían desesperar a las tres hermanas: rosas híbridas de té, horriblemente chillonas y sin atisbo alguno de perfume. Meneando la cabeza en señal de desaprobación, siguió su camino, pasando por delante de las terrazas de unas elegantes casas solariegas, para detenerse de repente.

Mientras su mano recorría su bolso, buscando su guía de bolsillo, Celeste ya sabía que se había perdido. ¿Cuántas calles tenía Londres? ¿Cómo podía ser aquello tan complicado? ¿Qué demonios había estado pensando al tomar la decisión de asistir a la subasta? Debería haberse quedado en casa en Suffolk, allí sabía todos los caminos. Pensaba en las tres carreteras rurales que formaban el pueblo de Little Eleigh y en que era capaz de orientarse sin pensar entre los miles de senderos y campos que rodeaban la mansión.

Después de encontrar la página correcta, estudió aquel mapa minúsculo, tomó la primera calle a la derecha y se sintió increíblemente aliviada de ver Faraday delante de sus ojos. Era un gran edificio blanco, estilo georgiano, impresionante con sus cuatro plantas y dos enormes ventanas con maineles en la planta baja, anunciando el evento. Todo era muy impresionante y costaba creer que Julian realmente quisiera abandonar todo aquello para abrir una tienda de antigüedades en Suffolk, en medio de la nada, pero había visto pasión en sus ojos cuando había hablado de sus planes para el futuro y no tenía ninguna duda de que él seguiría su corazón aunque eso significaba abandonar Londres.

Lo que la llevó al tema del ala norte... Había hablado con Gertie y Evie de la idea que tenía Julian de abrir una tienda de antigüedades en la mansión y a sus hermanas les había encantado.

—¿Eso quiere decir que no necesitamos vender la mansión? —había preguntado Evie.

—Bueno, no nos adelantemos tanto —Celeste había frenado su entusiasmo—, pero debemos considerarlo.

—Creo que es una idea estupenda —había dicho Gertie—. Será una buena fuente de ingresos, además de atraer a más gente aquí para hacer propaganda de Rosas Hamilton.

—Sin olvidarnos del alquiler de la casa del guarda —había añadido Evie—. ¡Van a entrar torrentes de dinero!

Celeste coincidía con ellas, pero con algunas reservas. Tener a Julian trabajando por la mansión sería una situación extraña, ella no estaba muy segura de sus sentimientos.

Julian Faraday en Little Eleigh Manor.

Ya no sería posible evitarlo, ni a él, ni a los sentimientos que estaba empezando a sentir por él. Todavía no se sentía preparada para dejarse llevar por esos sentimientos. De momento, no le costaba evitarlo cuando era necesario. Lo veía cuando era conveniente para ella, pero también podía dejar sus llamadas sin contestar e ignorar sus mails a su antojo. Con él trabajando en la casa, evitarlo ya no sería tan fácil, ¿no? No podía ocultar que le gustaba Julian, ni ignorar que los sentimientos de él por ella también iban visiblemente creciendo.

Al entrar en el edificio, observó el vestíbulo y la muchedumbre dirigiéndose hacia la sala donde se celebraría la subasta y enseguida vio a Julian con un impecable traje azul marino que hacía que su cabello brillara. Celeste pensó que nunca lo había visto así, con aspecto de hombre de negocios. Estaba charlando con una señora mayor, cuyo cuello estaba cargado de enormes perlas y cuyos dedos brillaban llenos de anillos enormes con piedras preciosas. «¿Acaso se proponía comprar los cuadros de su familia?» se preguntó Celeste.

Cuando la señora se despidió de Julian, otro señor se interpuso en su camino y, después, lo hizo una pareja madura para charlar. Celeste se divertía observándolo entreteniendo a sus clientes cuando, de repente, Julian la vio.

—¡Celeste! —La bienvenida de Julian hizo que varias cabezas se giraran hacia ella. Celeste se sonrojó. Los besos en ambas mejillas la sorprendieron muchísimo. Nunca lo había hecho, pero sería mejor no darle demasiada importancia a aquel gesto. Ese era el Julian Faraday de Londres, razonaba. Allí, la gente se saludaba así.

—Hola —lo saludó Celeste—. Ha venido mucha gente.

Julian asintió.

—Es un buen público. Es muy emocionante. ¿Dónde se quiere sentar? Venga conmigo.

La guió por el pasillo entre las filas perfectas de sillas, su mano derecha en la parte baja de su espalda.

—¡Oh, delante no! —dijo Celeste—. No podría soportarlo. —Volvió hacia atrás y escogió un asiento de pasillo, a mitad de la sala.

—¿Seguro que estará bien aquí? —le preguntó Julian.

—Estaré muy bien —dijo con una brevísima sonrisa. Se sentía traicionada por sus nervios—. Adelante, señor subastador, tiene cuadros que vender.

Julian le hizo una mueca y un gesto gracioso, antes de acercarse al escenario. Un silencio henchido de expectativas cayó sobre la sala y, entonces, estalló la locura.

Los primeros lotes eran óleos aburridos de paisajes, que se vendieron por impresionantes cantidades de dinero. Celeste observó la sala con asombro. ¿Quiénes eran aquellas personas y cómo demonios podían ganar tanto dinero? Vio una fila de mesas en la parte lateral de la sala, ocupadas por personal equipado con teléfonos pegados a sus orejas y ordenadores. Resultó que la subasta no se limitaba a esta pequeña sala en el centro de Londres sino que se celebraba en el mundo entero.

Decenas de miles de libras se intercambiaron a un ritmo vertiginoso, con números proyectados en las principales monedas mundiales en una gran pantalla situada detrás de Julian. Celeste observaba la escena con la boca abierta, los ojos como platos y el corazón acelerado, esperando el momento en que exhibieran sus cuadros de rosas.

Cuando el primero de sus cuadros entró en la sala, Celeste ya tenía la boca seca. Los ojos de Julian encontraron los suyos, en medio del público, y entonces empezó la tortura.

El primero era el Frans Mortelmans de la cesta con las rosas carmesíes y rosadas.

—El preferido de la abuela —susurró Celeste, con lágrimas nublándole la vista cuando, solo unos segundos de infarto más tarde, ya se había vendido. Aun habiendo ganado cuarenta y cinco mil libras, le dolía no volver a verlo jamás. Sabía que Gertie y Evie estarían viendo la subasta online en casa y se preguntaba si estarían celebrándolo o llorando.

Después del Frans Mortelmans, le tocó el turno al Ferdinand Georg Waldmüller, seguido por el Jean-Louis Cassell de rosas blancas que tanto le gustaba a Celeste. Cada uno se vendió por más de treinta mil libras, pero cada vez que caía el martillo, una bala le atravesaba el corazón.

El delicado Pierre-Joseph Redouté cerró la subasta de los cuadros de rosas.

—El Rafael de las flores —se dijo Celeste, recordando lo que le había contado Julian acerca de aquel pintor. Consiguió un precio récord, sesenta y cinco mil libras, y la primera ronda de aplausos del día por parte del público la sala.

Todos los cuadros habían conseguido y superado con creces su precio de reserva, un éxito, sin duda, pero aquel éxito también significaba que ninguno volvería a casa con ella. Y entonces se dio cuenta de que, en secreto, había estado deseando que uno fallara. Todavía les quedaba el pequeño cuadro que Evie había recuperado de casa de Simone, se consoló Celeste. Algo era algo.

Celeste no se quedó hasta el final de la subasta, abandonó la sala discretamente, notando la mirada de Julian en su espalda. No era capaz de mirarlo; necesitaba un poco de tiempo para ella, así que salió de Faraday y callejeó hasta encontrar un pequeño parque. Se sentó en un banco, debajo del sol londinense, respirando hondo en un intento de tranquilizarse.

Ya se habían marchado. Primero el Fantin-Latour y ahora los cuadros más pequeños que habían decorado las paredes de Little Eleigh Manor durante muchos años. Celeste cerró sus ojos y sintió todo el peso de su culpabilidad. Sabía que mucha gente pensaría que era una niña mimada, que había estado viviendo en una mansión medieval con foso llena de antigüedades y que no tenía ninguna razón para quejarse, pero no podía evitar estar de luto por la pérdida de algo tan bonito y tan apreciado por sus abuelos.

Cuando sonó su teléfono, echó un vistazo al mensaje, medio

esperando que fuera de Julian preguntándole adónde había ido, pero se trataba de Gertie.

Has hecho lo correcto. X

Parpadeó para deshacerse de las lágrimas y encontró algo de consuelo al sentir que su hermana sabía exactamente lo que estaba viviendo en ese momento.

Por mucho que quisiera irse ya de Londres y escabullirse a su rincón tranquilo en Anglia Oriental, también sabía que, después de todo el trabajo y el tiempo que le había dedicado Julian, su marcha precipitada sería toda una grosería, así que, después de unos minutos más de relativa soledad, volvió hacia las salas de subasta. La venta ya había terminado y el vestíbulo estaba lleno de gente que hacía cola para pagar sus adquisiciones. No dio con Julian, pero, de pronto, lo vio en un rincón de la sala. Estaba bromeando y sonriendo, como solo él sabía hacer. Nunca había conocido una persona tan cálida e implacablemente feliz como él y notó cómo su tristeza empezaba a desvanecerse, solo por verlo hablar con un cliente. Cuando cruzó su mirada con él, se disculpó y se hizo un camino entre la gente hasta llegar a Celeste.

—¡Celeste! ¿Se encuentra bien? —le preguntó, reposando su mano firme en su hombro.

—Creo que sí.

—Está temblando —dijo—. Venga conmigo.

—¿No tiene que quedarse aquí?

—No, no —contestó Julian alegremente, conduciéndola fuera de la sala, con su mano en la parte baja de su espalda, como ya había hecho antes de la subasta. Cruzaron un pasillo alfombrado que los llevó a un despacho espacioso que daba a un patio.

—¿Es su despacho? —preguntó Celeste.

—Sí —reconoció Julian—. No está nada mal, ¿verdad?

—Es muy bonito.

—Y completamente equipado con un mueble para bebidas —siguió Julian—. ¿Le puedo ofrecer alguna cosa?

—No, gracias.

—¿Está segura? —preguntó—. Me parece que le vendría bien tomar algo.

—¿Un té?

—Por supuesto —contestó Julian, cogiendo el teléfono encima de su escritorio—. ¿Liza? Dos tazas de té, por favor.

—¿Seguro que no es ninguna molestia?

—Celeste, usted ha sido uno de los grandes clientes de hoy. Creo que nos podemos permitir una taza de té.

Celeste esbozó una pequeña sonrisa.

—Me quedé preocupado al verla salir —explicó—. Espero que no le haya afectado mucho todo el evento. Creo que le hemos conseguido los mejores precios posibles.

—Sí —le agradeció Celeste—. Ya lo sé y nunca dejaré de agradecerle todo lo que ha hecho por nosotras.

—¿Sabe que uno de sus cuadros se marcha a Brasil? —preguntó Julian.

—¿De verdad?

Julian asintió.

—El Jean-Louis Cassell. Una mujer de negocios, loca por las rosas, lo ha comprado —le explicó—. Los demás se quedarán en el Reino Unido.

Celeste le sonrió, extrañamente consolada por el hecho de que la mayoría de los cuadros no estarían muy lejos.

—Entonces —dijo Julian—, ¿se queda a cenar? —Tenía una mirada ansiosa, como si temiese que Celeste estuviera a punto de levantarse y salir corriendo, pero, por mucho que le pudiera atraer la idea a la chica, no le podía hacer eso a Julian.

—Por supuesto —dijo.

—¡Bien! —exclamó Julian, juntando las manos, justo cuando

entraba Liza con el servicio de té.

Mientras tanto, Gertie, Evie y Esther estaban también tomando té en la cocina.

—¿Celeste ya te ha contestado el mensaje? —preguntó Evie a Gertie.

Gertie volvió a comprobar su teléfono.

—Solo ha mandado un par de besos.

Evie parecía sombría.

—Se habrá sentido fatal...

—Supongo —dijo Gertie—. Ojalá viniera a casa enseguida.

—Qué va —contestó Evie—. Seguro que Julian le subirá la moral.

—Puede ser —admitió Gertie—. Solo espero que no la presione. Creo que está prendado de ella.

—Bueno, yo creo que Celly necesita un buen empujón y Julian me parece justo el tipo de hombre que se lo puede dar.

—No seas tan insensible —protestó Gertie.

—No lo soy —replicó Evie—, pero necesita a alguien que la pueda sacar de ese continuo ánimo oscuro.

—Es que ha tenido que luchar por muchas cosas últimamente.

—*Todas* hemos tenido que luchar por muchas cosas —soltó Evie.

Gertie lanzó una mirada en dirección a Evie, una de esas miradas que estaba segura que la sacaban de quicio.

—¿*Qué*? —dijo Evie—. ¿Crees que hacer el trabajo de tres personas, estando embarazada, no es nada?

—¿No dijiste que Lukas había aceptado el trabajo?

—Así es —dijo Evie.

—Entonces, ¿cuándo empieza?

—La semana que viene.

—Entonces, ¡déjate de llantos!

Evie negó con la cabeza y miró a Esther.

—De verdad, no estoy recibiendo nada de apoyo.

Esther echó una risita al ver la buena sintonía que había entre las dos hermanas.

—Ya —dijo Gertie—. Salgo a adelantar un poco el trabajo.

Evie asintió.

—Ahora voy yo también —dijo.

—¿Entonces? —empezó Esther cuando Gertie había salido de la cocina, acercándose un poco a su joven amiga.

Evie hizo una mueca, sabiendo lo que Esther ansiaba escuchar.

—Le conté que estoy embarazada —dijo, después de una pausa prolongada—. De su bebé.

El rostro de Esther se iluminó.

—¿En serio?

—¡Sí! Y le dije algo más.

—¿Qué?

—Que lo quiero.

Esther asintió, pero, para gran sorpresa de Evie, no parecía sorprendida.

—Ya me lo imaginaba —dijo.

—¿Cómo *podías* saberlo si ni siquiera yo lo sabía? —preguntó.

—¡Porque reconozco los síntomas! —dijo Esther.

—¿De verdad?

—De verdad —contestó Esther—. Ven conmigo. Tengo algo que enseñarte.

Evie salió de la cocina, y la siguió hacia su habitación, donde la anciana se acercó a una cómoda. Abrió el primer cajón y sacó un pequeño álbum de fotos.

—Es la última foto que le hicieron a Sally —dijo Esther mientras iba abriendo el álbum. Evie se arrimó para ver la foto de la mujer de la que había oído hablar tanto—. Justo antes de que se pusiera enferma.

Evie observó el largo cabello liso y el rostro sonriente de Sally.

—¿Quién hizo la foto?

—Un hombre que había conocido, Paolo. Era italiano. Estaba haciendo prácticas para ser médico y ella se había enamorado perdidamente de él. Nunca me lo contó, por supuesto, pero yo lo sabía. Solo hay que ver su sonrisa y sus ojos. Es imposible no verlo.

Evie estudió la imagen y asintió.

—Pero yo no he estado andando por aquí con una sonrisa así —dijo.

—Puede que no, pero, aun así, yo lo podía intuir. Llevabas esa aura.

Evie se rio.

—Yo no creo en auras.

—No importa si tú crees en ellas o no. Yo la veía todo el rato.

—Creo que te dejas llevar por la imaginación, Esther —dijo Evie con una sonrisa sarcástica.

—Pero tengo razón, ¿verdad? Has estado enamorada de él todo este tiempo.

Evie miró por la ventana y vio las golondrinas bailando en el cielo, sobrevolando la rosaleda.

—Sí —dijo finalmente—. Creo que sí.

Después de terminar de cenar y con el café en la mesa, Julian se atrevió a soltar la pregunta que Celeste había adivinado que le rondaba la cabeza toda la noche.

—¿Ha tenido tiempo de evaluar mi propuesta? —le preguntó.

—¿Sobre la tienda de antigüedades? —le devolvió Celeste la pregunta, como si él le hubiera hecho algún otro tipo de propuesta.

Julian asintió.

—Sí.

—A Gertie y Evie les parece genial. Hasta Esther se emocionó cuando se lo conté.

—¿Y usted, Celeste? ¿Qué opina *usted*?

Celeste dejó su índice recorrer el borde de su taza.

—¿Qué opino yo? Creo que sería un negocio muy interesante para la mansión, una opción muy viable para el futuro de la casa.

—¿Eso quiere decir que está a favor?

—Sí —dijo.

—Pero parece tener alguna duda —comentó Julian, observándola intensamente.

Celeste le sostuvo la mirada, perdiéndose en aquellos amables ojos suyos a los que ya se había acostumbrado aquellas últimas semanas. Parecía extraño que no se acordara de la época en que todavía no lo conocía, cuando vivió sin la ternura de aquella presencia que tanto valoraba, pero Julian también la hacía sentirse muy insegura de sí misma y de su futuro, porque no tenía la impresión de poder ella ofrecerle algo a él.

—¿Celeste? —insistió Julian, esperando alguna reacción suya—. ¿Qué ocurre?

—Julian, yo… —se detuvo.

—Dígame. Si algo la está preocupando, prefiero saberlo.

Celeste asintió.

—Sí —dijo—. Yo… tengo la impresión de que todo está cambiando demasiado rápido y yo no estoy del todo preparada.

—De acuerdo —la tranquilizó Julian—. Lo entiendo.

—¿De verdad?

Julian asintió.

—Por supuesto que sí —dijo—. Se está refiriendo a mí, ¿verdad?

Sus miradas se quedaron entrelazadas un instante.

—Sí —reconoció Celeste—. Creo que sí.

Julian tragó saliva con dificultad y extendió su mano sobre la mesa para tomar la de Celeste.

—Sabe lo que siento por usted, ¿verdad? Me sorprendería mucho que no lo hubiera descubierto todavía.

—Lo sé —dijo Celeste en voz baja.

Julian asintió.

—Y también sé que usted todavía no lo tiene muy claro.

Celeste se mordió el labio.

—Julian —dijo—, mi cabeza está hecha un lío. De momento, me basta con sentirme capaz de mantenerme de pie, nada más. ¿Entiende?

—Entiendo.

Celeste respiró hondo.

—Ha tenido tanta paciencia conmigo y ha sido tan amable... —le dijo— y quiero que sepa lo que significa para mí.

Julian hizo un pequeño gesto de comprensión con la cabeza y carraspeó.

—Conocerla me ha hecho muy feliz —le confió— y sé que usted ha tenido que lidiar con muchas cosas. —Volvió a tragar saliva y sus ojos expresaron una emoción muy intensa—. Pero no puedo estar esperando eternamente, Celeste —dijo también.

—Lo sé —dijo esta—. Lo sé.

Al salir del restaurante, Julian llamó un taxi y la acompañó hasta la estación de Liverpool Street.

—Me gustaría acompañarla a Suffolk ahora, pero iré este fin de semana —dijo Julian cuando el taxi se paró—. ¿Podríamos comer juntos…?

Celeste había estado retorciéndose los dedos desde que salieron del restaurante, luchando con sus pensamientos desde que Julian se le había declarado.

«No puedo estar esperando eternamente.»

Eso, Celeste ya lo sabía. Sus palabras eran perfectamente razonables, pero ella se había sentido tremendamente culpable. Se giró hacia él.

—Julian —empezó—, no quiero que tenga expectativas acerca de mí, no le puedo prometer nada.

—Ya lo sé —dijo él—, yo no le estoy pidiendo nada.

—Sí lo está haciendo… —protestó Celeste, su voz algo vacilante—. Está esperando y eso me hace sentir muy presionada . Yo no *puedo* aguantar esta responsabilidad ahora y… quizá nunca. —Lo observó de cerca, en el espacio reducido del asiento del taxi y, de repente, deseó estar en cualquier otro sitio que no fuera allí.

—De acuerdo —dijo Julian finalmente—. Lo entiendo. —Su voz había cambiado; más fría y más controlada, sus ojos también habían perdido algo de su calidez. Celeste tuvo una terrible premonición, temió que nunca volvería a ver esa expresión suya, tan amable, tan sonriente.

—Adiós, Celeste —dijo, desabrochándose el cinturón para inclinarse hacia la puerta y abrirla para ella.

—Julian…

—Adiós.

31

El mundo era extraño y solitario sin los mensajes y las llamadas de Julian, pero Celeste sabía que no recibiría ninguno.... Cerrando los ojos, recordó la expresión de su rostro en el taxi. Esos ojos azules suyos, convertidos en hielo en unos segundos, poniendo su calidez fuera del alcance de Celeste. ¿Por qué Celeste había hecho eso? ¿En qué estaba pensando?

En sí misma. Solo había pensado en sí misma y en cómo sentía las cosas. Ni un solo segundo había pensado en lo que Julian podría estar pensando y sintiendo. No se lo había preguntado ni una sola vez. Él había sido tan atento con ella, tan cariñoso, haciendo lo mejor para intentar entender lo que le estaba pasando y ella nunca le había correspondido a esa generosidad. Al contrario, lo había mantenido alejado, una y otra vez.

Sentada en el antiguo escritorio del estudio, pensó en llamarlo, pero ¿para decirle qué? Sintió las lágrimas, pero las frenó, parpadeando, al escuchar a alguien llamando la puerta.

—¿Celly? —sonó la voz de Gertie.

—Entra.

Gertie entró.

—Un poco oscuro aquí, ¿no? —dijo, cruzando la estancia para correr las cortinas. Celeste recordó el comentario de Julian sobre el estudio y cómo la había animado a cambiarlo, a hacerlo más alegre, luminoso.

—¿Me querías ver por algo en particular? —preguntó Celeste.

—Ah, sí. Me acaba de llamar Tom Parker. Quería saber si vamos a participar en el espectáculo del mes de septiembre. No le devolviste el formulario y necesita saber si debe reservarnos un hueco.

—Sí, dile que sí —dijo Celeste, pensando en la fiesta local que se organizaba en la iglesia para recaudar fondos y en la que Rosas Hamilton participaba todos los años. Se trataba de un evento muy bonito, donde los artesanos presentaban su mercancía y llenaban la iglesia con piezas y productos únicos.

—Supongo que traspapelé el formulario… —se disculpó Celeste—. Justo cuando pensaba que estaba consiguiendo poner un poco de orden.

—Pero si lo estás consiguiendo —dijo Gertie—. Estás haciendo un buen trabajo .

—¿Lo dices en serio?

—Claro —dijo Gertie, observando detenidamente a Celeste—. ¿Te encuentras bien?

—Estoy bien.

—¿De verdad? —dijo Gertie—. No te creo.

Celeste miró a su hermana y pensó en inventar alguna excusa, quizá decirle que solo estaba cansada. Sabía que podría funcionar, pero también sabía que no era correcto y que, de todos modos, parte de ella estaba desesperada por confiarse a alguien.

—Creo que lo he echado a perder —dijo finalmente.

—¿A qué te refieres? —preguntó Gertie—. ¿Al papeleo?

—No, al papeleo no. —Celeste respiró hondo—. A Julian. —Solo decir su nombre ya le provocó un diluvio de recuerdos y emociones.

—¿Cómo? —dijo Gertie, apoyada en el escritorio, cerca de su hermana.

—Le dije que creía que necesitábamos un descanso —se confió a Gertie.

—¿Un descanso? Pero no sabía que estuvieseis saliendo de verdad —comentó Gertie.

—Lo sé —reconoció Gertie—. Sí, lo he echado a perder.

—¿Qué le dijiste exactamente?

Celeste cerró los ojos, intentando recordar las palabras exactas.

—Le dije que me sentía presionada y que no quería que tuviera expectativas conmigo.

—¡Oh, Celly! ¿Y cuándo pasó todo eso?

—Después de la subasta.

—¿Pero no salisteis a cenar? —le interrogó Gertie.

—Exacto. Y, después, me acompañó a la estación y es cuando se lo dije.

—¿Por qué no me lo has contado hasta ahora?

—Estuve…

—*No* me digas que estuviste demasiado ocupada —la avisó Gertie—, porque siempre dices lo mismo.

—Pero si es cierto.

Gertie negó con la cabeza.

—Estuviste intentando olvidarlo, ¿verdad? Pensabas que lo podías ocultar y olvidar todo. —Se inclinó hacia Celeste y la observó asintiendo.

—Estoy intentando desesperadamente no sentir nada, pero no lo puedo controlar —dijo Celeste, sus grandes ojos oscuros la hacían parecer algo ida.

—¿Pero por qué vas a controlarlo? No es natural intentar controlar u ocultar tus emociones —dijo Gertie—. ¿Has hablado con él desde aquel día?

—No —contestó Celeste. Una sola palabra no debería contener tanta angustia.

—¡Celly, pero si te *adora*! Solo necesitas descolgar el teléfono, seguro que volverá corriendo.

Celeste meneó la cabeza.

—No viste cómo me miró. Aquello fue horrible, Gertie, y solo yo soy la culpable. ¡Y *yo* provoqué esa mirada!

Gertie se levantó para abrazar a su hermana.

—Te gusta de verdad, ¿no?

—No sabía cuánto hasta que dije esas tonterías.

—Bueno, ¡pues díselo! Dile que has sido una idiota. Lo entenderá.

Celeste se rio llorando mientras Gertie prolongaba su abrazo.

—Me da miedo llamarlo. Lo he fastidiado. Ha tenido muchísima paciencia conmigo, pero me he pasado. Ya no le puedo pedir nada más.

—Creo que te equivocas —dijo Gertie—. Creo que, si él supiera cómo te sientes realmente, no tardaría ni un minuto en volver.

Celeste volvió a negar con la cabeza.

—No puedo hacerle eso. Ahora debe de odiarme.

—No te odia.

—Habrá hecho una muñeca vudú de mí, llena de agujas. ¡Y por eso me está doliendo tanto!

Gertie le apretó el hombro para animarla.

—Estás enamorada y eso puede ser el peor dolor del mundo cuando las cosas no van bien.

Celeste levantó la mirada.

—Hablas como si supieras lo que significa.

—¿En serio?

Ahora fue el turno de Celeste para preguntar a su hermana.

—¿Hay algo más que me quieres contar?

Gertie sonrió.

—No —dijo—. Lo único que te quería contar es lo equivocada que estás, completamente equivocada si de verdad crees que Julian ya no querrá saber nada de ti. Creo que tendrías que llamarlo. Y hablar con él.

Otra vez, Celeste negó con la cabeza.

—No puedo —dijo.

Gertie se bajó del escritorio.

—¡De acuerdo!

—¡Y ni se te ocurra llamarle *tú*, Gertie!

Gertie se detuvo en la puerta.

—No lo haré —dijo.

—¿Prometido?

—Prometido —dijo Gertie.

Pero esa promesa estaba condenada a romperse.

Celeste no era la única obsesionada con recibir noticias por parte de un hombre. Gertie había pasado más tiempo comprobando su teléfono para ver si tenía mensajes de James que mirando las rosas. Y, siendo cultivadora de rosas, eso, en pleno verano, era toda una irresponsabilidad.

Había dejado de contar las noches en las que se había dormido llorando. Era tan difícil para ella mantener la fe cuando no tenía nada tangible a lo que agarrarse. Tampoco se lo había contado a nadie, todavía, Celeste sí que había estado a punto de pillarla un par de veces. Ella sabía que algo estaba pasando.

Pobre Celeste, pensaba Gertie. Igual que Evie, ella también adoraba a un hombre y sabía que Julian y Celeste harían una pareja estupenda, pero también temía que eso no ocurriera nunca. Por lo menos, Evie tenía sus cosas arregladas en cuanto a los hombres, pensó al entrar en la oscuridad relativa de la mansión, después de todo un día de trabajo en el jardín. Gertie cargaba una cestita con huevos frescos de sus gallinas. Sus piernas y brazos estaban morenos y sentía la fantástica fatiga de una jardinera.

El reloj de pie dio las siete cuando cruzó el vestíbulo y vio a Celeste.

—He venido en búsqueda de una taza de té —dijo Gertie.

—Yo también —contestó Celeste—. No me había dado cuenta

de la hora.

—Deberías abandonar este estudio de vez en cuando y salir de casa. Ha hecho un día estupendo.

Celeste se frotó los ojos.

—Puede que tengas razón —reconoció.

—Sabes que sí —dijo Gertie—. El verano no durará para siempre.

Se oían risas desde la cocina y Gertie y Celeste encontraron a Evie y Esther, cocinando.

—¡Aquí estáis las dos! —exclamó Evie—. ¡Estábamos a punto de mandar una patrulla de rescate!

—¿Qué estáis cocinando? —preguntó Gertie, preocupada por el estado de su querida cocina.

—Recuérdame lo que estamos cocinando, Esther —preguntó Evie.

—Sopa jardinera —contestó Esther—. Con casi todas las verduras de temporada.

—Eso no suena nada bueno —dijo Celeste.

—Bueno, si la cosa se tuerce, siempre nos quedan huevos —dijo Gertie, poniendo la cesta encima de la mesa.

—No se torcerá —dijo Evie—. Esther es una fantástica cocinera.

—¿Ah, sí? —dijo Gertie, sintiendo su posición en la cocina en peligro.

—¡Oye! ¿Ya sabéis la última? —preguntó Evie.

—No, ¿cuál es la última? —preguntó Celeste.

—James y Samantha han vendido su casa —dijo, sin darle más importancia.

—¿En serio? —dijo Celeste—. Ni siquiera sabía que estaba a la venta.

Evie asintió.

—Van a abandonar Little Eleigh.

El rostro de Gertie perdió todo su color al instante.

—No, lo habrás entendido mal —dijo—. Siempre entiendes esas cosas al revés, Evie.

—No puedo haberlo entendido mal. Esta vez, no. Acabo de ver a James en correos. Me lo ha dicho él.

—¿Has hablado con James?

—Sí —dijo Evie—. Me dijo que os lo contara. Está intentando informar a todo el mundo antes de volar la semana que viene.

—¿Volar? ¿Adónde?

—A Francia —siguió Evie—. Van a vender la casa y comprar una especie de *gîte* allí. Suena fantástico, como esos sitios de los que siempre estás hablando, con contraventanas que dan a las colinas. ¡Oye! Quizá nos invite algún día. ¿Qué os parece?

Celeste había estado observando el rostro de Gertie y había advertido su palidez y su expresión estupefacta.

—No creo que sea buena idea visitarlos, Evie —avisó Celeste—. ¿No le vendiste unos rosales la semana pasada?

Gertie asintió.

—Supongo que sería para lucir el jardín ante los potenciales compradores —adivinó Evie.

Gertie se levantó.

—¿Adónde vas? —preguntó Evie.

—No tengo hambre —respondió.

—¡Pero si tenemos litros y litros de sopa! —insistió Evie, pero su hermana ya había salido de la cocina—. ¿Qué le pasa?

Celeste suspiró.

—No estoy muy segura, pero creo que será mejor que vaya a hablar con ella.

Celeste intento encontrar el rastro de Gertie, pero había salido a la fuga. No tuvo otra oportunidad de hablar con ella hasta que, más tarde, esa misma noche, oyó golpes fuertes. Procedían de la cocina, a esas horas ya no quedaba nadie allí.

Respirando hondo y sin saber muy bien lo que iba a descubrir al otro lado de la puerta, Celeste la empujó y entró en la cocina.

—Hola —dijo, suavemente.

—Hola —Gertie respondió sin levantar la mirada.

—¿Qué estás haciendo? —preguntó Celeste.

—Hago pan —dijo Gertie—. ¿Qué creías?

El tono de su voz hizo que Celeste se encogiera. Pan. Eso era una malísima señal. Mucho peor que bollos o tarta de limón, obviamente. Que Gertie no tuviera otro remedio que amasar pan a esas horas de la noche significaba que tenía necesidad de sacar toda la rabia que llevaba dentro.

—Estuve buscándote —dijo Celeste.

—¿Ah sí? Bueno, yo estuve escondiéndome.

—Me lo imaginaba —dijo Celeste, sentándose en el banco situado al otro lado de la mesa, los golpes enérgicos de Gertie la hicieron temblar. Vio a su hermana lanzando y amasando con toda su fuerza, su rostro retorciéndose por el esfuerzo.

—¿Vas a hablar conmigo? —preguntó Celeste al cabo de un momento.

—¿Y de qué quieres hablar? —dijo Gertie, con voz fría y cerrada.

—¿Qué tal si hablamos de James Stanton?

Gertie detuvo su trabajo y se pasó una muñeca por su frente haciéndose una marca de harina.

—¿Por qué quieres hablar de él?

—Ya sabes por qué.

Las dos hermanas se sostuvieron la mirada un buen rato y, de repente, los ojos de Gertie se llenaron de lágrimas.

—¡Oh, cariño! —Celeste se levantó de golpe y se precipitó hacia su hermana para abrazarla. La tuvo que sujetar porque las fuerzas abandonaron el cuerpo de Gertie, a la vez que estallaba en enormes sollozos.

—¡Me dijo que me quería! —lloró—. Me dijo que nos íbamos

a ir los dos juntos y yo le creí.

Siguió llorando y Celeste siguió sujetándola, esperando a que Gertie estuviera preparada para hablar más.

—Ojalá me lo hubieras contado —dijo Celeste finalmente.

Gertie se secó los ojos con un pañuelo que había sacado del bolsillo de su delantal y miró a su hermana.

—Tú tampoco me contaste nada acerca de lo que pasó con Julian —contestó.

Celeste asintió.

—Ah, sí —dijo—, y Evie no nos contó nada del bebé.

Se miraron la una a la otra, con ojos tristes, pero también esbozando una pequeña sonrisa.

—Parece que se nos da bien ocultar nuestros secretos —dijo Gertie, sonándose fuerte en su pañuelo.

—Me pregunto por qué —dijo Celeste, con un toque de ironía.

—¿Porque mamá nunca nos permitía hablar de nuestros sentimientos? —completó Gertie.

Celeste asintió.

—Siempre que intenté hablarle de algo importante para mí, me apartaba de ella. Era imposible acercarte y abrirte a ella.

—Pero nosotras no podemos convertirnos en lo mismo —dijo Gertie—. Nunca.

—Lo sé —dijo Celeste—. Entonces, ¿vas a contarme lo que ocurrió entre James y tú?

Gertie respiró hondo, las dos se volvieron a sentar en la mesa de la cocina y Celeste escuchó a su hermana contándole la historia que había tenido con el hombre del que se había enamorado.

—Al final, conseguí hablar con él esta tarde —dijo Gertie, contando el capítulo final de la historia—. Le han ofrecido un puesto en Francia. Le dije que iría con él. ¿Te lo puedes creer? Abandonar todo, solo para poder estar con él, pero dijo que le debía a Samantha intentar que las cosas funcionaran entre ellos. Dijo que el clima le sentaría bien y que quieren volver a empezar de cero.

—Oh, Gertie. Cuánto lo lamento. —Celeste extendió su mano para tomar la de su hermana.

—Me dijo que no era feliz. Me dijo que no era capaz de vivir sin mí y que Samantha le hacía infeliz. ¿Me ha estado mintiendo todo este tiempo? ¿Me ha estado usando?

Celeste se mordió el labio.

—Quizá exageró la verdad —dijo.

—Creía que me quería, Celly. Creía que teníamos un futuro juntos. —Esa vez, consiguió controlar las lágrimas que volvieron a asaltarla—. ¡He sido tonta! ¡No debería haber empezado una relación con un hombre casado! ¿Por qué lo hice? *¿Por qué?*

—Porque eres una romántica —le dijo Celeste—. Te dejas guiar por el corazón y no por tu cabeza, siempre has sido así.

—Bueno, pero, como me ha roto el corazón, supongo que no volveré a cometer el mismo error.

Celeste la vio levantarse y empezar a recoger toda la masa de pan en una pila disforme.

—¿Qué estás haciendo? —preguntó.

—Tirar todo a la basura —contestó Gertie—. De todos modos, no estaría bueno. Se me había olvidado añadir levadura.

32

El día siguiente, por la mañana, Evie entró en el estudio como una tormenta, sin ni siquiera llamar a la puerta.

—¿Qué hacen los *Poemas de amor* de Tennyson flotando en el foso? —preguntó.

Celeste levantó la mirada de la factura que intentaba descifrar.

—Tiene que ser de Gertie. ¿Los has rescatado?

—No, pero están como medio atascados en una mata de nenúfares, por si quiere intentar recuperarlos.

—No creo que quiera... Seguramente, el foso es el mejor lugar para ellos.

—¿Descubriste lo que la inquietaba? —preguntó Evie.

—Más bien quién, y no qué, y su nombre es James Stanton —dijo Celeste.

—Quieres decir…

—Sí —dijo Celeste.

—¡Entonces sí que *tuvo* una aventura, el muy pícaro! —dijo Evie, con destellos en sus ojos— ¡Jolines! ¡Jamás imaginé que sería con *nuestra* Gertie!

Celeste negó con la cabeza.

—Mira, no montes un escándalo, ¿de acuerdo? Le gustaba de verdad.

—Bueno, es un chico atractivo —dijo Evie, dejándose caer

en la silla de su madre—. Un cabrón, obviamente, pero bastante guapo. ¡Pobre Gertie! Tiene suerte de haberse marchado de Little Eleigh, si no, le daría un buen tortazo.

Celeste suspiró.

—Eso no solucionaría nada.

—Quizá no, pero sería lo correcto —argumentó Evie.

—Evelyn, deja ya todo ese discurso de *hacer lo correcto*. Siempre hace que te metas en líos.

Evie suspiró y dejó la mano sobre su vientre.

—¿Te encuentras bien? —preguntó Celeste.

—Sí, tía Celly, estoy bien —dijo Evie, arrancándole una sonrisa a su hermana—. Bueno, esta mañana me encontré un poco mal, pero ya se me pasó.

—¿Ya lo notas?

—Solo noto indigestión —dijo Evie—. Y Gertie seguro que me hará una cuba de infusión de hierbabuena y cree que me la voy a tomar toda. Asqueroso.

Celeste sonrió.

—A mí me ha impuesto un régimen muy estricto, alterno hojas de limón y manzanilla, para eliminar el estrés.

—¡Benditas hierbas! —exclamó Evie.

—Pero escucha —dijo Celeste—, no se lo cuentes a nadie, lo de Gertie y James, ¿vale?

—*No* me digas que eso sería una desgracia para la familia —dijo Evie, de repente muy seria.

Celeste parecía indignada, recordando la eterna reprimenda de su madre.

—No diría eso nunca —dijo—. ¡*Nunca!*

—De acuerdo —dijo Evie, aplacada por la mirada de horror de su hermana.

—Pero vivimos en un pueblo pequeño y ya sabes cómo funcionan esas cosas, ¿no? Gertie valora mucho su intimidad y sería horrible que fuera víctima del cotilleo malintencionado. Creo que eso la destrozaría.

Evie tuvo el buen sentido de asentir.

—Pobre Gertie —repitió—. ¿Crees que querrá hablar del tema?

—Si consigues encontrarla… —concluyó Celeste.

Más avanzada la tarde, las tres hermanas se reunieron en el comedor. Antes, Evie había encontrado a Gertie en un rincón del jardín vallado, mimando una de sus gallinas y llorando sobre sus plumas. Las dos hermanas tuvieron entonces un momento de confesiones íntimas, antes de ponerse a trabajar de nuevo y volver a casa después.

—Hace demasiado calor para trabajar —se quejó Evie, dejándose caer en un sofá, su pelo rubio aplastado al quitarse el sombrero—. Por lo menos, he podido terminar con el pedido de la señora Peters. Su marido viene a recogerlo todo mañana.

—Y yo he atacado el problema de los pulgones. ¡La pobre *Madame Pierre Ogier* estaba infestada! —siguió Gertie.

—Y yo he podido reducir el papeleo —dijo Celeste—. Por fin, ya puedo adivinar dónde está el escritorio.

Sus hermanas sonrieron.

—Bueno, cuando hayas terminado, podrás venir con nosotras al jardín —dijo Gertie.

—Sí, el arriate de campanillas nos está dando problemas. Podrías ayudarnos —dijo Evie.

—¡Vaya, gracias! —dijo Celeste, y se rieron.

Los ojos de Celeste escanearon la habitación, deteniéndose en el catálogo de la subasta de Julian. Se incorporó y lo cogió, consciente del hecho de que, hacía poco, Julian lo había tenido en sus manos. Su mente daba vueltas recordando los momentos que habían pasado juntos, pequeños fragmentos de sus días, robados de sus agendas ajetreadas. «¿Habrían ido mejor las cosas, si hubiésemos podido pasar más tiempo juntos?» se preguntó Celeste. Pero si no lo habían hecho, era porque ella estaba convencida de no querer. ¿Por qué, oh, *por qué* había sido tan tonta? ¿Por qué no había visto que era un hombre especial? ¿Y por qué solo se había dado cuenta de sus sentimientos por él cuando ya era tarde?

—Deberías llamarlo —le recomendó Gertie.

Celeste volvió a dejar el catálogo.

—No —dijo.

—Lo echo de menos —dijo Evie—. Me habría gustado tenerlo como cuñado.

—¡Evie! —gritó Celeste, desesperada.

—¿Qué? —dijo Evie—. ¿No dijiste que querías que estuviéramos todas más abiertas y sinceras?

—Sí, pero no así...

Evie frunció el ceño y jugueteó con su pendiente.

—¡Oh, no! —dijo, al cabo de un momento—. He perdido la rosca. —Buscó en la alfombra y, cuando finalmente encontró el cierre dorado, algo debajo del sofá llamó su atención. Era un libro, y lo sacó—. ¿Es tuyo, Gertie? —preguntó.

Gertie cogió el libro y lo miró. Era una novela moderna.

—No —concluyó—. Creo que era de mamá. —Pasó las páginas—. ¡Ay! Mirad esto.

Evie se acercó mientras Gertie extrajo algo de entre las páginas.

—¡Es mamá! —dijo Evie, mirando la vieja foto—. ¿Cuándo se la hicieron? No la reconozco.

Celeste se sentó con sus hermanas en el sofá. Le dieron la foto y observó el rostro sonriente de su madre. Llevaba un bonito vestido de color rosa pálido, su larga melena oscura suelta y brillante. La foto se había hecho hacía unos quince años, Celeste la reconoció enseguida.

—Mamá estaba muy guapa aquí —dijo Evie.

—Siempre —añadió Celeste—. Eso era lo único que nunca

podía fallar, ¿verdad? Y era la cosa más importante para ella también.

—Me pregunto dónde la hicieron —dijo Gertie.

—¿No te acuerdas? —preguntó Celeste.

Evie y Gertie no tenían ni idea.

—Cuéntanos —insistió Gertie.

—Durante la fiesta que se celebró en casa de la tía Leda, el verano que fuimos todos a Oxfordshire. Había montado una pequeña marquesina en el jardín y había contratado una banda de jazz, mamá se quejó de absolutamente todo, no paró de decir que ella lo habría hecho mucho mejor y que Leda siempre tenía que hacer las cosas a su manera, algo más que comprensible en ese caso, pues se celebraba *su* cumpleaños, pero ya sabes cómo era mamá: si no estaba involucrada en algo o no le habían consultado algo, todo le parecía un desastre.

—Pero parece que se estaba divirtiendo —dijo Evie.

—Ah, claro —dijo Celeste—. Conoció a un hombre allí, que no paró de ofrecerle copas y estuvieron flirteando como adolescentes. Ese hombre hizo la foto. Por eso está sonriendo: mamá estaba flirteando.

Las hermanas volvieron a mirar la foto.

—¿No os acordais? —preguntó Celeste.

—No —dijo Gertie.

—En absoluto —confirmó Evie.

—Bueno, deberíais acordaros, porque posamos las tres junto a ella.

—Imposible —argumentó Evie.

—Bueno, ya no, porque nos recortó. —Una extraña mirada invadió los ojos de Celeste cuando se levantó. Salió del salón con la foto todavía en su mano.

—¿Celly? —la llamó Gertie, pero Celeste no respondió.

Al cabo de dos horas, Gertie empezó a preocuparse.

—¿Celly? —volvió a llamar a la puerta del estudio—. Sal, por favor, y háblanos.

Evie también apareció por el pasillo.

—¿Sigue ahí dentro? —susurró.

Gertie asintió y volvió a llamar.

—¡Habla con nosotras! Nos tienes preocupadas.

Evie se acercó a la puerta.

—Déjame probar —le dijo a Gertie, antes de empezar a martillear la puerta como un pájaro carpintero.

—¡Evie! —siseaba Gertie.

—¿Celly? —llamó Evie—. ¿Estás ahí? —Probó el mango de la puerta, pero la puerta estaba cerrada con llave—. Tienes que hablar con nosotras. Nosotras ya te hemos contado todos *nuestros* secretos. ¡Ahora te toca a ti!

—Bien dicho —dijo Gertie, del todo de acuerdo con lo que acababa de decir su hermana.

—Ya, pero no tanto como para hacerla hablar. ¿No habrá hecho ninguna tontería, no?

—¿Como qué? ¿Qué podría haberse hecho en el estudio? —preguntó Gertie.

—¿Cortarse las venas con una factura?

—Eso no tiene gracia, Evie. ¿Qué podemos *hacer*?

—Creo que tenemos que llamar a Julian —dijo Evie—. Creo que, con él, Celly había empezado a abrirse sobre todos esos asuntos con mamá. Quizá él podrá ayudarla.

Gertie asintió.

—¡Buena idea!

Cruzaron el pasillo.

—Hazlo tú —dijo Evie.

Gertie descolgó el teléfono.

—¡Maldita sea! No tengo su número.

—Yo sí —dijo Evie, sacando su móvil—. Me aseguré de pedírselo a él directamente, porque sabía que Celly no me lo habría dado.

Gertie marcó el número y esperó.

—¿Julian? ¿Está en Suffolk? ¡Qué bien! Estamos preocupadas por Celeste. Se acaba de encerrar en el estudio y se niega a hablar con nosotras —explicó Gertie—. No estamos muy seguras de lo que le pasa exactamente. Lleva horas ahí dentro. —Hubo un silencio—. De acuerdo. Adiós. —Colgó el teléfono—. Ya está de camino.

33

Cuando Julian llegó a la mansión, tenía el rostro pálido y los labios tensos.

—¿Sigue ahí dentro?

—Sí —confirmó Gertie—. Es la primera vez que hace esto. No estoy muy segura de lo que la ha hecho reaccionar así. Encontramos una vieja foto de mamá y Celeste se puso muy rara y salió corriendo.

—Voy a hablar con ella —dijo Julian, dejando a Gertie y Evie en el vestíbulo al salir disparado en dirección del pasillo.

—¿Celeste? —La voz de Julian sonó a través de la puerta cerrada, rompiendo los pensamientos de Celeste—. Soy yo, Julian.

Celeste había estado mirando el jardín desde la ventana, pero en ese instante volvió a la realidad y maldijo a sus hermanas. Ellas debían haberlo llamado.

—¿Estás ahí? —preguntó Julian—. ¿Me puedes abrir? Quiero hablar contigo.

—Vete, por favor —La voz de Celeste era un graznido.

—No voy a ninguna parte —contestó Julian—. Me quedo aquí hasta que abras la puerta.

No se movió.

—¿Celeste? —Julian volvió a llamar—. Hay gente en este lado de la puerta que se preocupa por ti. —Hubo una pausa, una larga pausa, y Celeste se preguntó si terminaría abandonando su espera o intentaría tumbar la puerta, pero Julian no eligió ninguna de esas opciones. En vez de eso, carraspeó de manera audible—. Y hay una persona que podría incluso haberse enamorado un poco de ti.

Celeste parpadeó, incrédula. ¿Lo había oído bien? ¿Acababa de decir que estaba enamorado de ella? Tenía la mirada clavada en la puerta que los separaba.

—Entonces, ¿me dejas entrar o tengo que estar hablando con la puerta toda la tarde? —dijo la voz de Julian.

Celeste tragó saliva con dificultad, bastante convencida de que Julian estaría dispuesto a hacerlo, así que, poco a poco, se acercó a la puerta y la abrió.

—Hola —dijo Julian cuando la vio.

—Hola —contestó Celeste—. Gertie te ha llamado, supongo.

—Sí, está muy preocupada por ti. —Celeste se apartó de la puerta y Julian entró—. ¿Me quieres contar todo esto? —preguntó, cerrando la puerta, pero sin echar la llave—. ¿Celeste?

Ella respiró hondo.

—Encontré una foto —dijo.

—Gertie lo mencionó. ¿Me la quieres enseñar?

Celeste se acercó al escritorio, cogió la foto y se la dio.

—¿Es tu madre? —preguntó Julian. Celeste asintió.

—Adelante, dilo —dijo—. Todo el mundo lo hace.

—¿Decir qué? —preguntó Julian.

—Que es guapa.

Julian parecía desconcertado.

—Bueno, supongo que sí —dijo, observando la foto con los ojos entrecerrados—, pero esa no es la primera palabra que utilizaría para describirla.

—¿No? ¿Qué palabra utilizarías entonces? —preguntó Celeste.

—Orgullosa —dijo Julian—. Orgullosa y vanidosa. Mira su manera de mantener erguida la cabeza.

—Intenta parecer más alta de lo que es —dijo Celeste—. Siempre lo hacía en las fotos. Gertie y yo éramos más altas que ella... Nos parecemos más a papá y eso a mamá le daba rabia. Siempre se estaba quejando de que éramos más altas que ella.

Julian hizo una mueca irónica.

—Parece una preocupación un poco rara.

Celeste asintió.

—Las apariencias siempre eran lo más importante. Podía estar horas peinándose o ajustándose la ropa o admirándose en alguna superficie reflejante. Nunca era capaz de vivir el momento, preocupada por la percepción que podía tener la gente de ella.

—Entonces, ¿por qué esta foto ha hecho que te encerraras aquí?

Celeste era incapaz de darle una respuesta. ¿Cómo podía explicar los sentimientos provocados por esa foto?

—Solo es la mitad de la foto —dijo finalmente, decidida a contar la historia desde el principio—. ¿Ves por dónde la recortó?

Julian volvió a mirar.

—Ah, sí —dijo.

—Gertie, Evie y yo estábamos a su lado.

Julian observó a Celeste.

—¿Os recortó a las tres?

Celeste asintió.

—¿Por qué?

Celeste se encogió de hombros.

—Solo puedo intentar entenderlo —dijo—, pero recuerdo ese día muy bien. Gertie y Evie no, quizá sea mejor así. Mamá había estado tomando mucho champán y flirteando con el hombre que hizo la foto.

—¿Tu padre no estuvo allí?

—Oh, sí, pero estaba… No sé muy bien dónde... Buscando un rincón tranquilo en el jardín, lejos de mamá, supongo. Bueno, ese hombre no paraba de decirle a mamá lo guapa que era y que le parecía imposible que hubiera tenido tres hijas, y mamá estaba eufórica, contando los sacrificios que había tenido que hacer por nosotras, preguntándose si merecía la pena.

—Vaya, Celeste —dijo Julian—. Es horrible.

Ella asintió.

—¿Pero sabes lo que más me molesta? ¿Qué hizo con nosotras después de recortar la foto? ¿Nos cortó en pedazos, nos quemó? ¡Quizá nos trituró!

—Celeste —Julian extendió las manos y cogió los hombros de Celeste.

—No le importábamos de verdad, ¿no? —lloró—. ¿Por qué era incapaz de querernos? *¿Por qué?*

—Porque le era imposible —dijo Julian—. Ya lo sabes, ¿verdad? ¿Lo entiendes ahora? No era culpa tuya. No tenía nada que ver con lo que hicisteis o dijisteis, Gertie, Evie o tú. Nunca podrías haberla cambiado.

—Lo sé —susurró Celeste—. Sé estas cosas ahora, pero no hacen que desaparezca el dolor.

Julian negó con la cabeza.

—Esas cosas necesitan mucho tiempo y habrá días como hoy, en los que parece que todo vuelve a tambalearse en tu cabeza, justo cuando crees que estás controlando la situación. Pero sé que puedes superarlo y quiero ayudarte. Quiero que sepas que estoy aquí para ti.

Celeste levantó la mirada.

—¿Incluso después de rechazarte?

—Celeste, podrías tirarme al foso y yo seguiría volviendo.

Celeste esbozó una pequeña sonrisa y resopló.

—Lo siento mucho, Julian.

—Está bien, pero prométeme contármelo la próxima vez. Quiero saber lo que está pasando ahí dentro —dijo, golpeando suavemente la frente de Celeste con su índice—. Tienes que abrirte y hablar de esas cosas. Tienes que dejarlas salir.

De repente, una extraña luz invadió sus ojos y se giró en dirección al escritorio y la silla dispuesta en el otro lado.

—¿Qué le quieres decir? —preguntó Julian.

Celeste frunció el ceño.

—¿De qué estás hablando?

—Si estuviera aquí ahora, ¿qué le dirías?

—No le diría nada —dijo Celeste, desconcertada.

Julian se movió al otro lado del gran escritorio victoriano y sacó la silla de Penélope.

—¿Qué estás haciendo? —preguntó Celeste, alarmada.

—Habla con ella —explicó Julian—. Está sentada aquí, *ahora mismo*, y te está escuchando.

—¡No, Julian, no hagas eso! —protestó Celeste—. ¡No puedo!

—¡Sí que puedes! ¡*Habla* con ella! ¡Dile cómo te sientes!

Celeste tenía el corazón en un puño y, al ver el rostro de Julian, supo que aquello iba completamente en serio.

—¡Venga, Celly! ¡Dile cómo te sientes!

Celeste tenía la respiración acelerada e irregular y su boca estaba seca, pero algo dentro de ella se estaba moviendo.

—Quiero saber —empezó a hablar, titubeando—, quiero saber… ¿por qué nos tuviste si ni siquiera quisiste conocernos, si no nos *quisiste jamás*? ¿Por qué, mamá? *¿Por qué?* ¿Y cómo pudiste decirnos todas esas cosas? ¿No veías el daño que nos estabas haciendo? ¿No viste el dolor que estabas causando? ¿O acaso no te importaba? ¿No te importaba nadie más que no fueras tú? ¿Era eso? —Celeste estaba llorando—. ¡Dios! Ojalá pudiera entenderlo, lo estoy intentando, *de verdad*, pero me siento impotente. Y también estoy enfadada. ¡Estoy *muy* enfadada contigo por hacerme sentir así todavía, incluso después de haber muerto!

De repente, la energía por la que se había dejado llevar menguó y rompió a llorar, las lágrimas corrían por sus mejillas en torrentes incontrolables.

—Está bien —dijo Julian, acercándose a ella para cogerla entre sus brazos y acariciar su cabello oscuro—. Está bien. Has estado encerrando este dolor durante años.

—Lo siento —dijo Celeste entre sollozos—. No era mi intención el…

—¿El qué? —dijo Julian—. ¡No te disculpes, por Dios! Tienes que soltarlo todo y sé que te tienes que sentir fatal en este momento, pero, al final, te sentará bien. Estoy convencido.

—Pero tendría que haber sido capaz de procesarlo mucho mejor —protestó Celeste, secando sus ojos con la manga de su blusa.

—Pero eso es exactamente lo que has estado haciendo. ¿No lo ves? Has intentado procesarlo sola durante mucho tiempo y eso no puede ser bueno para nadie. Tienes que compartir esas cosas, si no, te volverás loca.

—Lo sé —dijo Celeste, apoyando su cabeza en el hombro de Julian—, y lo haré. Prometido.

—Bien —dijo Julian, su mano seguía acariciando su cabello, firme pero suave.

Se quedaron así, en medio del estudio, un momento. Después, Celeste rompió el silencio.

—Todo está cambiando tan deprisa —dijo—. ¿Sabes que Evie va a tener un bebé?

—¿En serio?

—Y Lukas, el padre, vendrá a vivir aquí para estar con ella. Tenemos a Esther viviendo aquí y tú montarás tu tienda de antigüedades.

—¿Quieres decir que todavía estás pensando en eso? —preguntó Julian, inclinándose hacia atrás para poder ver el rostro de Celeste.

Ella asintió.

—Por supuesto —dijo, y Julian sonrió—. Pero esto será un caos, con toda esa gente yendo y viniendo, además del bebé y…

—Pero eso está bien, ¿no? —la interrumpió Julian—. Eso es justo lo que necesita esta vieja casa: un poco de caos y ruido. ¡Es la *vida!*

—A mí me pone nerviosa —dijo Celeste.

—Y no debería… —argumentó Julian—. Eso quiere decir que habrá más gente por aquí para ayudarte con todo. —Sonrió—. Me alegra muchísimo saber que no venderéis la propiedad. Sé que guarda muchos malos recuerdos para ti, pero también sé que hay algunos buenos. He visto la expresión de tu rostro cuando los recuerdas. Te encanta este sitio.

—Lo sé —reconoció Celeste—. Y tú me ayudaste a darme cuenta de eso.

—Y sé que puedes hacer que funcione también.

Celeste esbozó una sonrisa irónica.

—¿Por qué no puedo ver las cosas como tú? ¡Siempre ves el lado positivo y yo siempre me centro en los problemas!

—Te lo enseñaré —prometió Julian— y creo que deberíamos empezar con esta estancia.

—¿Qué quieres decir?

—Quiero decir, ¡mírala! Todo tan oscuro y sombrío —dijo, separándose de ella para caminar de un lado al otro—. ¿No crees?

—Yo…

—Necesita algunos cambios —dijo Julian, pasando sus dedos por algunos estantes con libros, llenos de polvo—. Algunos cambios drásticos. Empezando por estas cortinas, ¿no?

—Bueno, yo…

Antes de que Celeste pudiera terminar su frase, Julian había arrancado las viejas cortinas, tirando de ellas hacia abajo y las reunió en una gran pila polvorienta en el suelo del estudio, con la barra de la cortina y algunos trozos de yeso.

Celeste lo miró, estupefacta y desconcertada.

—Ups —dijo Julian, una sonrisa tímida iluminando su rostro.

—¡*Julian!* —gritó Celeste, echándose las manos a la boca.

Julian cruzó el estudio hacia ella.

—Escúchame —dijo, muy serio de repente—. No te estás haciendo ningún favor, encerrándote aquí. Te está oprimiendo. No te estás permitiendo ser tú misma aquí dentro. Siempre serás una hija en este estudio. Tienes que ser tú, Celeste. Lo vales. Tienes que *vivir*.

Celeste se quedó, mirándolo, los ojos abiertos y asustados.

—Pero yo…

—Deshazte de las cortinas. Deshazte de todos estos viejos libros.

—Pero los libros son importantes para el negocio.

—Pero no los *necesitas* aquí dentro, ¿verdad? —dijo Julian—. No te estoy sugiriendo que los tires, pero los puedes dejar en algún sitio donde no te recuerdan el pasado continuamente. ¿No quieres hacerlo? ¿No quieres hacer que esta estancia sea *tuya*?

Celeste lo observó durante una eternidad y, finalmente, asintió, sintiendo como una enorme burbuja de emoción se iba inflando dentro de ella.

—Escucha —dijo Julian—, tengo un pequeño detalle para ti. ¡*No* te muevas! —Salió y se le pudo oír corriendo por el pasillo, en dirección alvestíbulo—. Sí —escuchó como hablaba con alguien—. Se encuentra bien. No, todavía no. Un momento más con ella, ¿vale? —Se imaginaba a Gertie y Evie, esperando en el vestíbulo, ansiosas por saber cómo se encontraba y, por mucho que le pudiera apetecer verlas y disculparse con ellas, abrazarlas y decirles que las quería y que todo se arreglaría porque no iban a vender la mansión, se quedó clavada en su sitio, porque Julian le había dicho que no se moviera.

A su regreso, Julian estaba sujetando algo grande, envuelto en papel marrón.

—Quería que tuvieras esto —dijo—. Bueno, no te emociones demasiado, porque no es el original… por mucho que me hubiera gustado haber podido comprártelo, pero creo que es una buena copia —dijo, dándole el paquete a Celeste.

Celeste quitó el papel marrón y el gran lazo azul celeste de regalo.

—¡Julian! —dijo al cabo de un segundo, su mirada clavada en el cuadro—. El Fantin-Latour.

—Solo es una reproducción —dijo—, pero está hecho por un buen amigo artista y…

—¡Es *maravilloso!* —dijo Celeste—. ¡Me encanta!

—¿En serio?

—Qué regalo más bonito —dijo Celeste, con los ojos llenos de lágrimas de alegría. Sus miradas se cruzaron y Celeste juraría haber visto alguna lágrima en los ojos de Julian también, haciéndolos aún más brillantes que de costumbre, y ya no pudo esperar más.

Era difícil saber a quién le sorprendió más el beso, si a Celeste por darlo o a Julian por recibirlo, pero en ese momento todo cambió, todo quedó sellado, todo era perfecto, Celeste no se había sentido más feliz en toda su vida.

Cuando finalmente se separaron, el cuadro se había quedado aplastado entre los dos y se rieron.

—Eso ha sido inesperado —dijo Julian.

—No debería haberlo sido —dijo Celeste—, y yo tendría que haberlo hecho hace mucho tiempo.

La sonrisa que embelleció el rostro de Julian, aquel rostro cálido que Celeste creyó que no volvería a ver nunca más, la hizo flotar con alegría y amor.

—Venga —dijo Julian—. Vamos a compartir todo esto con mis hermanas.

Salieron del estudio, cogidos de la mano, y cruzaron el pasillo. Allí, el barómetro llamó la atención de Celeste. Como siempre, indicaba cambio, y no pudo evitar sonreír porque, esta vez, tenía razón.

Un año más tarde

Celeste abrió una ventana del estudio. Lo habían despojado de su viejo mobiliario y lo habían transformado en un luminoso y bonito espacio de trabajo. Habían trasladado el doble escritorio victoriano a otra estancia, porque Celeste no era capaz de separarse de él definitivamente, independientemente de los recuerdos que podía despertar en ella. En su lugar, había un escritorio más discreto que Celeste había hecho suyo con fotos y jarrones con flores.

Julian tuvo razón cuando insistió en que hiciera cambios en la decoración. Había sido un proceso doloroso pero necesario.

Habían cambiado tantas cosas en Little Eleigh Manor, pensó Celeste. Lukas vivía allí y Evie y él estaban oficialmente comprometidos.

—No *necesito* casarme… —seguía protestando Evie.

—¡Ya lo sabemos! —no paraban de decirle sus hermanas.

—Pero creo que estaría bien para Alba, ¿no? —dijo Evie.

Celeste sonrió, pensando en su preciosa sobrina, Alba Rosa. Lukas había estado al lado de Evie durante las nueve horas del parto y desde entonces fue un miembro más de la familia.

Tener un bebé en la mansión era maravilloso. A Celeste, la idea del embarazo de su hermana pequeña la había dejado aterrorizada, pero Evie, pelirroja ahora, era una madre fantástica.

Para Gertie, las cosas parecían moverse en la buena dirección también. Después de que James y su mujer se marcharan a Francia, Gertie había regalado todos sus libros de poesía a una tienda de caridad y había empezado a hacer clases de *kick boxing* por las tardes. Allí, había conocido a Aled, un hombre muy entrañable que, elemento crucial, no estaba casado. Desde entonces, los dos habían estado viajando por Italia, Suiza y España, evitando con mucho tacto Francia, porque ese país había perdido su atractivo a ojos de Gertie.

Mientras tanto, el señor Ludkin había terminado su trabajo en el ala norte y Julian la había transformado en una tienda de antigüedades. Eso había despertado la fascinación de Esther Martin, hasta el punto que le había ofrecido su ayuda, una vez estuvo todo en marcha.

—¿Sabéis cuántos años he estado sentada sola en una silla? Ten un poco de piedad, por favor, y ¡déjame ser *útil*! —les dijo a Julian y Celeste cuando le preguntaron si eso no sería demasiado para una anciana.

La reproducción del Fantin-Latour —oel *Fantasma*-Latour como lo llamaron cariñosamente, porque era un fantasma del verdadero— colgaba en todo su esplendor de la pared del estudio de Celeste. Y ahora realmente era *su* estudio, con sus paredes recién pintadas del color de la rosa *New Dawn*, sus muebles luminosos y alegres y sus cortinas delicadas, moviéndose con la más mínima brisa, convirtiendo la estancia en un paraíso para trabajar.

Celeste sonrió. «¿Y yo?». Bueno, había pasado más tiempo con Julian, *mucho* más tiempo. Caminaron y hablaron y se rieron y se besaron, y se sentía más feliz que nunca.

Inclinándose por la ventana para mirar a fuera, con sus brazos descubiertos apoyándose en la repisa y la piedra calentada por el sol, Celeste vio el foso y el jardín y suspiró con satisfacción cuando notó el perfume de las rosas flotando hacia ella. Julian estaba en la orilla del río, paseando a Frinton y Gertie, Esther, Evie y Lukas estaban en el jardín vallado con Alba. Celeste había prometido ir con ellos después de despejar su escritorio.

—Cosa hecha —se dijo a sí misma, girándose en dirección al estudio. Hubo un tiempo en el que se habría pasado una hora más en el estudio, recogiendo, planificando y organizando, pero ya no: finalmente estaba aprendiendo a dejar las cosas, a disfrutar y a relajarse, y no había manera mejor para hacerlo que reunirse con sus hermanas y el resto de su familia en el jardín de rosas.

Agradecimientos

A Emilie, Sophie y Jennifer de Amazon Publishing por creer en esta historia y ayudarme a mejorarla. A los cultivadores de rosas Richard Stubbs, Jo Skehan y Nattaporn Vichitrananda. A Adele Gera por su maravillosa novela, *Watching the Roses*. A Alison por su historia *Teddy Bananas*, que me inspiró la escena del techo. A Judy por escuchar mis ideas acerca de este libro estos dos últimos años. ¡Y a Roy, por hacerme de taxista por más de una rosaleda y por cavar agujeros interminables en nuestro jardín y permitirme plantar mi colección de rosas en expansión!